W0384023

STARK

2024

Abitur

Original-Prüfungsaufgaben
mit Lösungen

Hessen

Englisch

STARK

19. ergänzte Auflage
www.stark-verlag.de

Inhalt

Sobald die Original-Prüfungsaufgaben 2023 freigegeben sind, können sie als PDF auf der Plattform **MyStark** heruntergeladen werden (Zugangscode vgl. Umschlaginnenseite).

Vorwort

Liebe Schülerinnen und Schüler,

bald werden Sie Ihre **schriftliche Abiturprüfung im Fach Englisch** ablegen. Wir möchten Sie gerne auf Ihrem Weg zu einem guten Abschluss begleiten und Sie mit diesem Band bei der **Vorbereitung auf die Prüfung** unterstützen.

Sowohl im Grund- wie im Leistungskurs werden die Aufgaben vom hessischen Kultusministerium vorgegeben. Sie haben 300 Minuten (im Leistungskurs) bzw. 255 Minuten (im Grundkurs) Zeit zur Bearbeitung. Teilen Sie sich die Zeit gut ein, damit auch die letzte Aufgabe und das Korrekturlesen erfolgreich abgeschlossen werden können. Das Zählen der Wörter erfolgt erst nach Ablauf der Bearbeitungszeit. Als Hilfsmittel stehen Ihnen ein einsprachiges oder ein zweisprachiges Wörterbuch, Textausgaben der Pflichtlektüren ohne Kommentar sowie eine Liste der fachspezifischen Operatoren zur Verfügung. **Ausführliche Hinweise** zu den **Anforderungen im Abitur** sowie Hilfestellungen zur Lösung von Abiturprüfungsaufgaben finden Sie am Anfang des Buches.

Üben Sie die Prüfungssituation mit den **offiziellen Abitur-Prüfungsaufgaben, die in den Jahren 2019 bis 2023 vom hessischen Kultusministerium gestellt wurden**. Zur besseren Nachvollziehbarkeit wurden jeder Aufgabe **Bearbeitungshinweise** hinzugefügt. Die methodischen Schritte können Sie auf die Bearbeitung anderer Texte und Aufgaben übertragen. Zudem stehen Ihnen **vollständige englische Lösungen** zur Verfügung, die von unseren Autorinnen und Autoren erstellt wurden.

Zusätzlich zu den Aufgaben in diesem Buch haben Sie die Möglichkeit, sprachliche **Grundlagen** anhand **interaktiver Aufgaben** auf MyStark zu üben. Mit Hilfe der **Web-App** „MindCards" können Sie hilfreiche **sprachliche Wendungen** wiederholen. Die **Lernvideos** zum **Umgang mit Textaufgaben** enthalten Hinweise zum Umgang mit häufigen Operatoren wie „outline", „characterise" oder „discuss".

Sie können auf alle digitalen Zusätze online über die Plattform **MyStark** zugreifen. Auf der Umschlaginnenseite finden Sie Ihren persönlichen Zugangscode.

Sollten nach Erscheinen dieses Bandes noch **wichtige Änderungen** in der Abitur-Prüfung 2024 vom Kultusministerium bekannt gegeben werden, finden Sie aktuelle Informationen dazu ebenfalls auf der Plattform MyStark.

Wir wünschen Ihnen viel Erfolg bei der Abiturprüfung!

Autorinnen und Autoren

Berger-Hönge, Silvia	Lösungen GK 2019, GK 2020-A/B1, GK 2021 A/B1, GK 2022-A/B1, GK 2023
Cleary, Liam	*Glossary of literary terms*
Jacob, Rainer	Hinweise zur Bearbeitung eines Diagramms
Klewitz, Dr. Bernd	Hinweise zur Bearbeitung eines Cartoons und eines Werbeplakats, Lösungen LK 2019, LK 2020, LK 2021, LK 2022, LK 2023
Moritz, Hans Otto	Hinweise und Tipps zum Landesabitur
Ressel, Johanna	Lösungen GK 2020-B2, GK 2021-B2, GK 2022-B2, GK 2023

Hinweise zu den digitalen Zusätzen

Auf alle digitalen Zusätze können Sie online über die Plattform **MyStark** zugreifen. Ihren persönlichen Zugangscode finden Sie auf der Umschlaginnenseite (vorne im Buch).

PDF der Original-Prüfungsaufgaben 2023

Um Ihnen die Prüfung 2023 schnellstmöglich zur Verfügung stellen zu können, bringen wir sie in digitaler Form heraus.

Sobald die **Original-Prüfungsaufgaben 2023** freigegeben sind, können sie als PDF auf der **Plattform MyStark** heruntergeladen werden.

Lernvideos

Textaufgaben sind Teil vieler Prüfungen und Klausuren – und machen oft einen Großteil der Prüfungsleistung aus. Mithilfe der **Lernvideos zum richtigen Umgang mit Textaufgaben** können Sie sich optimal auf die Anforderungen in diesem Bereich vorbereiten. Am Beispiel von zwei Texten mit je drei Aufgabenstellungen wird gezeigt, wie man an eine Textaufgabe herangeht und sie erfolgreich löst.

Die Lernvideos beinhalten:

- **Schritt-für-Schritt-Anleitungen** zum richtigen Vorgehen in der Prüfung
- **Sachtext** und **literarischer Text** als Grundlage
- nützliche Hinweise zu **häufigen Operatoren** und **Zieltextsorten**

Interaktives Training

Im **Online-Training „Basic Language Skills“** erhalten Sie Zugriff auf zahlreiche **interaktive Aufgaben** zu Grundlagen wie **Hörverstehen**, **Leseverstehen** und **Sprachverwendung im Kontext**. Dies sind ganz wichtige „Basics“, die Sie für eine gute Sprachbeherrschung brauchen.

Das interaktive Training bietet Ihnen:

- „**Listening**“ – authentische Hörtexte mit vielfältigen Aufgaben, die Ihr Hörverstehen testen
- „**Reading**“ – abwechslungsreiche Lesetexte und dazugehörige Aufgaben

- „**English in Use**" mit gemischten Aufgaben rund um den Gebrauch der englischen Sprache
- Alle Aufgaben sind interaktiv, d. h., Sie können sie direkt am PC oder Tablet bearbeiten und erhalten sofort eine Rückmeldung zu Ihren Antworten.

Web-App „MindCards"

Mit der Web-App „**MindCards**" können Sie am Smartphone Vokabeln lernen. Auf diesen interaktiven Karteikarten finden Sie hilfreiche Wendungen, die Sie beim Schreiben von Texten oder im mündlichen Sprachgebrauch einsetzen können.

Scannen Sie einfach die QR-Codes oder verwenden Sie folgende Links, um zu den „MindCards" zu gelangen:
https://www.stark-verlag.de/mindcards/writing-2
https://www.stark-verlag.de/mindcards/speaking-2

Writing

Speaking

Hinweise und Tipps zum Landesabitur

Die Anforderungen im schriftlichen Abitur

1 Kerncurriculum, Einführungserlasse und Abiturverordnung

Für die Vorbereitung auf das Abitur im Fach Englisch ist die Kenntnis der Grundlagen von Textauswahl und Aufgabenstellung erforderlich. Sie sind im Kerncurriculum für die Qualifikationsphase und in der „Oberstufen- und Abiturverordnung (OAVO)“ festgeschrieben. Die Vorgaben des Kerncurriculums werden durch die Abiturerlasse („Hinweise zur Vorbereitung auf die schriftlichen Abiturprüfungen im Landesabitur“) spezifiziert.[1] Diese geben eine verbindliche Auswahl an thematischen Schwerpunkten in Form von prüfungsrelevanten Stichworten vor. Sowohl für den **Leistungskurs** als auch für den **Grundkurs** gibt es für das **Abitur 2024** verbindliche **Pflichtlektüren**.
Mindestens eine Prüfungsaufgabe wird sich auf eines oder mehrere der folgenden Werke beziehen:

Leistungskurs/erhöhtes Niveau:
Q 1: Harper Lee, *To Kill a Mockingbird* in der Verfilmung von Robert Mulligan (1962)
Q 2: George Orwell: "Shooting an Elephant"; Hanif Kureishi: "My Son the Fanatic"; Zadie Smith: "The Embassy of Cambodia"
Q 3: William Shakespeare, *Othello;* Dave Eggers, *The Circle*

Grundkurs/grundlegendes Niveau:
Q 1: Harper Lee, *To Kill a Mockingbird* in der Verfilmung von Robert Mulligan (1962)
Q 2: George Orwell: "Shooting an Elephant"; Hanif Kureishi: "My Son the Fanatic"; Zadie Smith: "The Embassy of Cambodia"
Q 3: Dave Eggers, *The Circle*

Neben der Vorbereitung im Unterricht hilft Ihnen bei der Vorbereitung das „**AbiturSkript Englisch Hessen**“ (Bestell-Nr. 6546S1). Sie finden darin knapp zusammengefasst alles Wichtige zu Handlung, Figuren und relevanten Themen sowie nützliche Schaubilder, mit denen Sie sich das Gelernte besser einprägen können.

1 www.kultusministerium.hessen.de

1.1 Themenfelder im Abiturerlass für 2024

Der folgende Überblick zeigt Ihnen, auf welche Themen sich die Prüfungsaufgaben schwerpunktmäßig beziehen werden:

Halbjahr	Verbindliche Unterrichtsinhalte	
Q 1	**The USA – the formation of a nation**	
	GK + LK:	• development and principles of American democracy and the Constitution • landmarks of American history: *insbesondere* Civil Rights Movement, Black Lives Matter
	LK:	• recent political and social developments
Q 1	**Living in the American society**	
	GK + LK:	• the American way of life: *Einstellungen und Haltungen, Mobilität* • migration and the American Dream, *insbesondere* questions of identity
	LK:	• values and beliefs: *Religion, Puritanismus, Patriotismus*
Q 1	**Manifestation of individualism**	
	GK + LK:	• the American Dream as a manifestation of individualism • concepts of life: conformity vs. individualism, ambitions and obstacles
	LK:	• visions and nightmares: *individuelle Schicksale (11. September) und Reglementierung von Waffenbesitz*
Q 2	**Globalization**	
	GK + LK:	• globalization and the economy • resources and the future of energy/sustainability, *insbesondere* global chances and challenges
	LK:	• global peace keeping, *insbesondere* conflict and cooperation
Q 2	**Great Britain – past and present: the character of a nation**	
	GK + LK:	• Great Britain – tradition and change: *wesentliche Veränderungen auf sozialer, kultureller, politischer oder wirtschaftlicher Ebene* • being British: national identity and national stereotypes
	LK:	• Elizabethan England – an introduction to the Golden Age: *z. B. Epochenmerkmale, elisabethanisches Weltbild, soziale und historische Bedingungen, Entwicklung des Theaters*

Q 2	**Ethnic diversity**	
	GK + LK:	• Great Britain as a multicultural society: *Auswirkungen der kolonialen Vergangenheit* • prejudice and the one-track mind
	LK:	• integration versus assimilation
Q 3	**Human dilemmas in fiction and real life**	
	GK + LK:	• extreme situations: *der Kampf ums Überleben* • being different
	LK:	• drama by William Shakespeare: *insbesondere Othello*
Q 3	**Gender issues**	
	GK + LK:	• gender and identity, *insbesondere* gender roles, gender inequality • culture and gender – now and then: *Genderkonstruktionen in der Werbung*
	LK:	• culture and gender – now and then: *Schönheitsideale im Wandel (Sonette von Shakespeare)* • gender issues in the arts: *Darstellung von Geschlechterrollen in der Kunst oder in der Musik*
Q 3	**The media**	
	GK + LK:	• diversity of the media: *insbesondere* traditional and modern media, *z. B. Veränderungen in der Medienlandschaft, soziale Medien und neue Berufsbilder* • the power of media: *insbesondere* the impact of the media on the individual and society • making reality – faking reality, *insbesondere* information, entertainment, manipulation
	LK:	• communication: *z. B. kritischer Umgang mit Kommunikationsstrategien*

1.2 Aufgabenarten und Bewertung

Die Prüfung im Grund- und Leistungskurs besteht für alle Prüflinge aus zwei Teilen – aus einer Sprachmittlungsaufgabe und aus einer Textaufgabe:

- Die **Sprachmittlung** (Prüfungsteil 1/Pflichtvorschlag A) erfolgt in die Fremdsprache und muss von allen Prüflingen verpflichtend bearbeitet werden, d. h., hier gibt es keine Wahlmöglichkeit.
- Beim „**Schreiben mit integriertem Leseverstehen**“ (Prüfungsteil 2) stehen zwei Vorschläge (B 1 und B 2) zur Wahl. Jeder Vorschlag umfasst einen oder mehrere Texte mit drei bis vier Arbeitsanweisungen. Es kommen literarische Texte und Sachtexte infrage sowie Bilder und Grafiken.
  Der im Leistungskurs vorgelegte Text umfasst zwischen 700 und 1 000 Wörter, der im Grundkurs zwischen 500 und 800 Wörter. Werden mehrere Texte vorgelegt, gilt die Wortzahl für alle Texte zusammen.

Bei allen Aufgabenarten der aktuellen Prüfung erfolgt die Bewertung der **inhaltlichen** und die der **sprachlichen Leistung** getrennt. Bei der Festlegung der Note kommt der sprachlichen Leistung im Vergleich zur inhaltlichen die größere Bedeutung zu. Sie wird im Verhältnis 60:40 gewertet. Eine mit 0 Notenpunkten bewertete inhaltliche oder sprachliche Leistung schließt eine Gesamtnote von mehr als drei Notenpunkten aus.

Kriterien für die Bewertung der inhaltlichen Leistung sind:
- Textverständnis,
- Entfaltung des Themas,
- Folgerichtigkeit der Darstellung,
- Anwendung fachspezifischer Kenntnisse und Methoden,
- Fähigkeit zur Argumentation und Stellungnahme und
- v. a. im Leistungskurs: Erkennen der Wirkung sprachlicher und formaler Textmerkmale.

Bewertung der sprachlichen Leistung:
Die sprachliche Leistung, welche die Bereiche sprachliche Richtigkeit sowie Ausdruck und Textgestaltung zu gleichen Teilen, d. h. im Verhältnis 1:1, umfasst, wird ganzheitlich bewertet. Ausschlaggebend hierbei ist, ob und in welchem Ausmaß Verstöße gegen die Sprachrichtigkeit die Lesbarkeit und das Textverständnis beeinträchtigen und inwiefern die sprachliche Gestaltung des Textes gelungen ist. Der Gesamteindruck steht also im Vordergrund. Wiederholungsfehler bei demselben Wort bzw. in einem identischen Kontext werden nicht erneut gewertet.
Die ganzheitliche Bewertung der sprachlichen Leistung orientiert sich an klar umrissenen Kriterien der allgemeingültigen Deskriptoren-Tabelle, die sich wie folgt zusammenfassen lassen:

Kriterien für die Bewertung der sprachlichen Richtigkeit:
- lexikalische Korrektheit in allen Bereichen des Wortschatzes
- grammatische/syntaktische Korrektheit
- orthographische Korrektheit (Rechtschreibung und Zeichensetzung)

Kriterien für die Bewertung von Ausdruck und Textgestaltung:
- zielgerichteter, strukturierter und kohärenter Textaufbau
- Umsetzung der spezifischen formalen Textsortenmerkmale (gemäß Aufgabenstellung)
- eigenständige Darstellung; ggf. korrekte Kennzeichnung von Zitaten
- Angemessenheit des Sprachregisters, d. h. des Stilniveaus; Adressatenbezug
- Angemessenheit der Wortwahl (Präzision, Differenziertheit und Idiomatik bei allgemeinem Wortschatz sowie themen- und aufgabenspezifischem Fachvokabular)
- Variation des Satzbaus
- angemessene Verwendung komplexer, sprachtypischer Strukturen
- Einsatz von textstrukturierenden Mitteln

2 Anforderungsbereiche und Aufgabenstellungen zur Textaufgabe

In der Regel werden Ihnen beim „Schreiben mit integriertem Leseverstehen“ drei bis vier Aufgaben gestellt, die sich im Grundsatz an der Abfolge Zusammenfassung, Analyse und Stellungnahme/Kommentar/kreatives Schreiben orientieren.
Diese Abfolge ergibt sich grob aus den drei Anforderungsbereichen, die in der Oberstufen- und Abiturverordnung (OAVO) vorgegeben sind:

- Anforderungsbereich I: Textverstehen
- Anforderungsbereich II: Textanalyse
- Anforderungsbereich III: Werten und Gestalten

Abituraufgaben werden so konzipiert, dass der Schwerpunkt der geforderten Leistungen auf dem Anforderungsbereich II liegt. Grund- und Leistungskurs unterscheiden sich prinzipiell darin, dass im Grundkurs die Anforderungen aus den Bereichen I und II stärker akzentuiert sind, im Leistungskurs die Anforderungen aus den Bereichen II und III.
Die **erste Aufgabe** bezieht sich in der Regel weitgehend auf den **Anforderungsbereich I:** Textverstehen. Sie sollen unter Beweis stellen, dass Sie die Textvorlage verstanden haben und in der Lage sind, den Text zusammenzufassen oder einen Teilaspekt darzustellen.
Die **zweite Aufgabe** bezieht sich in der Regel schwerpunktmäßig auf den **Anforderungsbereich II:** Textanalyse. Die Analyse kann sich sowohl auf die Untersuchung der Gestaltungsmerkmale des Textes beziehen wie auch den Problemgehalt des angesprochenen Themas ausloten; u. a. können Sie aufgefordert werden, den Bezug zu einem im Unterricht bearbeiteten thematischen Kernbereich herzustellen. Oft werden zu beiden Teilbereichen Fragen gestellt.
Gleichwertig als Leistungen im Bereich des **Anforderungsbereichs III** werden die Stellungnahme/der Kommentar und das kreative Schreiben (z. B. aus einer anderen Perspektive) in einer vorgegebenen Textsorte angesehen. In der Regel wird nur eine der beiden Aufgaben gestellt.

Weitere hilfreiche Tipps zum Umgang mit Textaufgaben finden Sie in unseren Lernvideos auf der Plattform MyStark (Zugangscode vgl. Umschlaginnenseite). Hier erklären wir, wie man bei den wichtigsten Operatoren im Bereich Schreiben vorgehen muss. Außerdem erfahren Sie etwas zu häufigen Zieltextformaten wie z. B. Leserbrief oder Blogeintrag.

3 „Operatoren“

Um unmissverständliche Aufgabenstellungen zu ermöglichen, werden sog. Operatoren verwendet. Das sind als Schlüsselwörter fungierende Aufforderungsverben, die auf die erwartete Leistung (und bestimmte Anforderungsbereiche) abzielen. In der Regel werden nur die in der vom Hessischen Kultusministerium veröffentlichten Operatorenliste festgelegten, definierten und mit Beispielen versehenen Verben benutzt.[2] Sie sollten Ihnen aus dem Unterricht bereits hinlänglich vertraut sein.
Trotz der Zuordnung der Operatoren zu den jeweiligen Anforderungsebenen ist eine klare Trennung nicht immer möglich. Für den Bereich kreativer Schreibaufträge werden hier keine Operatoren aufgeführt.

Operator	**Definition**	**Beispiel**	**AFB**
Anforderungsbereich I			
delineate	present the central elements of a line of action or line of argument	Delineate the author's argumentation.	I–II
describe	give a detailed account of sth in your own words	Describe the different attitudes of the protagonists regarding Britain and the British.	I–II
outline/ name/ state	give the main features of a topic without commenting on them	Outline the author's views on love, marriage and divorce.	I
summarise	give a concise account of the main points	Summarise the text (in your own words).	I–II
Anforderungsbereich II			
analyse/ examine	systematically describe and explain in detail certain aspects and/or features of the text	Analyse the rhetorical means used. Analyse the relationship between X and Y. Examine the author's use of language.	II
compare	point out and analyse similarities and differences	Compare X and Y's views on education. Compare the living conditions described in the text with the idea of the "melting pot".	II–III
explain/ illustrate	describe and define in detail	Explain the protagonist's obsession with money.	II

2 www.kultusministerium.hessen.de

point out/ depict/ present	identify and explain certain aspects	Point out the situation the protagonist finds himself confronted with. Depict the meaning of the cartoon.	I–II
put into the context of	an incident, statement or argument is linked to relevant historical or topical know-ledge (on the basis of know-ledge gained in class)	Put this speech into the context of the Hispanic experience in the US.	I–II
relate	take an aspect (aspects) of the text at hand and establish a meaningful connection to an aspect (aspects) of the text of reference	Relate the protagonist's principles to a text read in class.	II
write a character-isation/ character-ise	describe and analyse the character(s)	Write a characterisation of the heroine.	II
Anforderungsbereich III – Bereich Interpretation/Bewertung			
assess	come to a justified conclusion about a certain topic or state-ment	Assess the importance of ethics in scientific research.	III
comment/ evaluate	state clearly your opinions on the topic in question, also explaining your criteria for judgment	Comment on the thesis … expressed in the text, line … Evaluate the chances of the pro-tagonist's plan to succeed in life.	III
discuss	analyse, give reasons for and against and come to a justi-fied conclusion	Discuss the influence of terrorism on civil liberties in the United States.	III
interpret	analyse the text and put its meaning in a wider context	Interpret the message the author wishes to convey.	I–III
Anforderungsbereich III – Bereich Textproduktion/Gestaltung			
write + *text type*/ develop	creative text production on a topic within the context of a specific text type	Write (e. g.) a letter to the editor / a personal letter / a dialogue / a speech …	III

1 Sprachmittlungsaufgabe

Die Sprachmittlungsaufgabe erfordert die sinngemäße, schriftliche Zusammenfassung des wesentlichen Gehaltes eines deutschen Ausgangstextes in der Fremdsprache. Der Ausgangstext bezieht sich meist auf einen aus dem Unterricht vertrauten Themenbereich, muss aber inhaltlich nicht mit der sich anschließenden Textaufgabe verknüpft sein. Infrage kommen vor allem anwendungsbezogene Texte, die sich z. B. auf naturwissenschaftliche, technische oder wirtschaftliche Sachverhalte aktueller oder zeitloser Art (in Deutschland) beziehen. Die der Mittlung vorangestellte Aufgabe versucht typischerweise, einen praktischen Kontext herzustellen und z. B. einen Zweck anzugeben, der beim Schreiben berücksichtigt werden muss. Das könnten die Webseite einer Schule im englischsprachigen Ausland oder ein englischsprachiges Projekt sein, an dem mehrere Schulen in der EU arbeiten.
Sprachmittlung bedeutet nicht, dass Sie eine Übersetzung vornehmen sollen, sondern dass Sie die Kernaussagen des deutschen Ausgangstextes in englischer Sprache wiedergeben. Somit kann bei der Vorbereitung auf diese Aufgabe auch das Kapitel über die Textzusammenfassung hilfreich sein.

Wesentlich ist folgende Vorgehensweise:

Schritt 1
Suchen Sie nach der zentralen Aussage des Textes.

Schritt 2
Integrieren Sie diese zentrale Aussage in Ihren *umbrella sentence*. Der *umbrella sentence* steht am Anfang Ihres Textes und informiert die Leser*innen nicht nur über den argumentativen Kern des Ausgangstextes, sondern auch über den situativen Rahmen – inklusive Quellenangabe.

Schritt 3
Arrangieren Sie die wichtigsten Punkte um die in Schritt 1 bestimmte Kernaussage herum.

Schritt 4
Lassen Sie Details und rein illustrative Passagen aus. Wichtig sind die Aussage des Textes und seine innere Logik. Denken Sie daran, dass logische und zeitliche Bezüge durch die geschickte Verwendung von Konjunktionen (z. B. *although, as, but, however, if, unless, when*) hergestellt werden.

2 Textzusammenfassung/gelenkte Textzusammenfassung

Die erste Aufgabe im Prüfungsteil „Schreiben mit integriertem Leseverstehen" zielt in der Regel auf das Textverstehen, d. h., sie beinhaltet in gelenkter oder allgemeiner Form die Erstellung einer Zusammenfassung, deren Länge in aller Regel zwischen 25 und 30 % des Ausgangstextes beträgt.

Warum wird eine Zusammenfassung geschrieben?
Die Zusammenfassung hat eine Schlüsselfunktion in der Vorbereitung der Textanalyse und der Interpretation. Zunächst muss man sicher sein, dass auch wirklich erfasst worden ist, worum es in dem Text geht. Erst dann ist es möglich, den Text auf Aufbau, Argumentationsweise, Sprache und Stilmittel, d. h. in Bezug auf seine Gestaltungsmittel zu untersuchen. Erst wenn die Textaussage und die Textgestaltung klar erfasst sind, kann man sich der Textauslegung, der Interpretation und der Analyse der Bedeutung des Textes zuwenden, d. h., erst dann kann der Text auch in einem größeren inhaltlichen oder stilistischen Zusammenhang betrachtet werden.

Wie wird eine Zusammenfassung vorbereitet?
Jede inhaltliche Zusammenfassung beginnt mit einem *umbrella sentence*, der (soweit bekannt) Angaben zum Autor oder zur Autorin, zur Textsorte, zum Zeitpunkt des Entstehens und zum thematischen Schwerpunkt des Textes enthält.
Die Gliederung des Textes entwickelt sich bei Sachtexten aus folgenden Leitfragen:
– Um welches Thema/Problem geht es?
– Was will der Autor oder die Autorin aussagen?
– Wie baut er oder sie die Argumentation auf?
– Welche weitergehende Stellungnahme wird in den Folgeaufgaben verlangt?

Bei literarischen Texten als Klausurvorlage steht nicht der argumentative Charakter im Vordergrund. Es handelt sich in aller Regel um Momentaufnahmen aus einem größeren Zusammenhang, welcher in dieser Situation unbekannt bleibt. Die Gliederung des Textes ergibt sich aus Leitfragen wie z. B.:
– Welche Situation treffen wir an?
– Wer sind die Hauptfiguren und wie verhalten sie sich?
– Welche Grundstimmung finden wir vor?
– Um welches Thema/Problem geht es?
– Wie ist der Text strukturiert?
– Für welche weitergehende Fragestellung werden Informationen benötigt?

In jedem Falle ist bei diesen Leitfragen immer wieder zu entscheiden:
– Was ist zentral wichtig?
– Was ist rein ornamental, also ausschmückendes Beiwerk?
– Was könnte man erwähnen, muss es aber nicht?

Bei der Entscheidung, was man weglassen kann, helfen Überlegungen wie: „Könnte ich den Text verstehen, wenn mir diese Information nicht zur Verfügung gestellt würde?“

Was ist beim Schreiben zu beachten?
Aus der Beantwortung der Leitfragen ergeben sich Grundbausteine und eine Rohstruktur der Zusammenfassung. Im Einzelfall kann eine detailliertere Gliederung unerlässlich sein. Grundsätzlich sind nur Äußerungen niederzuschreiben, die sich an der Textvorlage auch tatsächlich überprüfen lassen. Die Argumentationslogik sollte klar, unverschnörkelt und nachvollziehbar sein. Sie wird in den meisten Fällen nicht der Reihenfolge der Argumente im Text folgen. Im Gegenteil: Sehr oft wird eine am Schluss der Textvorlage zu findende

These/Schlussfolgerung oder überraschende Handlungsvariante den Ausgangspunkt der Zusammenfassung bilden.

Wie wird die Zusammenfassung formal und sprachlich gestaltet?

- **Textlänge:** Der Umfang der Zusammenfassung liegt meist zwischen einem Viertel und einem Drittel der Länge der Textvorlage.
- **Tempus:** Eine Zusammenfassung wird im Präsens verfasst. Im Text vorkommende Vor- bzw. Nachzeitigkeit bleibt erhalten.
- **Bezüge:** Personen-, Zeit- und Ortsbezüge werden wie in der indirekten Rede umgeformt, also wird z. B. *I* zu *he* oder *she*; *yesterday* wird zu *the day before*; *here* wird zu *there*.
- **Tabus:** Die Zusammenfassung enthält weder direkte Rede oder Zitate noch eine wertende persönliche Stellungnahme.

Sprachlich tendiert die Zusammenfassung zu einem leicht gehobenen Niveau und Abstraktionsgrad. Sie ist eher konzeptuell als berichtend oder ausschmückend; dies und die Textlänge unterscheiden sie von der Nacherzählung. Ein höherer Abstraktionsgrad verlangt die Verwendung von Kürzungsmitteln:

- **Allgemeinbegriffe** (wie z. B. *fruit* anstelle von *„oranges, apples and grapes“*),
- **übergreifend einschätzende Verben** (wie z. B. *to focus on, to claim, to maintain, to criticise, to report, to illustrate, …*),
- **generalisierende Adjektive** (wie z. B. *to be worried about, to be reluctant, to be concerned with, …*) und
- **Konjunktionen:** temporale *(before, when)*, kausale *(because, as, so)*, konditionale *(if, unless)*, konzessive *(though, although)*, kontrastive *(but, instead of)* und konsekutive *(so that, thus)* Bindewörter.

3 Analyse

Grundsätzlich können sich Aufgaben zur Analyse zum einen auf die Textanalyse im engeren Sinne beziehen, zum anderen auf zusätzliches Material oder auf im Unterricht Erarbeitetes.

- Bei der **Analyse im engeren Sinne** geht es um Facetten der Textstrukturierung/ Textgestaltung, die aufzuzeigen sind; es kann zusätzlich gefordert sein, das Verhältnis zwischen den Gestaltungsmitteln und dem Inhalt, der Atmosphäre oder der Textaussage auszuloten, d. h. die Funktion der Gestaltungsmittel zu bestimmen – als Teil der Interpretation (siehe a).
- Eine weitere Variante der Textanalyse besteht in der **Verknüpfung** der Textvorlage **mit einem zusätzlich in der Aufgabe zur Verfügung gestellten Material** (z. B. ein Cartoon oder eine Statistik/ein Diagramm; siehe b).
- Ebenso können Sie aufgefordert werden, die Informationen des vorliegenden neuen Textes zu **im Unterricht Gelesenem und Diskutiertem** in Bezug zu setzen (siehe c).

a) Auf der Basis der Zusammenfassung und dem so gewährleisteten Textüberblick wird das erworbene Wissen systematisch auf den Text angewendet. Wenn in der Aufgabenstellung keine weiteren Hinweise gegeben werden, so ist der Text daraufhin zu *scan-*

nen, welche Gestaltungsmittel besonders in den Vordergrund treten. Das *Scannen* kann sich beziehen auf:

- die Wortwahl (Register, Häufigkeiten),
- den Satzbau (komplex / einfach),
- Stilmittel (z. B. Kontrast, Parallelität, Wiederholung) und
- Sprachfiguren (z. B. Vergleich, Metapher)[3].

Mit dem Aufzeigen von Textgestaltungsmerkmalen kann die Aufgabenstellung erfüllt sein, in vielen Fällen allerdings ist sie das Fundament für eine weiterführende Betrachtung, die über die formale Analyse hinausgeht. Hier stellt sich die Frage nach dem Zusammenwirken von Form und Inhalt, d. h., die Gestaltungsmittel werden auf ihre Funktion oder Wirkung hin überprüft. Inwiefern unterstützen sie die Textaussage oder unterlaufen sie diese, z. B. in der Satire oder der Parodie?

b) Bei der Verbindung von neuem Text mit einem zusätzlichen Material (z. B. einem Cartoon, einem Werbeplakat oder einer Statistik) enthält die Aufgabenstellung mit großer Wahrscheinlichkeit einen Hinweis auf gewünschte Anknüpfungspunkte zwischen den beiden Materialien (siehe GK 2019-6). Dennoch ist es wesentlich, sich mit dem Inhalt des zusätzlichen Materials auseinanderzusetzen, bevor auf mögliche Vergleichsmerkmale mit dem Text Bezug genommen wird:

   - Handelt es sich bei dem zusätzlichen Material um eine **Statistik**, sollten Sie sich zunächst über die Art des vorliegenden Diagramms klar werden und dieses dann genauer beschreiben. (Hilfreiche Formulierungen hierfür finden Sie auf den Seiten XVII – XIX.)

   - Handelt es sich um einen **Cartoon**, ist es Ihre Aufgabe, die in Bild und Schrift dargestellte Botschaft des Zeichners zu dekodieren und in einen logischen Kontext zu stellen. Dies sollte in den folgenden Schritten erfolgen:
     - Beschreibung der im Cartoon dargestellten Personen, der Situation oder Aktion sowie der Textanteile (z. B. Sprechblasen, Bildunterschriften) im Präsens *(simple present, present progressive)*,
     - Erkennen des im Cartoon angesprochenen Problems, Bezug der dargestellten Szene auf die (momentane) politische oder gesellschaftliche Situation (wichtige Informationen hierfür können in Bildunterschrift oder Sprechblasen enthalten sein),
     - Entschlüsseln der verwendeten Symbole (z. B. Taube für den Frieden),
     - Interpretation der Botschaft des Cartoons, gestützt auf die gesammelten Erkenntnisse und Informationen.

     Erst nach der Analyse und Interpretation des Cartoons können Sie diesen fundiert in Bezug zur Textvorlage setzen. Dabei sollten Sie sich u. a. die Frage stellen, ob ein und dasselbe Thema aus verschiedenen Blickwinkeln oder derselben Perspektive dargestellt wird oder ob es inhaltliche Anhaltspunkte für einen Vergleich der beiden Materialien gibt. (Hilfreiche Formulierungen für die Analyse eines Cartoons finden Sie auf der Seite XVI f.)

---

3 vgl. *Glossary of literary terms* (S. XIX ff.)

- Handelt es sich um ein **Werbeplakat**, ist es wichtig, sowohl Bild als auch Werbebotschaft einer genauen Betrachtung zu unterziehen. Meist ist es die Kombination aus den Komponenten Text und Bild, die die Aufmerksamkeit der Betrachtenden erregen soll. Nicht selten trägt die Bildbearbeitung dazu bei, den Werbeslogan zu unterstreichen *(staged advertisement)*.
  Generell empfiehlt sich folgendes Vorgehen zur Analyse eines Werbeplakats:
  - Kurze Beschreibung des Posters: Was wird dargestellt? Wer wirbt mit dem Plakat? Wofür wird geworben?
  - Beschreibung des Posters im Detail: Gehen Sie bei aufwändigeren Plakaten am besten systematisch vor, indem Sie das Plakat von unten nach oben bzw. links nach rechts oder erst Vorder- und dann Hintergrund beschreiben. Weisen Sie dabei auf auffällige Details hin, die den Gesamteindruck des Posters verstärken. Geben Sie die Texte in Ihren eigenen Worten wieder.
  - Herstellen einer Beziehung zwischen Werbetext und Abbildung: Gibt es (ironische) Widersprüche zwischen Bild und Text? Ergänzen sich die beiden Komponenten? Verstärkt der Text bzw. das Bild bestimmte Eindrücke?
  - Analysieren des Effekts des Posters: Wer soll angesprochen werden? Welche Absicht steckt dahinter? Wie wird die Botschaft vermittelt? Wird der beabsichtigte Effekt beim Beobachter erzielt? (Hilfreiche Formulierungen zur Analyse eines Werbeplakats finden Sie auf Seite XVI.)

c) Auch wenn ein Bezug von bereits Gelerntem zum neuen Text gewünscht ist, wird in der Regel die Aufgabenstellung die weitere Herangehensweise steuern. Sollte die Aufgabenstellung sehr allgemein sein, so müssen mögliche Anknüpfungspunkte kurz durchdacht werden. In einem weiteren Schritt ist dann z. B. zu klären, ob und, wenn ja, inwiefern sich Gelerntes und Neues widersprechen oder ergänzen.

4 Persönliche Stellungnahme/Kommentar und Diskussion

Traditionellerweise erfordert die Lösung der letzten Aufgabe eine persönliche Stellungnahme, einen kritischen Kommentar oder eine analytisch orientierte Diskussion. Zuweilen tritt an die Stelle dieser Anforderung die sogenannte kreative, gestalterische Aufgabe, die im Rahmen einer Textsortenbindung bei der inhaltlichen Ausgestaltung einen größeren Spielraum für das Einbringen eigener Ideen bietet.

In einer **persönlichen Stellungnahme** oder **einem Kommentar** wird von Ihnen erwartet, dass Sie Ihre eigene Meinung zu dem gegebenen Problem äußern. Damit steht es Ihnen frei, das Problem u. U. auch sehr emotional und unter Bezug auf Ihre eigenen Erfahrungen und ganz persönlichen Wertvorstellungen zu beleuchten.
Es wird von Ihnen erwartet, dass Sie einen oder mehrere Hauptaspekte auswählen und diese Auswahl kurz reflektieren und begründen. Diese Aspekte werden systematisch bearbeitet und Thesen dazu aufgestellt. Über eine eng gefasste persönliche Stellungnahme hinaus sollte eine Einbettung der Problemstellung und der Hauptaspekte in einen größeren Kontext vorgenommen werden.

Im Rahmen einer **Diskussion** sollten Sie möglichst viele Facetten eines Problems entfalten, analytisch durchdringen und eine Bewertung vornehmen. Die Grundlagen dieser Bewertung müssen offengelegt und reflektiert werden.
Die Diskussion ist mehr der analytischen Schärfe verpflichtet und weniger den Bedürfnissen und Emotionen des Einzelnen. Sie können also bei der Diskussion eines Problems zu anderen Ergebnissen kommen als bei einer persönlichen Stellungnahme.
Methodisch empfiehlt es sich, vor dem Schreiben eine Stichwortsammlung zu erstellen, zusammengehörige Stichworte zu bündeln und in eine sinnvolle und für die Leserschaft nachvollziehbare Anordnung zu bringen. Immer mit Blick auf den Adressaten und die Adressatin ist beim Schreiben zu entscheiden, an welchen Stellen Beispiele/illustrierende Passagen eingefügt werden.

5 Ausdrucksvermögen

Die Ausdrucksweise jedes Menschen ist sehr individuell, daher sind allgemeine Aussagen zur Stilverbesserung schwierig. Allerdings haben Sie bereits gelesen, welche Kriterien der Bewertung des Ausdrucksvermögens zugrunde liegen. Bei der Vorbereitung Ihrer Prüfung ist also die Aneignung bzw. Wiederholung des themen- und aufgabenspezifischen Fachvokabulars wichtig. Grundlage sollten Ihre im Unterricht erworbenen Kenntnisse sein. Es gibt auch zahlreiche Veröffentlichungen, in denen der Oberstufenwortschatz thematisch gegliedert dargeboten wird (z. B. der Band „Englisch-KOMPAKT Wortschatz Oberstufe" des Stark Verlages, Best.-Nr. 90462D, oder das „Abitur-Training Englisch Themenwortschatz", Best.-Nr. 82451D).

Web-App „MindCards"

Viele weitere hilfreiche Wendungen zum Bereich „Writing" enthalten übrigens unsere MindCards, auf die Sie u. a. über nebenstehenden QR-Code Zugriff haben.

5.1 Konnektoren

Im Zusammenhang mit der geforderten Variation des Satzbaus und dem Einsatz von textstrukturierenden Mitteln (Verknüpfungen zwischen Satzteilen, Sätzen und Satzgruppen) lohnt sich die bewusste, aber nicht übertriebene Verwendung von Konnektoren, die auch als *connectives* oder *linkers* bezeichnet werden. Sie sind besonders für die elegante Formulierung von Kommentaren notwendig. Die themen- und meinungsunabhängigen Konnektoren werden aber zum Teil auch bei Zusammenfassungen und Analyseaufgaben immer wieder gebraucht. In einsprachigen Wörterbüchern findet man solche hilfreichen Ausdrücke des Öfteren im Anhang oder in der Mitte. Hier eine kleine Auswahl zum Wiederholen und Üben:

1. **Einleitung**
   - it is undeniably true that … (es *steht außer Zweifel, dass …)*
   - for the great majority of people *(für die meisten Leute)*
   - it is sometimes forgotten that … *(es wird manchmal vergessen, dass …)*
   - a problem that is often debated nowadays is that of … *(heutzutage wird viel über … diskutiert)*

2. **Fortführung**
   - a number of key issues arise from … *(aus … ergeben sich einige grundsätzliche Fragen)*
   - what it boils down to is: … *(letztlich läuft es auf Folgendes hinaus: …)*

3. **Bestätigung**
   - it should be stressed that … *(man sollte betonen, dass …)*
   - it would be ridiculous to assert that … *(es wäre geradezu lächerlich zu behaupten, dass …)*
   - it is undoubtedly true that … *(zweifellos …)*

4. **Zweifel**
   - it is questionable whether … *(es ist fraglich, ob …)*
   - it remains to be seen whether … *(es wird sich zeigen, ob …)*
   - it may well be that … *(es kann sehr wohl sein, dass …)*
   - it is certainly true that … but I wonder whether … *(es ist sicher richtig, dass …, aber ich frage mich, ob …)*

5. **Missbilligung**
   - it is hard to agree with … *(es fällt schwer, mit … übereinzustimmen)*
   - … offers no solution to … *(… bietet keinerlei Lösungsansatz für …)*
   - … should not go unchallenged *(… sollte nicht unwidersprochen hingenommen werden)*
   - I find it impossible to accept … *(ich kann … einfach nicht akzeptieren)*

6. **Betonung einzelner Gesichtspunkte**
   - it should never be forgotten that … *(man sollte nie vergessen, dass …)*
   - especially in view of … *(besonders im Hinblick auf …)*
   - next I wish to focus our attention on … *(als Nächstes möchte ich unser Augenmerk auf … lenken)*
   - what is more, … *(hinzu kommt noch, dass …)*
   - the chief feature of … *(das Hauptmerkmal …)*

7. **Vergleich, Hinzufügung, Verbindung**
   - as for … *(was … betrifft)*
   - first of all …, next …, finally … *(zunächst …, dann …, schließlich …)*
   - as far as … is concerned … *(was … betrifft …)*

- there is a fundamental difference between … *(es besteht ein grundlegender Unterschied zwischen …)*
- as regards … *(was … angeht)*

8. **Persönliche Sichtweise**
   - in my opinion … *(meiner Meinung nach …)*
   - my own view of this is that … *(meiner Meinung nach …)*
   - it seems to me that … *(mir scheint …)*
   - I feel strongly that … *(ich bin der Überzeugung, dass …)*

9. **Andere Sichtweise**
   - this line of thinking leads to … *(dieser Gedankengang führt zu …)*
   - …, which brings us to another side of the question *(…, was eine andere Frage aufwirft)*
   - … draws our attention to the fact that … *(… macht uns darauf aufmerksam, dass …)*

10. **Zitate, Beispiele**
    - take the case of … *(wenn man zum Beispiel … nimmt)*
    - to illustrate the truth of this *(um das zu veranschaulichen)*
    - a single, but striking example of … *(ein gutes Beispiel für …)*
    - according to … *(laut …)*
    - this passage serves to illustrate … *(dieser Absatz veranschaulicht …)*

11. **These**
    - the first thing that needs to be said is … *(zunächst einmal sollte man darauf hinweisen, dass …)*
    - we must distinguish carefully between … *(man muss sorgfältig zwischen … unterscheiden)*
    - this brings us to the question of whether … *(daraus ergibt sich die Frage, ob …)*
    - it is worth stating at this point that … *(an dieser Stelle sollte man darauf hinweisen, dass …)*

12. **Antithese**
    - another way of looking at this question is to consider … *(man kann das Problem aber auch aus anderer Sicht betrachten)*
    - … is, however, a totally unjustified assumption *(… ist jedoch eine völlig unberechtigte Annahme)*
    - it would be more accurate to say that … *(es wäre richtiger zu sagen, dass …)*

13. **Synthese**
    - how can we reconcile these contradictory viewpoints? *(wie lassen sich diese widersprüchlichen Standpunkte vereinbaren?)*
    - it is easy to believe that … but the truth is that … *(man könnte annehmen, dass …, aber in Wahrheit …)*

14. **Schluss**
   - what conclusion can be drawn from all this? *(welche Schlussfolgerungen lassen sich aus all dem ziehen?)*
   - ultimately, then, … *(letzten Endes)*
   - nevertheless, at the end of the day it is safe to assume that … *(dennoch kann man letzten Endes davon ausgehen, dass …)*
   - all in all *(zusammenfassend)*
   - I therefore reject/support … *(daher unterstütze ich …/lehne ich … ab)*
   - in a nutshell … *(kurzum)*

Will man sich den bewussten Gebrauch dieser Wendungen angewöhnen, sollte man die Musterlösungen in diesem Band nicht nur nach auf die Aufgabenstellung bezogenen inhaltlichen Kriterien, sondern auf jeden Fall auch mit Blick auf die Art der sprachlichen Gestaltung durcharbeiten.

5.2 Beschreibung eines Werbeplakats

Formulierungen

This poster is about/represents/reveals/shows …
The photograph/image depicts …
It is an example of …/There is a reference to …
The poster criticises/points out …
The image suggests …/conveys the impression that …
The image draws attention to …
The image is manipulated …
The text explains …/is an appeal to …
The slogan hints at …/The explanatory text describes …
Text and image contradict each other because …/There is a contrast between …
The tone of the poster …
It creates an atmosphere of …
A positive impression is conveyed by …
The poster catches and holds the viewer's attention because …
The text is manipulative as …

5.3 Beschreibung eines Cartoons

Formulierungen

In the upper left-hand corner/in the lower right-hand corner …
In the foreground/in the background …
On the right-hand side/on the left-hand side …
At first sight, one believes …
The cartoon displays/shows …
The title of the cartoon refers to …
In the speech bubbles *(Sprechblasen)*, the cartoonist indicates …
The caption *(Bildunterschrift)* alludes to/implies …
The message is clear to see …

There is evidence that …
The cartoonist makes fun of …
From the cartoonist's point of view …
The cartoon displays the same topic as the text at hand, but shows another perspective on the issue …
The cartoon is more convincing than the arguments given in the text …

5.4 Beschreibung eines Diagramms

Diagrammarten

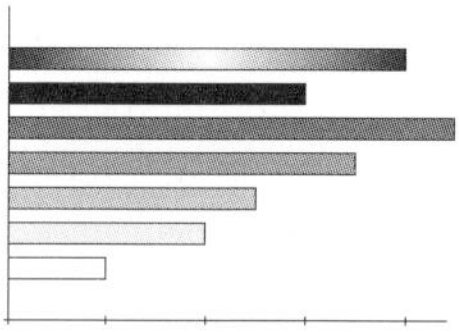

bar chart/graph
(Balken-, Säulendiagramm)

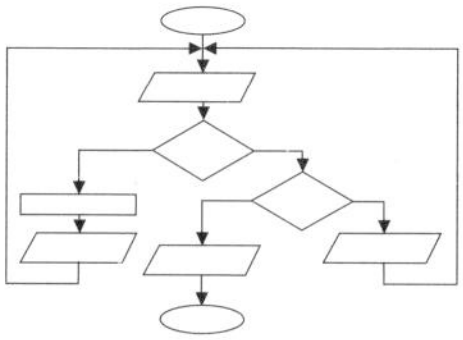

flow chart
(Flussdiagramm)

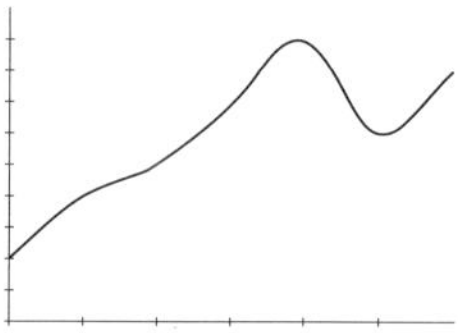

line graph
(Kurvendiagramm)

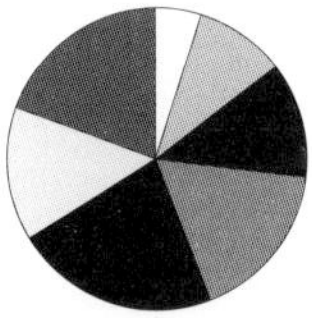

pie chart
(Kreisdiagramm, Kuchendiagramm)

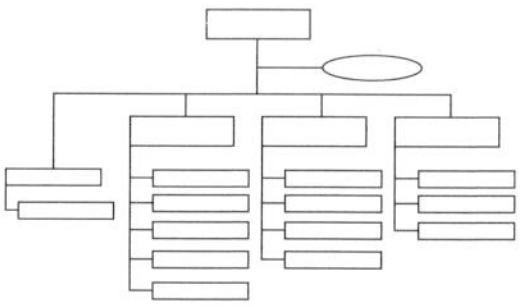

organisation(al) chart
(Organigramm)

Question	Answer
a) What are the conditions that would bring about multiculturalism in a positive sense according to the author?	• individual rights should be guaranteed to everyone (cf. l. 29) • different groups should respect each other (cf. ll. 30 /31)
b) Which group makes it the most difficult to create a feeling of national identity?	white British people (cf. ll. 41/42)

table
(Tabelle)

Beschreibung des Diagramms

- **Zustand**

to stand at …	In December, sales stood at $ 22 million.
to remain/stay at …	Losses stayed at $ 2 million per month between January and March.
to amount to …	*sich belaufen auf, betragen*

- **Zunahme**

to rise/go up/increase by … to …	Costs rose by 5 % to 25 %.
to rise/go up/increase from … to …	Profits went up from 20 % to 25 %.
an increase/a rise of	There was an increase/a rise of 5 %.
an increase/a growth in	There was an increase in sales.
to rocket	*in die Höhe schießen*
to surge	*dramatisch zunehmen*
to double/treble/quadruple	*sich verdoppeln/verdreifachen/vervierfachen*
to increase five-fold, six-fold	*fünffach, sechsfach zunehmen*
to jump to	*in die Höhe schnellen*

- **Abnahme**

to drop/go down/decrease/fall by … to …	Expenses dropped by $ 55,000 to $ 320,000.
to drop/go down/decrease/fall from … to …	Interest rates decreased from 18 % to 16 %.
a drop/decrease/fall of	There was a drop/decrease/fall of 2 %.
a drop/decrease/fall in	Companies experienced a drop/decrease/fall in sales.
to plummet	*stark zurückgehen*
to slump	*zurückgehen*
to fall to a trough	*auf einen Tiefstand fallen*

- **Höhepunkt**

to peak at …	*einen Höchststand erreichen bei* Sales peaked at 5,000 units in December.
to reach a peak of …	Sales reached a peak of 5,000 units in December.

- **Gleichstand**

to level off/out at …	*sich einpendeln bei* Sales levelled out at 4,000 units.
figures do not change	The figures have not changed for years.

- **Tiefpunkt**

to bottom out at …	*einen Tiefstand erreichen bei* Our market share bottomed out later that year at around 25 %.
to reach their/its lowest at …	Profits reached their lowest at 8 %.

- **Adjektive**

slightly/steadly/dramatically/sharply	Sales figures have fallen slightly.
continually *(stetig)* / gradually *(allmählich)*	Profits have gone up continually.
(in)significantly *((un)bedeutend)* / negligibly *(geringfügig)*	Growth is expected to rise insignificantly.

Formulierungen

The pie chart shows …
This is an organisation chart of …
The bar graph demonstrates …
This table gives information about …
The pie chart compares …
As you can see from the pie chart …
Its most significant feature is …
The horizontal axis represents …
The dotted line on the graph represents …
The figures in the table show that …
The figures prove that …
The statistics suggest that …
The diagram makes it clear that …
This implies that …
There is evidence that …

6 Glossary of literary terms

1. **Alliteration:** sometimes referred to as **head rhyme** or **initial rhyme**, alliteration is a term we use to describe the **repetition of the initial sounds**, usually consonants, in a line of poetry or in closely adjacent lines. A good poet uses alliteration not just because it sounds nice but because it reinforces the meaning and purpose of the lines in question. Alliteration therefore is used **to create melody**, **establish mood**, **or call attention to important words**. It also highlights similarities or contrasts.

   Example: "Scooping spilt, soft, broken oil with a silver spoon from a flagstone floor. …"
   (*"M-M-Memory" from* The Other Country *by Carol Ann Duffy*)

2. **Allusion:** when a writer alludes to something in the course of writing a poem, he/she refers to **information assumed to be known** by the reader. This can be a reference to a person or a well-known occurrence such as a battle or war, a TV character or a well-known literary character.

   Example: "'An old woman who looked like one of the witches from Macbeth' he said. This allusion was lost on Sally. Seeing her puzzlement he went on, 'wrinkled, don't you know, and hideous and so forth' …"
   (The Ruby in the Smoke *by Philip Pullman*)

3. **Anaphora:** the **repetition** of a word or phrase at the start of a succession of phrases in order to achieve **rhetorical effect**. This is most commonly used in plays or famous speeches.

   Example: "*We shall fight* in France, *we shall fight* on the seas and oceans, *we shall fight* with growing confidence and growing strength in the air, *we shall* defend our island, whatever the cost may be, *we shall fight* on the beaches, *we shall fight* on the

landing grounds, *we shall fight* in the fields and in the streets, *we shall fight* in the hills. *We shall* never surrender."
(Winston Churchill)

4. **Antithesis:** this term refers to the exact **opposite** of something being **highlighted in parallel words or** in the **juxtaposition** of contrasting ideas or phrases.

   Example: BRUTUS "Not that I loved Caesar less, but that I loved Rome more."
   (Julius Caesar *by William Shakespeare*)

5. **Characterisation:** the method an author uses to present his/her characters to the reader. This may involve **physical description**, an account of **speech and behaviour**, a character's **opinions and reactions**, or finally, what a character **feels or thinks** about something.

   Example: "Frances Lennox was a minor, steady, reliable actress, and had never been asked for anything more. This part was in a brilliant new play, a two-hander, and the male part would be taken by Tony Wilde who until now had seemed so far above her she would never have had the ambition to think of her name and his side by side on a poster ..." (The Sweetest Dream *by Doris Lessing*)

6. **Climax:** a group of sentences or clauses which starts with the weakest and then **builds to a high point** in order to achieve effect. The term can also refer to the high point of a story or play.

   Example: "It is an outrage to bind a Roman citizen; to scourge him is an atrocious crime; to put him to death is almost a parricide; but to crucify him, what shall I call it?"
   (Cicero)

7. **Elements of fiction:** certain aspects of a literary work. A criticism or analysis of a book or story might concentrate on any of the following elements: the **action**, the **antagonist** (i. e. the person or force that works against the **protagonist** or hero of the story), the **characters**, the **climax**, the **conflict**, the **dialogue**, the **exposition** (i. e. the part of the story in which the characters first appear, the background is explained and the setting is described), the **falling action** (i. e. the action and dialogue following the climax that lead the reader into the story's end), the **mood**, the **moral**, the **narrator**, the **plot**, the **resolution** (i. e. how everything turns out), the **rising action** (i. e. the central part of the story during which various problems arise after a conflict is introduced), the **setting**, the **style** and the **theme**.

   Example: The theme of the short story collection *Dubliners* by James Joyce is essentially one of life and human nature in Dublin as seen through the eyes of the characters involved.

8. **Ellipsis:** a stylistic device used to achieve poetic effect by **omitting a word or phrase** which is easily known to the reader.

Example: "And he to England shall along with you." (The word "go" has been omitted between "shall" and "along.")
(Hamlet *by William Shakespeare*)

9. **Euphemism:** a **polite phrase or word** which is used to say something that is considered unpleasant or hurtful in a nice and acceptable manner.

   Example: "He passed away" *(He died).*

10. **Figurative language** takes in such devices as **simile**, **hyperbole**, **personification** and **metaphor**.

    Example: "He clasps the crag with crooked hands
    Close to the sun in lonely lands
    Ringed with the azure world, he stands."
    ("The Eagle" by Lord Tennyson)

11. **Foreshadowing** happens when the author gives **hints** about things which will later come to pass in the course of a story.

    Example: In *Julius Caesar* by William Shakespeare, Caesar's wife has nightmares in which she foresees his death (Act II, Scene II):
    Thunder and lightning. Enter CAESAR, in his night-gown
    "Nor heaven nor earth have been at peace to-night:
    Thrice hath Calphurnia in her sleep cried out,
    'Help, ho! they murder Caesar!' Who's within?"

12. **Flashback:** the opposite of foreshadowing. An interruption in the action of a story or work of non-fiction **to show an episode that happened at an earlier time**. A flashback is usually used to provide background information.

    Example: In *The Snows of Kilimanjaro*, Harry Street, who is dying, becomes preoccupied with incidents in his past. In a flashback Street remembers one of his wartime comrades dying painfully on barbed wire on a battlefield in Spain.

13. **Hyperbole: exaggerated form** of language used to increase effect.

    Example: "I could eat a horse" *or* "All the perfume of Arabia could not sweeten this little hand."
    (Macbeth *by William Shakespeare*)

14. **Irony:** a humorous use of words **to imply the opposite** of what they actually mean. There is a contrast between what seems to be and what actually is. We speak of verbal irony, dramatic irony, irony of situation and irony of tone.

    Example: "Moments after Eileen shot herself, having earlier been told that John, her husband, had been killed in the war, he came walking up the drive with his rucksack over his shoulder."

15. **Metaphor:** a figure of speech that **implies comparison** without using "like" or "as". A resemblance is indicated but not expressed directly.

    Example: "All the world's a stage." (Not: … is *like* a stage)
    (As You Like It *by William Shakespeare*)

16. **Mood:** the overall **emotional effect** created by a piece of literature.

    Example: The mood created in the poem "Originally" (Carol Ann Duffy) is a reflective one, full of memories and uncertainty. The poet is considering a time when she lived in a different country and is wondering where she actually comes from. The conclusion of the poem reads "And I hesitate", a finish which contributes to, and is typical of, the overall mood of the poem.

17. **Paradox:** a seemingly **absurd or self-contradictory statement** that is or may be true.

    Example: "What a pity that youth must be wasted on the young."
    (George Bernard Shaw)

18. **Personification:** the **attribution of human qualities** to something which is not human.

    Example: "As the wind undressed the trees, fear grabbed at his throat …"
    or "The plane began to creak and protest as it fought its way through the storm."

19. **Plot: pattern of action** in a short story, novel or play. In a book with a good plot all the details are important and are arranged so that the outcome depends on each one and the interaction of all the details with one another. The plot may have a **protagonist** who is opposed by an **antagonist**, creating what is known as **conflict**. A plot may include a flashback or subplot (which might be a mirror image of the main plot).

    Example: In Shakespeare's *King Lear,* the relationship between the Earl of Gloucester and his sons mirrors the relationship between Lear and his daughters.

20. **Point of view:** the writer's **choice of narrator** for the story. A writer has three basic choices when it comes to deciding on what point of view will be used in a novel.

    Example: **First-person narrator:** the narrator "I" is a character in the story who can reveal only his/her own thoughts and what he/she sees and is told. *Robinson Crusoe* is told from a first-person point of view.
    A **third-person narrator with a limited point of view** is an outsider who can only report what he/she sees and hears (such as the narrator in *Hard Times* by Charles Dickens).
    A **third-person narrator with an omniscient point of view** knows everything and can even read the minds of the characters. He/she might inform the reader about the thoughts of all characters or might focus on one character only. Joyce's *Ulysses* is told in this manner.

21. **Pun: play on words** to exploit ambiguities in meaning, usually for humorous effect.

    Example: Ben Battle was a soldier bold and used to *war's* alarms
    But a cannonball took off his *legs* so he laid down his *arms*.

22. **Rhetorical question:** a question to which **no answer is required** because the answer is obvious.

    Example: "Who knows?" (The answer "nobody knows" is clear from the question itself.)

23. **Rhyme:** a term we use to describe the **repetition of syllable sounds**. We speak of **end rhyme** and **internal rhyme**. The pattern created by rhyme in a poem is referred to as the rhyming scheme.

    Example: "I'm a lean dog, a keen dog, a wild dog and lone;
    I'm a rough dog, a tough dog, hunting on my own."
    (Irene Rutherford McLeod)

24. **Sarcasm:** particular **type of irony**. Sarcasm is usually intended to be aggressive and is often insulting and aimed at a person.

    Example: "You are a wonderful goalkeeper." (To someone who has just conceded nine goals in a match ...)

25. **Satire:** a literary work which exposes and ridicules human folly and uses **sarcasm**, **wit** and **irony** to do so. It is usually directed against the injustice of social wrongs, e. g. poverty, corruption.

    Example: Famous satirists would include Dryden, Swift, Pope and Orwell. *Animal Farm* (Orwell) and *Gulliver's Travels* (Swift) are among the most famous works of satire ever written.

26. **Setting:** the **time and place** in which the events of a story or novel take place.

    Example: The book *Ulysses*, by Irish writer James Joyce, has perhaps the most well-known setting of any modern novel. It is set in Dublin on one particular day in 1904, a day that has since become known as Bloomsday in honour of a character, Leopold Bloom, who appears in the book.

27. **Simile:** a **comparison** of two completely different objects using "**like**" or "**as**". Usually, it is not considered as powerful as a metaphor as it does not defy logic.

    Example: "Errors, like straws, upon the surface flow ..." *(John Dryden)*

28. **Soliloquy:** a **speech** which is spoken by a character in a play at a time when he or she is unaccompanied on the stage.

    Example: The best-known soliloquy in the English language is Hamlet's speech in which he utters his famous "to be or not to be" statement.

29. **Stream of consciousness: narrative technique** developed towards the end of the 19th century used to portray the **thoughts and feelings** (and sometimes also actions) **of a character**. It can depict subjective as well as objective reality.

    Example: In his work *The Butcher Boy* the Irish author Patrick McCabe uses the stream of consciousness to show his main character's descent into madness.

30. **Symbol:** a word which stands for or is somehow connected to an idea and is therefore a **sign** of something.

    Example: The Union Jack stands for Britain. In Robert Frost's poem "Acquainted with the Night" both night and darkness are symbols for death or depression.

31. **Tone:** when a reader refers to the tone of a poem, he or she is usually speaking about **the writer's attitude** to the subject he/she is writing about. More specifically, the tone of a text can refer to **the moral outlook**. Tone is sometimes used to describe the overall feeling of a poem and thus is related to the mood.

    Example: The tone of *Cannery Row* by John Steinbeck is objective and neutral. The writer does not express disapproval of the actions of Mack and his band.

Abiturprüfung 2019 Englisch (Hessen)
Grundkurs

Prüfungsteil 1 (Sprachmittlung) – Vorschlag A: *Integration*

Material: Josef Joffe: Hello Muslime! (2016) – Warum in Amerika keine Parallelwelten entstehen und Integration funktioniert

Der Einreisestopp für Muslime ist ein Trump-Klassiker; nach Orlando hat er nun jene drei Millionen aufs Korn genommen, die bereits in Amerika leben: „Die assimilieren sich nicht wirklich. Und ich rede über die zweite und dritte Generation."

Wie die meisten seiner Sprüche ist auch dieser falsch. Wie misst man Assimilation? Man vergleiche die Sitten und Gebräuche der Neuen mit denen des Rests der Republik. Siehe da: Die Muslime sind so amerikanisch wie alle anderen. Ebenso viele – drei Viertel – trennen Müll. Sie verbringen fast genauso viel Zeit vor dem Fernseher. Und fast sechs von zehn sind in den Sozialen Netzwerken unterwegs – in der Gesamtbevölkerung sind es nur 44 Prozent.

Es wird noch besser. Muslime sind zufriedener mit Amerika: Gut sechs von zehn meinen, dass „es gut läuft" in der neuen Heimat, was nur 23 Prozent der Bürger insgesamt glauben (Pew Research Center, *A Portrait of Muslim Americans*). Eine frühere Pew-Studie (2007) wirft ein Schlaglicht auf die Kluft zwischen Amerika und Europa. Entschieden mehr US- als Euro-Muslime bekunden, es gehe Frauen in der neuen Heimat besser als in der alten. Das Gefühl der Nichtzugehörigkeit teilt weniger als die Hälfte; in Europa sind es zwei Drittel.

Assimilation heißt: Ich will Amerikaner werden! Auf der Patriotismus-Skala liegen Muslime vor allen anderen Einwanderern. Von diesen beantragen nur 50 Prozent die Staatsbürgerschaft, bei den Muslimen sind es 70. Trump weiß also nicht, wovon er redet.

Warum die Integration in den USA so gut funktioniert, dafür gibt es drei Gründe. Erstens: Selbstselektion. Aus der islamischen Welt gehen viele nach Amerika, um dort zu studieren (und zu bleiben); als Gruppe sind sie besser ausgebildet als etwa Türken in Deutschland oder Algerier in Frankreich. Die Einkommen belegen das. Der Anteil jener, die 100.000 Dollar oder mehr melden, ist fast so hoch wie unter den Alteingesessenen. Dramatisch ungleicher geht es dagegen in Europa zu.

Zweitens: nationale Vielfalt der Neuen. Anders als in Europa, wo jeweils eine Nationalität dominiert, etwa Marokkaner in Belgien, kommen Amerikas Muslime aus achtzig Ländern – von Indien über Iran bis Ägypten, unterteilt in unzählige Sekten. Das Gemisch stärkt den Druck aufs gedeihliche Zusammenleben. Parallelwelten wie in Molenbeek[1] werden hier rasch aufgesogen.

Drittens: religiöse Toleranz (oder besser: Indifferenz) auf beiden Seiten. Amerika kennt keine Staatsreligion; jeder kann nach seiner Fasson selig werden, sich sein Gotteshaus bauen. Unter den Muslimen sorgt die chaotische Sektenvielfalt dafür, dass sich die Gläubigen untereinander sowie mit Christen und Juden vertragen müssen. Der Moschee-

Architekt Chris McCoy bringt's auf den Punkt: „Es geht nicht darum, ob die Kuppel nach saudischem oder indischem Muster gebaut wird, sondern darum, ob man sich überhaupt eine Kuppel leisten kann." Geld schlägt Gott.

Wie gut die Assimilation läuft, zeigen auch die hässlicheren Statistiken. Die Harvard-Soziologin Mary Waters notiert: „Amerikaner zu werden heißt, weniger Sport zu treiben, fetter und straffälliger zu werden." Herzkrankheiten und Scheidungsraten passen sich in der zweiten Generation ebenfalls an. Der Schmelztiegel funktioniert also im Guten wie im Schlechten – wie einst für Deutsche, Iren, Polen und Juden. Bloß sind dem Demagogen Zahlen und Trends egal.

Josef Joffe: Hello Muslime! Warum in Amerika keine Parallelwelten entstehen und Integration funktioniert, in: Die Zeit *28/2016*

1 Molenbeek – ein Stadtteil von Brüssel mit überwiegend muslimischer Bevölkerung marokkanischen Ursprungs

Aufgabe

You are working on an international school project researching the worldwide integration of migrants. Your role is to research the integration of Muslims.

Write an email to the project coordinator (a teacher), outlining the indicators for successful integration and the reasons Josef Joffe, the editor-in-chief of the German weekly newspaper "Die Zeit", gives for his theory that the integration of Muslims in the US is more effective than in Germany. (Material) (100 BE)

Prüfungsteil 2 (Schreiben) – Vorschlag B 1: *Modelling the future*

Wählen Sie Vorschlag B1 oder B2 zur Bearbeitung aus.

Material 1: Joel Budd: Healthy, happy and hands free (2016)

CARS: HEALTHY, HAPPY AND HANDS FREE
Driverless cars will reshape our cities. Joel Budd sees a future of more parks and less parking
Illustration by Mark Oliver

You have just finished breakfast when your phone pings, confirming that your driverless car has arrived. Five minutes later you are on the way to work, travelling in a convoy of robo-vehicles. Even at 70 miles per hour, your car stays only a few feet behind the one in front; it will react to an emergency many times faster than you could. You pay little attention to the other vehicles in any case, since you are reading. But at one point you glance over at the lane reserved for old-fashioned cars driven by humans. As usual, it is hardly moving. Mugginses[1], you think.

In the past decade self-driving cars have gone from an engineer's fantasy to a reliable technology. […] Road regulations and legal liability will take a while to sort out, and the cars must still learn to cope with snowflakes. But it is a good bet that a lot of self-driving cars will be on the roads by the middle of this century.

Almost immediately, some people's lives will improve. The old will find it far easier to get around, points out Josef Hargrave of ARUP, an engineering firm. So will teenagers and disabled people. All drivers will be safer, as will pedestrians. But at that point the future becomes fuzzy. Whereas car-watchers mostly agree that robo-vehicles are coming, they don't agree on how people will use them, or how they will change the landscape. What kind of city will flash by during your commute in the future? Will it be packed with vehicles, or pedestrianised and green? And will the home you leave in the morning be a detached house in the suburbs or a high-rise flat in the city centre?

One answer to those questions begins with a bird's eye view. Look at a city like San Jose, or even Rome, on Google Earth and it is astonishing how much land is occupied by car parks. Many of the cars that are moving are just looking for a place to rest – one study in Brooklyn found that 45 % of drivers were cruising for a parking space. Driverless cars should make this unnecessary. If you own one, you could pilot it to the office, then send it home and order it to pick you up at the end of the day. If you use a car service, you could summon the nearest empty vehicle using your phone, just like requesting an Uber[2].

The land that cars now squat upon might be put to all sorts of lovely uses. The city of San Francisco already has a "pavement to parks" programme, which encourages people to turn roadside parking spaces into cafes or tiny outdoor art galleries. [...]

Perhaps, because city centres become so lovely and dense, some people who previously drove will now have the opportunity to live in the centre of town and therefore will no longer require a car.

But there is another possibility. It derives from an observation made in the 1970s by Yacov Zahavi, an Israeli traffic scientist. Zahavi noticed that Americans spent about the same amount of time travelling each day, regardless of which city they lived in or how they got to work – a little over an hour on average. Given speedier transport, they did not use the time saved to work longer hours in the office or relax at home. Instead they travelled farther. Americans still spend about an hour a day travelling on average; so do Britons.

Self-driving cars will be able to follow each other so closely and precisely that roads dedicated to them could carry up to five times more traffic, according to America's transport-department. On such roads, traffic lights will be unnecessary. Cars will weave round each other without stopping, hugely increasing traffic flow. As cars speed up, two things will happen. First, drivers who now live ten miles from work will eye homes 20 miles away. Secondly, some of the people who now take trains or buses will hop into driverless cars. After all, they will be cheaper: you will need to pay for neither a driver nor for parking. The upshot will be epic sprawl.

These scenarios sound like opposites, but they might not be. Driverless cars could lead to nicer, denser city centres even as they make it easier to live miles away from them. Downtowns and distant villages could both become more appealing. *(749 words)*

Joel Budd: Healthy, happy and hands free, June/July 2016,
https://www.1843magazine.com/technology/healthy-happy-and-hands-free,

1 Muggins – (humorous) a stupid person
2 Uber – *here:* a taxi provided by the global transportation technology company Uber

Material 2

(13 words)

Aufgaben

1. Outline the two scenarios presented in the text. (Material 1) (30 BE)

2. Examine the author's attitude towards driverless cars. Refer to structure, language and the illustration printed with the article. (30 BE)

3. Choose **one** of the following tasks: (40 BE)

3.1 Using the cartoon (Material 2) as a starting point, comment on the question it raises on modelling the future.

or

3.2 You are taking part in a web-based project on *Visions of the Future*. In your contribution you focus on the topic: "Robots: Friend or Foe?"
Write an article for the project website in which you discuss this question, referring to material dealt with in class.

Prüfungsteil 2 (Schreiben) – Vorschlag B 2: *Growing up in South Africa*

Material: Trevor Noah: Born a crime (excerpt from the autobiography, 2016)

Trevor Noah, son of a white Swiss-German father and a black South African mother, was born in 1984 and grew up in the Johannesburg area. He was raised by his free-spirited mother Patricia, who worked as a secretary, which enabled the two of them to live in slightly better conditions than other black families at the time. Nevertheless, luxuries like brand clothes or meat were still unaffordable.

As modestly as we lived at home, I never felt poor because our lives were so rich with experience. We were always out doing something, going somewhere. My mom used to take me on drives through fancy white neighborhoods. We'd go look at people's houses, look at their mansions. We'd look at their walls, mostly, because that's all we could see from the road. We'd look at a wall that ran from one end of the block to the other and go, "Wow. That's only *one* house. All of that is for *one* family." Sometimes we'd pull over and go up to the wall, and she'd put me up on her shoulders like I was a little periscope. I would look into the yards and describe everything I was seeing. "It's a big white house! They have two dogs! There's a lemon tree! They have a swimming pool! And a tennis court!"

My mother took me places black people never went. She refused to be bound by ridiculous ideas of what black people couldn't or shouldn't do. She'd take me to the ice rink to go skating. Johannesburg used to have this epic drive-in movie theater, Top Star Drive-In, on top of a massive mine dump[1] outside the city. She'd take me to movies there; we'd get snacks, hang the speaker on our car window. Top Star had a 360-degree view of the city, the suburbs, Soweto. Up there I could see for miles in every direction. I felt like I was on top of the world.

My mom raised me as if there were no limitations on where I could go or what I could do. When I look back I realize she raised me like a white kid – not white culturally, but in the sense of believing that the world was my oyster[2], that I should speak up for myself, that my ideas and thoughts and decisions mattered.

We tell people to follow their dreams, but you can only dream of what you can imagine, and, depending on where you come from, your imagination can be quite limited. Growing up in Soweto, our dream was to put another room on our house. Maybe have a driveway. Maybe, someday, a cast-iron gate at the end of the driveway. Because that is all we knew. But the highest rung of what's possible is far beyond the world you can see. My mother showed me what was possible. The thing that always amazed me about her life was that no one showed her. No one chose her. She did it on her own. She found her way through sheer force of will.

Perhaps even more amazing is the fact that my mother started her little project, me, at a time when she could not have known that apartheid would end. There was no reason to think it would end; it had seen generations come and go. I was nearly six when Mandela was released, ten before democracy finally came, yet she was preparing me to live a life of freedom long before we knew freedom would exist. A hard life in the township or a trip to the colored orphanage were the far more likely options on the table. But we never lived that way. We only moved forward and we always moved fast, and by the time the law and everyone else came around we were already miles down the road, flying across the freeway in a bright-orange, piece-of-shit Volkswagen with the windows down and Jimmy Swaggart[3] praising Jesus at the top of his lungs.

People thought my mom was crazy. Ice rinks and drive-ins and suburbs, these things were *izinto zabelungu* – the things of white people. So many black people had internalized the logic of apartheid and made it their own. Why teach a black child white things? Neighbors and relatives used to pester my mom. "Why do all this? Why show him the world when he's never going to leave the ghetto?"

"Because," she would say, "even if he never leaves the ghetto, he will know that the ghetto is not the world. If that is all I accomplish, I've done enough." *(735 words)*

Trevor Noah: Born a crime. *Spiegel & Grau: New York 2016, S. 72–74*

1 mine dump – a hill that is formed when waste sand from the production of gold is piled in one place
2 the world was my oyster – there was no limit to the opportunities open to him
3 Jimmy Swaggart – an American preacher

Aufgaben

1. Describe Trevor Noah's upbringing. (Material) (25 BE)

2. Compare the relationship between Trevor and his mother (Material) to that between Mandisa and Mxolisi from the novel "Mother to Mother" by Sindiwe Magona. (45 BE)

3. Choose **one** of the following tasks: (30 BE)

3.1 Referring to material dealt with in class, discuss the influence of one's parents on the process of assimilation into society.

or

3.2 Write an article for a youth magazine about changing opportunities for young people growing up in post-apartheid South Africa, also referring to material dealt with in class and the text at hand.

Lösungsvorschlag

Prüfungsteil 1 (Sprachmittlung): *Integration*

In order to write an informative email, read the text carefully and highlight the information given on the assimilation of Muslims in Europe and in the USA. Keep in mind that you are supposed to address your email to the coordinator of an international school project, so use formal language, address the coordinator appropriately and avoid slang. Start off with an umbrella sentence containing the author, the source and the topic.
Mention the following points:
Indicators for successful integration of Muslims:
- *Many similarities in terms of customs and behaviour between Muslims and mainstream population (waste separation, social media consumption, time spent watching television)*
- *Overall happiness with new life in the US*
- *Negative statistics also similar to mainstream behaviour (obesity, sedentary lifestyle, crime rates)*

Reasons why integration is more effective in the US:
- *More immigration of highly qualified people who come to study and stay*
- *Immigrants come from many different countries with different beliefs*
- *Religious freedom and diversity in the US lead to peaceful coexistence*

Dear Ms Bamford,

With this email I would like to contribute to the student project on the integration of Muslims in different societies. According to an article from 2016 by Josef Joffe in *Die Zeit,* President Trump is wrong when he insists that immigrants from Islamic countries do not assimilate into American society. Joffe measures the degree of assimilation by comparing the customs of the immigrants to those of the mainstream population and points out that they share many aspects of everyday life. The majority separate waste, spend as much time watching TV and use social media even more than the rest of the population. The negative statistics similarly function as indicators of successful integration. Becoming an American also means becoming fatter, doing less sport and being at a greater risk of being incarcerated. Despite that, Muslims are more content with their lives in the US than the rest of the population.
By contrast, most Muslims in Europe feel excluded from society. The rate of those who apply for citizenship is also much lower than in the US. Joffe explains that firstly, those who immigrate to the USA are more highly qualified on average and come over to acquire professional training and to stay there. Secondly, national diversity plays an essential role. America's Muslims come from about 80 different countries, whereas with Muslims in the EU, one country of origin is usually dominant, leading to isolation and parallel societies. Thirdly, religious freedom in the US leads to a great diversity of religious sects, which makes it necessary to get along with each other peacefully.

I hope that the results of Joffe's publication contribute to the success of the project.

Kind regards,
Sibel Berger *(283 words)*

Prüfungsteil 2 (Schreiben) – Vorschlag B 1: *Modelling the future*

Teaching module referred to:
The task refers to the teaching module Modelling the Future *(Q 3.2), especially to the topics* science and technology, *and* possibilities and responsibilities.

1. *Read the text carefully and highlight the information given on the two possible scenarios featuring driverless cars in the future. Give only the main features, omitting minor details. Start off with an umbrella sentence including the author, the title, the source, the date of publication and the topic.*
   You should mention the following aspects:
   - ***Scenario 1 (mainly positive aspects of driverless cars):***
     - *Faster and safer travel, as the cars react faster than human drivers could*
     - *Life improvements: Passengers can use their free time in the car and people who usually have problems getting around will discover new opportunities*
     - *Space opening up: Former space used for parking can be put to various positive uses*
     - *More people will move to city centres and no longer need a car*
   - ***Scenario 2 (mainly negative aspects of driverless cars):***
     - *Urban sprawl: there is the possibility of more people moving into the outskirts, thus spreading out the cities even further*
     - *More vehicles: if driverless cars are cheaper and faster, there might be an increase in these cars on the street*

In the text "Happy, healthy and hands free", written by Joel Budd and published in *The Economist* in June/July 2016, the author speculates on two basic scenarios that might result from driverless vehicles in the future.

In his first scenario, Budd envisages possible advantages of smart driverless transportation. Autonomous cars operate safely and quickly, dealing better with emergency situations. Moreover, passengers can read while travelling. The lives of the elderly, the disabled and of young people in particular will improve with the help of smart transportation. People will also no longer have to drive around to look for parking spaces, as they will simply send their car home and call when they need it. Therefore, the amount of traffic will decrease. Previous parking spaces might be turned into green areas, cafés, galleries or attractive living spaces. More people will be able to live in the city centres and might no longer need a car of their own.

Yet, the author also considers a completely different future development. Budd refers to a traffic scientist who found out that Americans use the time they save through faster transport to travel even farther. Thus, more people might move to suburbs or villages further away, which could lead to even greater urban sprawl. Since driverless cars travel faster and more cheaply, commuters might choose them over expensive public transport, which might lead to a considerable increase in the number of vehicles.

(237 words)

2. *Re-read the text and focus on how the author conveys his opinion. Start off by analysing the author's attitude to driverless cars. Then consider the way the author uses language, the way he structures his text and the illustration that was chosen to accompany it.*
   You should mention the following aspects:
   - ***Language:***
     - *Negative choice of words when it comes to describing conventional forms of transport, use of positive language regarding driverless cars*
     - *Directly addressing the reader*
     - *Use of (rhetorical) questions*
     - *Use of poetic devices, such as alliteration*
   - ***Structure:***
     - *Focus on advantages of driverless cars, creating very positive scenarios*
     - *Arguments against driverless cars are introduced and immediately dismissed*
     - *Citing of expert opinion and statistics to gain authority on the subject*
   - ***Illustration:***
     - *Positive illustration teeming with happy people and promoting a relaxed lifestyle*
     - *Encourages the reader to have a positive attitude towards the topic*

From the introduction on the subject, it becomes clear that the author welcomes the idea of autonomous transportation, since he starts off by addressing the reader directly when he emphasises the advantages that driverless cars will bring about in the future. Budd promises his readers that they will not have to do anything except wait until the phone rings to tell them that their car is ready. Moreover, he underlines the fact that everybody will be able to travel to work much faster and more safely with enough time to focus on things like reading. Budd's position also becomes clear from his choice of words: traditional cars are referred to as "old-fashioned" (l. 6). and their drivers are called "mugginses" (l. 7), a derogatory term.

In the following paragraph, the new technology is presented as a reliable and inevitable development. At the same time, Budd admits that there are a few obstacles, such as snowfall or unclear liability, that are yet to be overcome. Yet, these obstacles are completely minimised. In the following passages, the author employs language with positive connotations, for instance when he claims that lives will "improve" (l. 12), as travelling will become "easier" (l. 12) and "safer" (l. 14). Moreover, he quotes an expert (cf. ll. 12/13) and cites statistics (cf. ll. 22/23), which makes his text more authoritative. In lines 17 to 19, he asks questions ("What kind of city will flash by during your commute in the future?" l. 17), which gives him the opportunity to answer them and to make it clear that the advantages outweigh the possible disadvantages. In addition, Budd appeals to the reader to picture sunny cities like San Jose, Rome or San

Francisco from above and to imagine how beautiful they would be without the multitude of parking spaces. He accentuates that the quality of life would greatly improve, since everybody would save the time now wasted in the scramble for parking spaces. City centres would also be enhanced because former parking spaces would be turned into cafés or outdoor art galleries. This idea is described as "lovely" (l. 27). Besides this, there would simply be less traffic. He gives the example of San Francisco's "pavement to parks programme" (l. 28), an alliteration with very positive connotations. Budd also addresses the arguments of a sceptical Israeli traffic scientist (cf. ll. 33–39). These arguments are taken seriously and presented in a neutral way. Yet, in the end Budd bridges the gap between the two contradictory scenarios by developing a synthesis which is linguistically highlighted with the help of comparative forms with positive connotations. Cities will become "nicer, denser" places (l. 49). At the same time it will become "easier" (l. 49) to live farther out. Both urban and rural life will eventually become "more appealing" (l. 50).
Considering the article as a whole, it becomes clear that the author also emphasises his position by structuring his text accordingly. Roughly three quarters of the text cover the advantages of driverless cars, whereas possible negative consequences are played down in two paragraphs. The fact that Budd ends his text with a positive synthesis has a lasting effect on the reader.
Additionally, Budd has chosen an illustration by Mark Oliver to make it clear that he welcomes driverless cars. In this picture, city life of the future is presented in an idyllic and utopian way. You can see a green city with lawns, shrubs, trees and numerous flower pots, where pedestrians, cyclists and the passengers of the driverless cars are safe, content and carefree. Not even the dog running across the road after its ball is in danger. Due to the advantages of the smart vehicles that automatically keep distance from each other as well as from any other obstacle, everybody seems to be relaxed without having to worry about the traffic. The passengers have time to read. This illustration attracts the reader's attention and reflects the title of the article "Healthy, happy and hands free", another alliteration which is employed to underline Joel Budd's affirmative and optimistic view of driverless transportation in the future. *(685 words)*

3.1 *Look at the cartoon closely, describe the two parts and come up with an answer to the question of which of the developments is more beneficial in the future. Consider that a comment requires you to state your opinion clearly and to give reasons. You could structure your text like this:*

Description of cartoons:

- ***Panel 1:***
  - *A single car "by Google" with a lot of technology and without a driver, a single passenger riding in the back. The caption reads "Driverless Cars".*
- ***Panel 2:***
  - *A bus with "Efficient Public Transport" written on it, carrying many passengers at once. The caption reads "Car-less Drivers".*

- ***Driverless cars:***
  - *Some benefits: more comfortable, more free time for passengers, traffic jams can be avoided*
  - *But also lots of drawbacks: safety risk, expensive, investments needed in infrastructure, leads to job losses*
- ***Public transport:***
  - *Less comfortable*
  - *But: affordable for a larger number of people, more environmentally friendly*
- ***Conclusion:***
  - *Introduction of driverless cars would be expensive and only benefit a few people*
  - *Investing in public transport is more sustainable and would benefit more people*
  - *Public transport is the more forward-thinking solution*

The cartoon with the caption "What's more forward thinking?" consists of two panels. At the top you can see a smart driverless vehicle sponsored by Google with one single passenger in the back seat. This image is entitled "driverless cars". The lower image with the title "car-less drivers" shows an overcrowded bus with the label "efficient public transport" on it. Both scenarios point to a future in which people no longer drive themselves. The question which arises is whether driverless smart transportation or traditional public transport will be more beneficial to people and the planet in the future.

At first sight, the single passenger in the driverless car seems to be more comfortable and more relaxed than the people who are sitting in cramped conditions on the public bus. From the texts we dealt with in class, we learned that major automobile companies are aiming at increasing the production of driverless cars that enable passengers to sit back at ease and spend time working on their computers or sleeping. Some traffic scientists also point out that traffic can be coordinated more easily so that traffic jams can be prevented during rush hours.

Nevertheless, critics of this future technology highlight possible disadvantages of driverless vehicles. They point out that these vehicles will most likely be too expensive and unaffordable for most people. The fact that there is only one passenger in the car could be interpreted that way. Furthermore, there are potential risks that cannot be fathomed. The technology in question is currently far from perfect. There are problems with autonomous cars operating in severe weather conditions because rain or snow can interfere with the laser sensors in these cars, and driverless cars have already caused serious accidents and even deaths in the USA. In addition to that, nobody knows what might happen in the case of a computer malfunction or power failure. What will happen if a hacker gets into the software of such a vehicle? Furthermore, one will have to consider the financial aspects. Large investments will be necessary to create the infrastructure. Road signs, traffic lights and road systems will have to be adapted to meet the needs of smart traffic.

If we also consider that thousands of bus drivers and taxi drivers will lose their jobs for the benefit of only a few well-to-do passengers who can afford a driverless car, I would certainly favour larger investments in traditional public transport, even if it is less comfortable. I consider it more efficient because it is affordable for more people and it contributes more to the fight against environmental problems by decreasing individual transportation on a larger scale. All in all, public transport is the more forward-thinking solution. *(450 words)*

3.2 *Consider what you have dealt with in class concerning robots and robotics and make notes. You are writing an article: remember to use appropriate language and give your article a headline. Keep in mind that you are supposed to discuss the advantages and disadvantages of robots and come to a justified conclusion.*
Some points you might consider are the following:

- ***Robots as "friends":***
  - *Robots do not get tired, and work at a very fast pace, taking over monotonous jobs*
  - *Robots can take over dangerous tasks without endangering humans*
  - *Small robots can access places that humans might not be able to get to*
  - *Robots can work with more precision than humans*
- ***Robots as "foes":***
  - *Robots are very expensive to buy and maintain*
  - *There might be job losses if robots take over labour more cheaply and efficiently*
  - *Robots need electricity to work and might be useless without it or without a connection to a server*
  - *The software robots run on might be hacked*

Robots: Friend or Foe?

Robots are currently being used in many areas of everyday life. They are used in the exploration of outer space, in manufacturing, in the military field or, for example, in healthcare. In addition, they are used in households to work as butlers or to do the cleaning. They even work as jockeys in camel races in the Arabian deserts. Generally speaking, they come in all different kinds of shapes, forms and colours and they do not necessarily have to be so-called humanoids who resemble human beings. What they all should have in common is that they are technical devices or machines programmed and operated by human beings to benefit mankind. As robots are ever more present in our lives, the question poses itself – will robots improve our lives or does all of this sound too good to be true?

On the face of it, there seem to be many advantages of welcoming robotics into our lives. In the workplace, they work continuously at high speed and they generally operate effectively at what they are programmed to do, until they break down. They do require high investments and maintenance, yet they are often to be found in manufacturing, where it is difficult for human beings to ensure a consistent level of quality, for example regarding monotonous work on assembly lines in car manufacturing plants. Another advantage is that they can do dangerous tasks and access inaccessible places, for instance in the medical field within the human body, sweeping minefields or in bomb disposal units. Here, they greatly contribute to the safety of human beings.

Nevertheless, robots might also impact human lives in a negative way if they lead to job cuts and unemployment. This could be the case if they are installed to replace people in the workforce. Another risk that has to be considered is that robots are dependent on power and that systems can break down during a power failure. Depending on what the robot is programmed to do, this could have fatal consequences. A robotic lawnmower will simply stop operating, whereas a robot used in heart surgery might cause a death in this situation. Moreover, the software on which many robots run might be prone to hacking, therefore making them a security risk.
Scientists are also very concerned about the use of armed robots (drones) and the development of autonomous killing machines that cannot differentiate between combatants and innocent people. A further technological development that is currently causing alarm is that of AI, i. e. artificial intelligence. In this field, research scientists are attempting to create systems which are able to make logical deductions and to interact with people. In class we dealt with Tay, an artificial intelligence chatterbot released by Microsoft in 2016. Tay, who was named after the acronym "thinking about you", was able to interact with human users of Twitter by copying and imitating what they told it. Very quickly Tay began tweeting politically incorrect phrases and releasing racist and sexually charged messages. Amongst other things, Tay was manipulated to deny the Holocaust. After 16 hours Tay had to be taken offline and Microsoft released an apology on its official blog.
Generally, research on robotics and AI aims at making our lives easier. Whether or not this new technology should be considered a friend or foe depends on whether or not it helps advance human commitments and values. In this sense, Tay was certainly not a friend. Yet, human beings are the ones who design the algorithms and programme the robots. To come to a conclusion, I would like to refer to the famous science fiction author Isaac Asimov, who published some crucial laws of robotics. First, he emphasised that robots must never harm human beings. His second law was that robots must follow the instructions from humans without violating the first law. That is why I am firmly convinced that human beings have to act intelligently in regard to this matter and agree on ethical guidelines to govern the use of robots in such a way that they are beneficial to mankind. *(682 words)*

Prüfungsteil 2 (Schreiben) – Vorschlag B 2: *Growing up in South Africa*

Teaching modules referred to:
The task refers to the teaching module The English-speaking world *(Q 2.3), especially to the topics* living together *and* country of reference South Africa, *and to the novel* Mother to Mother *by Sindiwe Magona.*

1. *Read the text carefully and highlight the information given on the author's upbringing. Start off with an umbrella sentence including the author, the type of text, the title and the date of publication. Keep in mind that you are required to describe the way the author was brought up, i. e. to give a detailed account.*
You should mention the following facts:
- *Trevor Noah grew up in a black ghetto in South Africa during apartheid*
- *His mother introduced him to the world outside the ghetto by taking him on day trips (despite negative comments from her own community)*
- *By experiencing the world outside, Noah realised that he as a mixed-race child was worth no less than a white child*
- *His success is down to his realisation that he has just as many opportunities*

In the extract from Trevor Noah's autobiography *Born a Crime*, published in 2016, the author describes how he was brought up near Johannesburg during apartheid.
The reader is informed that Noah grew up in rather modest surroundings in a black ghetto, without ever feeling poor, since his mother gave him the chance to gain a lot of experience by taking him out and letting him do activities that were normally off limits for black people. Together they toured all-white residential areas to admire the luxury white people lived in. Additionally, she took him to a skating rink and to a movie theatre, since she refused to accept that these places were reserved for white people. Noah explains that he was raised like white children in the sense that he felt like a self-confident individual whose opinion mattered and who believed in unlimited opportunities.
The author is astonished that his mother acted so independently and purposefully when showing him the outside world. At that time nobody could foresee that apartheid would soon come to an end. Nevertheless, his mother prepared him for a life in freedom without the restrictions of apartheid. Neighbours and relatives would shake their heads over this because his mother did things that only white people did. They did not comprehend why she taught a black boy who would probably never leave the ghetto to see the world outside. She simply shrugged this scepticism off, since it was her aim to teach her son that there was more to the world than only the ghetto. *(257 words)*

2. *Consider your findings from task 1 and make notes on the relationship between Mxolisi and Mandisa in* Mother to Mother *by Sindiwe Magona. Then structure your notes, e. g. in categories such as family background, economic situation as well as the mutual relationships and the further development of the characters. You can either start off with the similarities and then focus on the differences, or you can compare the texts directly with regard to certain aspects.*
Mention at least some of the following points:
- ***Similarities:***
  - *Both Trevor and Mxolisi grow up as people of colour in South African ghettos during apartheid*
  - *Both only have their mothers to care for them while growing up*

– ***Differences:***
  - *Trevor grows up in a more stable, loving environment; Mxolisi's childhood is unstable, difficult and loveless, and he ends up in prison for the murder of a white girl*
  - *Trevor's mother encourages him to reach for the stars and not be held back by his background or the colour of his skin*
  - *Mxolisi is the result of an unwanted pregnancy which brings shame upon his mother; he experiences neglect and severely traumatic situations growing up, which are never properly addressed*

The relationship between Trevor and his mother in the excerpt at hand lends itself to a comparison with that of Mxolisi and his mother, Mandisa, in the novel *Mother to Mother* by Sindiwe Magona.
At first sight both boys have several aspects in common. Both Trevor and Mxolisi are the sons of black mothers who grow up without their fathers in South African ghettos in the apartheid era. Both Trevor's and Mxolisi's mothers go to work to make a living and to enable their sons to have a better life in the future. Another feature which the young boys share is that they consider their mothers the most important people in their lives.
Nevertheless, the similarities end there, since Trevor grew up in a stable environment, although his father, a Swiss-German, probably left his wife and his son. From the text we discover that Trevor comes from a modest background, yet he never felt poor. His mother, Patricia, who worked as a secretary, is presented as a self-confident and optimistic person who considers her son her "project" (l. 30). She actually invests in Trevor's future life by showing him the world outside the township and by inspiring him. Trevor is amazed at his mother's willpower. In fact, he appreciates her open-mindedness and future orientation which transcended material goals although their financial means were limited. As a result, Trevor will probably have developed into a relatively carefree individual with dreams and aspirations and certainly also with a promising future.
This stands in stark contrast to Mxolisi, who is a victim of unfortunate circumstances from his birth onwards and who ends up in a prison cell as a convicted murderer. The conditions in which he is brought up are marked by extreme financial, social and emotional instability.
Quite unlike Trevor's case, Mxolisi is by no means a "project", but the unwanted child of a 15-year-old girl who was raised in fear of becoming pregnant. Mandisa is sure that her son has destroyed her life, since she would have preferred to continue to go to school. When Mxolisi is two years old, his father disappears from home, and the boy and his mother move out. Left completely by himself while his mother works long hours, Mxolisi increasingly spends time with boys from the neighbourhood, although he is in desperate need of love and care. After his release from a children's hospital without a real diagnosis for his bed-wetting and his temporary muteness – really the result of psychological trauma – Mandisa sees a traditional witch doctor with him. This doctor knows what is wrong with Mxolisi when she says that the boy needs love and care.

Mandisa is unable to provide the emotional stability Mxolisi needs. In the meantime, she has remarried twice and has two more children. Her second husband leaves the family to join the Freedom Fighters and her third husband does not earn enough to feed the family. Forced to eke out a living for all of them, she loses control of the situation at home and knows that her children are hanging out in the streets. Another source of disruption is to be found in Mxolisi's school career, although he is a very talented pupil. Unlike Trevor in the given text, Mxolisi feels that he is poor, since he experiences corporal punishment in school because his mother cannot pay the tuition. Mandisa desperately tries to persuade him to continue school because she wants to prevent him from becoming one of the aimless black youths roaming the streets of the ghettos.

Nevertheless, he quits school, hangs out in the streets and becomes lazy and sloppy. At the age of twenty he is at the level of a sixth grader. Although he loves his mother, he has developed a role of his own as a civil rights activist in the student revolts of the seventies. He has grown accustomed to life in the streets of all-black areas where people are killed daily and where girls are in constant danger of being raped.

Finally, Mandisa is not surprised that her son is involved in the murder of an American student, since she views him as a monster and a tyrant. At the same time, she grieves the fact that she has failed as a role model, but she focuses on the past and blames society for her son's failure. She considers him a victim of three hundred years of resentment. This is quite different from Trevor Noah's mother, who offers her son a better chance for the future, because she transcends the obstacles of the past and of their modest situation in the present by inspiring her son to look at the future in an optimistic way. *(783 words)*

3.1 *Consider material dealt with in class concerning the influence of parents on their children upon assimilating into society. Note that "society" is used as an open concept in this task. It can imply the assimilation of a child or teenager into the new society of a host culture or simply to the mainstream world outside the family within the home country of a real person or a literary figure. Develop an argument, back it up with references to literary or factual material dealt with in class, and come to a conclusion. You could, for example, elaborate on the following aspects:*

- *Parents have a great influence on their children (through parenting style, values, religion, education, etc.)*
- *The younger the children, the greater the influence*
- *Parents can be role models or deterrent examples*
- *When growing up in a different culture from the mainstream, problems might intensify*

You could, for example, use one of these literary texts to back up your argument:

- *Harper Lee:* To Kill a Mockingbird
- *Bali Rai:* (Un)arranged Marriage
- *Hanif Kureishi: "My Son the Fanatic"*

To start off, I would like to point out that parents have an enormous influence on the way their children will relate to society later. This is especially the case with younger children since they are dependent on their parents. When they grow older, the parents' influence decreases and teenagers often undergo a process of distancing themselves from their parents while they develop an identity of their own. Whether or not the parents remain significant role models most probably depends on the intensity of the relationship with their children and on their style of parenting.

The protagonist in Harper Lee's novel *To Kill a Mockingbird*, Atticus Finch, certainly has a lasting impact on how his children, especially his daughter Scout, will relate to society later. In this novel, which is set in the extremely racist environment of the Deep South during the era of segregation, Atticus Finch is by no means an ordinary father. He is a single parent who raises his children in the best way he can. He does not accept the prejudices of mainstream rural Alabama in the 1930s but insists on educating his children to respect others regardless of the colour of their skin. He is very outspoken against racist attitudes and makes it clear to his children that he considers racism sickening.

Atticus takes a lot of time to answer all the questions that his six-year-old daughter has about what she hears or experiences at school, for instance that he is a "negro-lover". He answers patiently in an authentic way without patronising her. As a result, Scout and Atticus have an intensive relationship based on mutual respect, love and understanding. Within the course of the plot, Scout develops into a nine-year-old girl who sees the world from different perspectives. In addition, she is equipped with a set of democratic values and a sense of justice, which sets her apart from the racist society that does not believe in equal rights and which is marked by the clear divide between black and white. She would probably not have developed this view of the world had it not been for her father.

This relationship differs fundamentally from that of Parvez and Ali in "My Son the Fanatic" by Hanif Kureishi. This story is set against the completely different backdrop of the UK in the 1990s. Parvez, who is an immigrant from the Punjab, has worked as a taxi-driver in England for over twenty years. He appreciates the liberties of the Western way of life and is fully assimilated to Western culture. His son Ali, who is much older and more independent than Scout, seems to have complied with his father's views when he was younger. The reader finds out that Ali plays the guitar and that his friends and his girlfriend are English. Parvez is proud that his son has entered upon a successful career as an accountant, as he worked hard to support his son financially and to buy him everything he needed. Unfortunately, he failed to communicate with him and therefore does not know much about him. Upon noticing that his son is retreating from him even more and discarding all of his possessions, Parvez decides to spy on him and search his room instead of speaking to him. He prefers to discuss the issue with his colleagues and his friend Bettina, who is a prostitute. They assume that Ali has become addicted to drugs. Unlike the relationship between Scout and Atticus, this relationship is based on suspicion and non-communication. When Parvez and Ali finally try to speak to each other, it is too late. Their night out turns into a catastrophe when Ali reproaches his father for drinking alcohol. Parvez loses his temper and the ensuing dispute shows that Ali hates his father and completely rejects the idea of

assimilating into Western society. Obviously, he has found role models other than his father. Perhaps hate preachers have influenced him to become a radical proponent of a clash of cultures and to view Western society as a sink of hypocrites, drug addicts and prostitutes. In the end, it is the father who can control neither his son nor himself. He beats Ali up and most probably destroys the ties to his son forever.
In conclusion, I am convinced that parents can shape the way children assimilate into society if they manage to bring them up in an emotionally stable environment and to teach them to think for themselves. In Parvez' case this did not really happen because he only supported his son in a material way without communication and without love and care. *(772 words)*

3.2 *Consider the factual texts on post-apartheid South Africa that you have dealt with in class. Make a list of opportunities for young people and make notes on current problems. Keep in mind that you are supposed to be writing an article for a youth magazine. Articles consist of a headline, an introduction, a main body and a conclusion. Youth magazines can contain informal language.*
Your arguments might include the following:

- ***Opportunities:***
  - *The economy has stabilised itself since the times of apartheid*
  - *After the resignation of Zuma, many opportunities for political involvement have opened up*
  - *The increase in opportunities for the generations born after apartheid means improved social standards and a safer living environment*
  - *The generation of Born Frees share a more cosmopolitan and future-oriented outlook on life*
- ***Current problems:***
  - *South Africa has a very high unemployment rate, especially for young people; only few benefit from the progress*
  - *Education for black people is still not on par with the education that white people have*
  - *Discrimination and inequalities still exist*

South Africa – A Land of Unlimited Dreams and Opportunities?

The purpose of this article is to find out more about the opportunities that the Rainbow Nation has to offer to young people.
First of all, there is plenty to explore in your free time. Apart from enjoying breathtaking landscapes, sunny beaches or unique wildlife, you will certainly be impressed by the mild climate all year round!
South Africa's economy is one of the largest and most industrialised with the best infrastructure on the continent. Recently many multinational companies have opened up a South African branch, e. g. McDonalds's, PepsiCo or BMW. What is more, South Africa is a world leader in mining and mineral processing. It is the African powerhouse of manufacturing, agriculture, IT and banking as well. That is why the demand for qualified employees is so high. It also has one of the fastest growing tourism sectors

in the world, with Cape Town as the No. 1 travel destination. All in all, the gross domestic product and annual growth rates have substantially increased since apartheid came to an end in 1994. The strong and stable economy provides job opportunities for young people in many fields. If you are looking for a job or a successful career, South Africa might just be the right place for you!
The Rainbow Nation also offers a unique and young multicultural population. Due to affirmative action programmes like Black Economic Empowerment (BEE) and numerous student grants, tensions between blacks and whites and other ethnic groups have decreased. The generation of Born Frees that grew up after the transition to democracy makes up about 40 % of the population. Younger people of different colours increasingly move to mixed neighbourhoods where they share the same hopes for the future. They aim at a good education, professional training and a high standard of living. They are open-minded people with a cosmopolitan view of the world. Most of them consider apartheid to be history and prefer to move on and look to the future. This is quite similar to Trevor Noah's mother, who lifted up her son so that he could see the world beyond the high walls and develop a constructive and carefree attitude to life. The current optimism has also recently been fuelled by the fact that Jacob Zuma was forced to step down from office after allegations of fraud and corruption. Polls reveal that the majority of South Africans are confident that the wounds of apartheid are healing.
Unfortunately, all of this is only one side of the coin. Despite the abundance of opportunities for young people, only a few South Africans have managed to benefit from them, and South Africa was named the "most unequal country in the world" in 2018. The clear majority of black people still live in poor townships with high unemployment rates. In economic and educational terms, the white majority still run the country. As a result, South African society has been nicknamed the "cappuccino society", which means that the white cream and a few chocolate sprinkles are still on top. The education system still does not provide the same levels of education for black and white students. Despite grants and the fact that the spending per pupil is the same for everyone, a black student is more likely to attend school in a shack with no equipment and with less qualified teachers. The currently high drop-out rates among black students entail bleaker opportunities in the future and contribute to the extremely high poverty and unemployment rates among black people. In this connection it should be mentioned that South Africa has one of the highest crime rates in the world.
All in all, to give an honest answer to the question of whether South Africa can be considered a land of unlimited dreams and opportunities or not, I am firmly convinced that a privileged elite would agree, whereas the vast majority would definitely disagree. South Africa still has a long way to go to overcome the injustices and to open up more opportunities for all its people. *(678 words)*

Abiturprüfung 2019 Englisch (Hessen) Leistungskurs

Prüfungsteil 1 (Sprachmittlung) – Vorschlag A: *Surveillance*

Material: Titus Arnu: Big Mother is watching you (2016)

Auch Dreijährige haben wichtige Termine. 7.15 Uhr: Aufstehen. 7.20 Uhr: Frühstücken. 7.40 Uhr: Jacke anziehen, versuchen, die Klettverschlüsse an den Schuhen zu schließen. 7.43 Uhr: Rituelles Weinen und Auf-den-Boden-Werfen aus Protest gegen den Kindergarten. 8.30 Uhr Stuhlkreis. 9 Uhr Spielen. So geht das den ganzen Tag weiter.

Damit viel beschäftigte Kinder auch keinen solcher Termine verpassen, können sie sich von einer Baby-Smartwatch an ihre Pflichten erinnern lassen. Die „Octopus Joy", erhältlich in Pink, Hellblau, Gelb, Rot und Grau, soll Drei- bis Achtjährigen „bei ihren vielfältigen Alltagsaufgaben helfen", wie es auf der Website des Unternehmens heißt. [...]

94 Prozent der deutschen Zwölf- bis 19-Jährigen besitzen ein Handy mit Internetzugang. Auf denen können Eltern Programme installieren, die automatisch den Standort der Kinder an ihre Handys oder Tablets senden. [...] Spezielle digitale Spione mit Namen wie Pocket Nanny, iNanny, Family Tracker oder Footprints können mehr. Installiert auf den Kinderhandys und denen ihrer Eltern funktionieren sie wie elektronische Fußfesseln. Wenn das Kind nicht rechtzeitig in der Schule oder beim Fußballtraining erscheint oder sich aus seinem gewohnten Umfeld entfernt, schlägt die App Alarm. Die Anbieter solcher Programme, die monatlich bis zu 9,99 Euro kosten, appellieren an die Urängste vieler Eltern. „Die Familie zu beschützen war nie leichter", wirbt etwa die App Mama Bear. Die Bewertungen von Käufern im Netz sind überwiegend positiv: „Gute App, um die Kinder im Auge zu behalten", lautet einer der Fünf-Sterne-Kommentare.

Die Kommentare von Psychologen, Pädagogen und Datenschützern sind weniger euphorisch. „Wir würden solche Apps nie empfehlen, weil das Werkzeuge sind, mit denen man Kinder komplett überwachen kann", sagt Marc Urlen, Medienwissenschaftler am Deutschen Jugendinstitut (DJI) in München. Urlen hält die Tracking-Apps für „höchst problematisch und nicht akzeptabel".

Auch der Deutsche Kinderschutzbund warnt vor solchen digitalen Kontrollmöglichkeiten. „Wir können die Angst der Eltern zwar verstehen", sagt Cordula Lasner-Tietze, Geschäftsführerin des Deutschen Kinderschutzbundes, „Apps zur Überwachung von Kindern tragen aus unserer Sicht allerdings eher zur Verunsicherung bei – und das sowohl bei Kindern als auch bei Eltern." Datenschützer weisen darauf hin, dass auch die Privatsphäre von Minderjährigen zu schützen sei.

Wahrscheinlich ist die Motivation der meisten Eltern, ihre Kinder per App, Mobiltelefon oder […] Smartwatch zu kontrollieren, erst einmal eine positive: Man macht sich Sorgen um sie und möchte sie vor allem Übel der Welt schützen. Dass diese elementare Sorge bis zu einem gewissen Grad natürlich ist, dürfte jedem klar sein, der Kinder hat.

Aber ebenso klar ist: Hundertprozentiger Schutz ist ebenso unmöglich wie flächendeckende Kontrolle. Und was noch problematischer ist in pädagogischer Hinsicht: Die Kontrolle bewirkt oft das Gegenteil von dem, was die Eltern bezwecken.

Das Gefühl, von den Eltern gegängelt zu werden, kann Jugendlichen in ihrer Entwicklung schaden. „Solche Apps erzeugen eine Atmosphäre der Angst und vermitteln so den Eindruck, dass ständige Kontrolle unabdingbar ist. Um ein starkes Selbstbewusstsein zu entwickeln, brauchen Kinder jedoch Freiräume", sagt Cordula Lasner-Tietze vom Kinderschutzbund. […]

Lebens- und Freiheitsentzug, genau dieses Mittel setzen einige der Überwachungstechnologien als Druckmittel ein. Mithilfe von Programmen wie „Net Nanny" oder „My Mobile Watchdog" können Eltern SMS und Anrufe kontrollieren, Facebook-Aktivitäten mitlesen und den Browser-Verlauf nach verdächtigen Internetseiten durchforsten. Und falls das Kind auf die mahnenden Textnachrichten und Anrufe der Eltern nicht reagiert, lässt sich der Internetzugang auf dem Handy der Kinder per Fernsteuerung sperren – das kommt heute einem Freiheitsentzug gleich.

Bei Demenzkranken und Autisten mag eine GPS-Ortung für Notfälle sinnvoll sein. Aber bei Kindern und Jugendlichen kann sie tatsächlich mehr Schaden anrichten als nutzen, wie Erziehungsexperten warnen. Die Meinung in der Pädagogik sei eindeutig, sagt der Münchner Medienwissenschaftler Urlen: „Wer solche Apps einsetzt, zeigt vor allem, dass er dem Kind misstraut." Und das kann kaum förderlich sein für die Stärkung des Selbstvertrauens und der Medienkompetenz. Aus psychologischer Sicht ist das Prinzip „Big Mother is watching you" nicht empfehlenswert: Wenn Eltern stets als Beschützer über den Kindern schweben, wenn sie versprechen, alle Gefahren fernzuhalten, fehlt ihnen irgendwann die Fähigkeit, ohne den Schutzschirm stark durchs Leben zu gehen.

Titus Arnu: Big Mother is watching you, in: Süddeutsche Zeitung*, 18. 12. 2016, URL: http://www.sueddeutsche.de/leben/2.220/familie-big-mother-is-watching-you-1.3295130*

Aufgabe

Your Irish friend is writing a term paper on "The Impact of Electronic Devices on Children". She has asked you to provide information on the situation in Germany.

Write her an email outlining the information on technological possibilities and drawbacks of monitoring children given in the article. (Material) (100 BE)

Prüfungsteil 2 (Schreiben) – Vorschlag B 1: *Prejudices*

Wählen Sie Vorschlag B 1 oder B 2 zur Bearbeitung aus.

Material 1: Michael Gerson: In our times of division, 'To Kill a Mockingbird' offers lessons in empathy (2016)

At a time when politics has veered toward division and exclusion, it is somehow fitting that Harper Lee, the apostle of empathy, made her exit[1].

After the success of her first novel, "To Kill a Mockingbird," Lee chose to live a quiet life in a quiet South Alabama town, involved in the local Methodist Church, doing laundry at the XL Laundromat, occasionally going to Atlantic City to play the slots. But in all the years since the book's publication in 1960, people (like me) have found reading it a momentous event in their lives. From her tranquil hometown, Lee must have known that her novel – required in English class, found tattered in a used bookstore, reclaimed from a box in the basement – was causing lightning, and earthquakes, and pealing church bells.

Abraham Lincoln called Harriet Beecher Stowe, the author of "Uncle Tom's Cabin,"[2] the "little woman who wrote the book that started this great war." While not responsible for starting it, Lee was the little woman who made the values of the civil rights movement – particularly a feeling for the god-awful unfairness of segregation – real for millions.

"To Kill a Mockingbird" is occasionally mischaracterized as children's literature. It is an adult story – dealing with pathetic loneliness, an accusation of rape, the strangely sexual content of bigotry, a complete failure of justice – told from the perspective of a child. […] Lee wanted her readers to see injustice as if they were seeing it for the first time, before rationalizations and hardness form.

Lee was too good a novelist – possessing a keen eye for hypocrisy and cruelty – to have a rosy view of humanity. The Cunninghams are dirty and lice-ridden. The Ewells are bigoted, welfare-dependent and fully capable of child murder. You get the sense that Lee is not nearly as naive as Atticus Finch, who does, in one large case, see good where there is only evil.

But it is Lee's point that human beings often improve on closer, more sympathetic inspection. Scout finds that the family cook, Calpurnia, is not really "tyrannical," and that Raymond is not actually a drunkard, and that Aunt Alexandra has loyalty and steadiness beneath her "boarding school manners" and that Boo Radley is not a "malevolent phantom" but a guardian angel. The nasty old racist Mrs. Dubose – facing death without the crutch of morphine – is, to Atticus, the "bravest person I ever knew." ["]Real courage["], he says, "is when you know you are licked before you begin but you begin anyway and you see it through no matter what." *(423 words)*

Michael Gerson: In our times of division 'To Kill a Mockingbird' offers lessons in empathy, in: The Washington Post, *22. 02. 2016, URL: www.washingtonpost.com/opinions/in-our-times-of-division-to-kill-a-mockingbird-offers-lessons-in-empathy/2016/02/22/ebec380a-d997-11e5-81ae-7491b9b9e7df_ story.html?noredirect=on&utm_term=.f677335d07ba. From* The Washington Post.

1 Harper Lee died in 2016.
2 "Uncle Tom's Cabin" – novel about the plight of slaves in the 1840s that profoundly affected the attitudes towards African Americans and slavery in the US; is said to have helped lay the groundwork for the Civil War

Material 2: Richard King: *Mockingbird* hits false note (2010)

While *To Kill a Mockingbird* is a popular book, it has received surprisingly little critical attention. Indeed, there is something about the novel that seems to deflect deep critical engagement. Even some of the early reviews were equivocal about its worth as literature. The reviewer for *The Atlantic Monthly* called it "sugar water served with humour", implying that, despite its themes, the book was not morally exacting enough to be thought of as a great work of literary fiction. Flannery O'Connor damned the book with praise so faint it was practically nonexistent: "I think for a child's book it does all right," she wrote. "It's interesting that all the folks that are buying it don't know they're reading a child's book."

Though this was rather snootily put, and possibly even meanly intended, O'Connor had the beginnings of a point. For however much one loves Lee's novel – however much one thrills to its warmth, its native wit, its moral centredness, to its folksy-decorous, naive but knowing and at times unconvincing narrative voice – one can't escape the sense that these effects are bought at the cost of a far more horrible reality than the one that intrudes on the lives of its protagonists. […]

Sentimentality and over-simplification are the two accusations levelled at the novel and neither is entirely without justification. […]

Nor does Lee make up for this by sentimentalising the Negro community. On the contrary, she compounds the error. Of course, to have included complex black characters would not have made artistic sense, as the book is written from Scout's point of view and Scout's interaction with Negroes is minimal (the one exception is Calpurnia, the family cook).

But by sentimentalising the black community, she condemns it to another kind of invisibility: it becomes a sort of fantasy, a picturesque backdrop against which the action is allowed to take place undisturbed. *To Kill a Mockingbird* ends happily for the Finches, but on the Negro settlement little changes.

To compare *To Kill a Mockingbird* with the novels of great Afro-American writers such as Ralph Ellison, Richard Wright and James Baldwin is to leave it looking rather thin. Nevertheless, there are different ways in which a novel can enter history, and *To Kill a Mockingbird* entered history with a force that is rare for a work of fiction.

For while Lee had no direct involvement in the civil rights movement of the 60s, her novel is thoroughly mapped into its progress. The civil rights movement, to be successful, had to convince whites of the rightness of its cause and *To Kill a Mockingbird*, for all its flaws, helped it do precisely that. *(446 words)*

Richard King: Mockingbird *hits false note, in:* The Australian, *26. 06. 2010, URL: https://www.theaustralian.com.au/arts/mockingbird-hits-false-note/news-story/63960fef7c612d960ede9c0e281ae1fb*

Aufgaben

1. Summarize the texts. (Material 1 + 2) (30 BE)

2. Compare both authors' opinions and their critical approach concerning Harper Lee's novel "To Kill a Mockingbird". (30 BE)

3. "Prejudices, it is well known, are most difficult to eradicate from the heart whose soil has never been loosened or fertilised by education: they grow there, firm as weeds among stones."

   Comment on this quote, taking the novel "To Kill a Mockingbird" and material dealt with in class into account. (40 BE)

Prüfungsteil 2 (Schreiben) – Vorschlag B 2: *The Asian-American Dream*

Material: David Mura: Fictive Fragments of a Father and Son (excerpt from the short story, 1991)

In this short story, the Japanese-American narrator presents and tries to imagine possible aspects of his father's life in the United States after the Second World War.

When I was in college, I once asked my father what it was like in the camps[1].

"Well, before the war, when I got home from school, I had to work in my father's nursery," he said. "In the camps, after school, I could just go out and play baseball."

It's amazing to me how many years I accepted this precis. Or my father's homily, "If you look for prejudice, you'll find it." Or his insistence that his Horatio Alger[2] rise to upper middle class in the years after the war had been without incidents or insults, without discrimination. All he had to do was work his ass off. (A lesson I never quite seemed to learn.)

And then, after I visited Hiroshima last year, during a year long visit to Japan, I started to think of where my father was on the day the war ended. And something changed. There was this story there that hadn't been told. Or many stories. Stories my father would call fictions. Completely untrue.

By the last year of the war, my father had been released from the internment camp in Jerome, Arkansas, for more than a year and was going to Western Michigan University in Kalamazoo, living with the family of a professor.

Probably my father is both pleased and anxious about this precarious new freedom. Perhaps he has looked through the pages of *Life* or *Time*[3], has seen the cartoons depicting the Japanese: they are lice, vermin, tiny thoraxes with huge heads attached, a buck tooth smile and squinty eyes behind thick glasses; they are small, slant-eyed rats squirming under a huge boot of a GI[4] giant smashing down with unfathomable power. Perhaps he has seen the way some of his classmates look at him, casting glances sideways in history or English, as he passes in the halls. Perhaps they whisper loud enough for him to hear. Perhaps not. […]

It is the year the war has ended, the summer between his freshman and sophomore year. August, a few days after Hiroshima and Nagasaki[5]. A holiday has been declared, […] firecrackers, streamers, confetti, all the trappings[6] of a carnival, whirl through intersections and squares throughout the country. People sport the smiles and laughter of peace, as if the muscles, clenched like a fist for so long, have moved on to another task, all brightness, promise and plenty.

On August 11, 1945[7], my father is sitting on the steps of a house in Kalamazoo, Michigan. He hears the swooping sirens of the firetrucks from the center of town, the high school band blaring "Stars and Stripes Forever", the tooting of horns, loudspeakers filling with speeches. He sees in his mind the street filled with banners and flags, the men with faces bright and beet-red from joy and drink, the women yanking their children at the wrist, dabbing their eyes with handkerchiefs. A squirrel comes chittering across the lawn, rears up on its haunches, begging as usual for a handout. My father picks up a stone from the dirt, pulls back his arm, and then drops the stone to his feet. A voice rises inside him, insistent and restless, a twitch in his muscles, an urge to move, go somewhere, do something. "It won't always be like this," he remembers his teacher in the camps saying. "After the war you will be free again and back in American society. But for your own sakes try and be not one, but two hundred percent American …."

I am American he says to himself. I am glad we won. The light through the leaves is bright, blinding. The heat immense, oppressive. The sounds all over town joyous. He repeats his mantra over and over. He learns to believe it.

[…]

Two years later, he's in college, away from the camps, entering the Episcopalian church[8] with Professor Bigelow and his family. […] It is his first time inside this church.

Had my grandfather been a fervent Buddhist, things might have turned out differently. But my grandfather was too much a man of this world. Sharing with most Japanese a passive attitude towards religions, he had grown away from Buddha and the Shinto[9] gods during this time in America. My father is an empty vessel, waiting to be filled.

As he ambles along with the Bigelows, he's a little stiff, a bit nervous, not knowing what to do. […]

He sees notices in front of the benches, a little platform that swings down, cushioned green leather. Just as the children enter the pew, they suddenly kneel down, facing straight ahead towards the altar; Mrs. Bigelow and the professor do the same. My father wonders what he should do. Self-conscious, he does the best he can with a half-way gesture […].

"This is the body and blood which is shed for you and the New Testament. Take this and drink. Do this often in rememberance of me."[10]

Thank God, he thinks, I understand the words. And in all of this there is a music that takes over my father, something beyond sense, beyond God or Christ. What attracts him is a sense of belonging, of crossing some line, a way out of the Buddhist temples and streets of L.A., something he first felt in the radios and comic books, the very language that poured from his mouth, in the games of mumblety-peg[11], marbles and baseball, in the pledge he recited in school each morning. Something that wasn't foreign, that did not keep him out.

He will convert, he will take up the cross[12], he will bring us to Church all through my childhood, up until the time we move from our middle class home in Morton Grove to our upper class one in Northbrook, a time when he is finally a vice-president [of a company], when religion is no longer needed. By then I will be estranged from the Church, an atheist, wondering what brought him to think a white man must be God. *(994 words)*

David Mura: Fictive Fragments of a Father and Son, in: Jessica Hagedorn: Charlie Chan is Dead. An Anthology of Contemporary Asian American Fiction, *Penguin: New York 1993, S. 350–357.*

Hinweis: David Mura (born in 1952) is a third-generation Japanese-American author.

1 Japanese internment camps were established in the USA during World War II (WWII). Between 110,000 and 120,000 people of Japanese ancestry, often US citizens, were forcibly relocated to and incarcerated in these camps.

2 Horatio Alger – American writer (1832–1899), best known for his novels about impoverished boys and their rise to the middle-class through hard work

3 *Life, Time* – weekly US news magazines

4 GI – a member of the US armed forces

5 Hiroshima and Nagasaki – Japanese cities upon which the atomic bomb was dropped by the USA ending WWII.
6 trappings – decorations
7 August 11, 1945 – On this day, the US demanded unconditional surrender from Japan in WWII.
8 Episcopalian church – in Protestant/Anglican tradition; one of the oldest churches in the USA
9 Shinto – traditional religion of Japan
10 quote from the Bible promising redemption, spoken in Christian services to represent Christ's sacrifice and the ensuing reconciliation of God and mankind
11 mumblety-peg – a game with a pocket knife
12 take up the cross – here: to become a Christian

Aufgaben

1. Describe the life of the narrator's father. (Material) (30 BE)
2. Relate the assumed struggles of the narrator's father to those of other immigrants, focusing on immigrants to the UK. (40 BE)
3. "My father is an empty vessel, waiting to be filled." (Material)
   Discuss whether being "an empty vessel" is a necessary condition when it comes to integration into the US. (30 BE)

Lösungsvorschlag

Prüfungsteil 1 (Sprachmittlung) – Vorschlag A: *Surveillance*

When writing to your Irish friend, consider the fact that you are writing an email, so begin with an appropriate salutation and do not forget to finish your email with a complimentary close. As you are writing to a friend, your email does not have to be very formal but do not be too informal either as you are conveying important information for a project. Refer to the project and give the article's source and author in your introductory paragraph.
Stick to the main statements only, omitting unnecessary details and examples. Your text should not exceed one third of the original text.
Your text should contain the following information:
- ***Technological possibilities:***
  - *More and more smartphones/smartwatches: teenagers, children and toddlers can be surveilled by parents*
  - *Parents know whereabouts of their children: can protect them better*
  - *Parents can read communication and switch off internet access*
- ***Drawbacks:***
  - *Violation of children's privacy and personal freedom*
  - *Hinderance of children's development as they do not learn how to achieve things by themselves*

Dear Iris,

How are you? How are you getting on with your technology project? I've found an interesting newspaper item about the possibilities of checking on children via digital devices. Since you were wondering about the situation in Germany, I'm going to give you the gist of this article called "Big Mother is Watching you" by Titus Arnu which appeared in the *Süddeutsche Zeitung* (18/12/2016).
Arnu argues that smartwatches, phones and apps for toddlers and young children provide the technological possibilities for parents to monitor their children's every move and daily routines. A great majority of German adolescents own smartphones, on which parents can install programmes to check on their children's locations at any time. They work like electronic shackles and provide ways to monitor communication and even switch off internet access. At the same time, apps are supposed to help parents protect their offspring. Among the drawbacks of this technology, the article mentions the violation of children's privacy by permanent surveillance, the excessive concern of parents for their child's well-being and the insecurity of the children, who will constantly feel monitored. Thus, their development might be endangered. They won't learn to protect themselves and become independent. People using these devices don't trust their children who would in turn feel spied upon. As a result, children will be robbed of their personal freedom and hindered to develop media competence for their future, without their parents' control and protection.
Hope that helped.

See you soon!
Wibke Schmidt

(248 words)

Prüfungsteil 2 (Schreiben) – Vorschlag B 1: *Prejudices*

Teaching modules referred to:
The assignment relates to the teaching module The USA – the formation of a nation *(Q 1.1), especially to the topic* landmarks of American history *and the novel* Harper Lee: To Kill a Mockingbird. *The cross-curricular reference is established by part one of the examination (Prüfungsteil 1).*

1. *This task requires you to summarise the key points of both texts. You can either do this in one text or in two separate ones. Read both texts carefully and look for the main statements. Focus on relevant information only and omit unnecessary detail and examples. Your summary or summaries should be introduced by an umbrella sentence stating author, title, genre (source), year of publication and the particular topic emerging respectively.*
   You need to use your own words and stick to the general rules of a summary: present tense, no direct speech, no quotations and comments. You should avoid close dependence on the texts and accommodate references to location, time and characters, with your version not exceeding one third of the originals.
   Your text should contain the following main points:
   - ***Gerson on* To Kill a Mockingbird *(Material 1):***
     - *Huge impact of the novel vs. Lee's quiet life*
     - *Important work for the civil rights movement (postulated values such as tolerance and equality)*
     - *Narrative perspective of a child, but not a children's novel*
     - *Depiction of morally complex characters, which teaches the reader not to pass hasty judgements*
   - ***King on* To Kill a Mockingbird *(Material 2):***
     - *Little critical attention*
     - *Children's book, not a literary work of great importance*
     - *Simplified portrayal of black community (does not show the reality of their everyday lives)*
     - *Important role in convincing white people of the justness of the civil rights movement*

In the article "In our times of division, 'To Kill a Mockingbird' offers lessons in empathy" by Michael Gerson, published in the *Washington Post* on February 22, 2016, the author emphasises the status of Harper Lee's novel and refers to the tenets it holds for the reader. Lee chose a quiet life, well aware of the importance of her book for its readers. Their thinking was greatly influenced by her work that received considerable attention and, far from being a children's book, made the values of the civil rights movement more tangible. According to Gerson, Lee tried to awaken her readers' empathy by making them see the bigotry and cruelty of society with the untarnished view of a child. She did not hesitate to present some of her characters in a malicious way, some others, however, later often show positive traits upon closer scrutiny, which warns us not to pass careless judgement. *(152 words)*

The article "*Mockingbird* hits false note" by Richard King, published in *The Australian* on June 26, 2010, criticises Harper Lee's novel, which allegedly offers a simplified view of social problems. The author argues that, despite its popularity, the book received only little critical attention as it was not morally demanding enough for an important work of literary fiction. It would rather have to be considered as a children's book in sentimentalising the black community instead of showing their horrible reality. But apparently, people enjoyed the book's warm and at times witty tone, not paying much attention to the unconvincing narrative perspective of a child. Accordingly, the novel contains a happy ending for the white protagonists whereas little changes for the black characters. Compared to works of Afro-American writers, Lee's book provides little historical depth; its impact, however, on the civil rights movement by convincing whites of its justified moral cause is undebatable. *(152 words)*

2. *You have already established the main arguments of both texts in task 1. Task 2 requires you to highlight the similarities and differences between both authors' positions in a comprehensive text and to provide evidence from the text by means of quotes. Before writing, it would make sense to read both texts again and list the relevant aspects on a separate piece of paper.*
Your text should contain the following aspects:
- ***Similarities:***
  - To Kill a Mockingbird: *popular with an important role for the civil rights movement*
  - *Literary work with great impact (discussed in school classes to date)*
- ***Differences:***
  - *Is it a children's book? Gerson says no, King says yes.*
  - *Is social injustice depicted in an adequate way? Gerson says yes (characters from all walks of life as an advertisement of tolerance and understanding). King says no (black community's struggles were not depicted in-depth).*
  - *Different style of argumentation:*
    Gerson: just lists the positive aspects; draws on examples from the novel and personal experience
    King: considers both negative and positive arguments; refers to other reviewers of the novel

As far as common features of and similarities between the materials 1 and 2 are concerned, both authors point at the impact of the novel (cf. M 1/l. 3 and M 2/l. 1) underlining its success and the fact that *To Kill a Mockingbird* is a popular book. In both articles, its influence on the civil rights movement in the USA is highlighted. Although Harper Lee did not start the movement, and neither was she directly involved in the events of the 1960s, it was her book that made people aware of many of the movement's concerns and its plights, for example the unfairness of segregation (cf.

M 1/ ll. 12/13). *To Kill a Mockingbird* was instrumental for its progress by convincing whites of the justification of its cause (cf. M 2/ ll. 31–34).
In both articles, the novel is regarded as an important piece in literary history. It was and still is on the set reading list for English literature classes, attracted great attention and served as a wake-up call ("pealing church bells" M 1/ l. 9). Its "worth as literature" (M 2/ l. 3) was established in some early reviews, although this was not unanimously agreed upon. But despite falling short in comparison to the works of great Afro-American writers, this book "entered history with a force that is rare for a work of fiction" (M 2/ l. 30).
Yet, both authors disagree on the question as to whether the novel is a children's book or rather to be regarded as adult literature. According to Michael Gerson, *To Kill a Mockingbird* is mistakenly considered as written for young people only as it is told from the perspective of a child – but it really is an adult story (cf. M 1/ll. 14/15). Richard King argues, however, that critics maintained that the story was watered down with a humorous touch. According to him, the hardly perceptible praise in early reviews characterised the work as doing all right for a child's book (cf. M 2/ll. 4, 6/7). Michael Gerson on the other hand argues that content-wise, the story clearly deals with adult topics like loneliness, rape, sexual bigotry and the failure of justice, but allows for the narrative to be "told from the perspective of a child" (cf. M 1/l. 16). Richard King nonetheless argues that the book does qualify as a children's novel as it does not reach a more sophisticated level. He maintains the readers "don't know they are reading a child's book" (M 2/ll. 8/9).
Another point that Gerson and King disagree on is their evaluation of the book's depiction of the social injustice at the time. Gerson draws attention to Lee's approach to include a diversity of characters in that she would refrain from showing "a rosy view of humanity" (M 1/l. 20) and present the bigotry and cruelty of society. At the same time, she would include characters in the narrative who turn out to be positive upon closer inspection. Gerson again backs up his opinion by drawing on precise examples from the novel, such as boorish or bigoted characters, capable of child murder, as well as positive characters with loyal, law-abiding and heroic traits (cf. M 1/ll. 20–23, 25–29). Additionally, he mentions that reading the novel was an important event in his life (cf. M 1/ll. 6/7).
In contrast to this, King criticises the novel as being sentimental and naïve with the black community becoming almost invisible as "a picturesque backdrop" (M 2/l. 24). He quotes a number of critics to manifest his reasoning, including reviews pointing at what they metaphorically refer to as baby food ("sugar water") in the novel, meaning the novel's humour and its native wit, being naïve but knowing (cf. M 2/l. 4).
Another difference between the two viewpoints can be seen in their style of argumentation. Gerson's approach is to only show the brilliance of the novel in pointing at the historical importance it holds for the readers. For example, he draws upon it being a dramatic wakening call, it being loaded with values and presenting human beings who improve upon close inspection (cf. M 1/ll. 9, 12, 24/25). King, however, considers both positive and negative aspects. He names positive aspects, such as its value as literature, its "warmth" and "moral centredness" (M 2/l. 12), entering history and convincing whites (cf. M 2/ll. 3, 12, 29, 33). Other than Gerson, he does

not omit the negatives of the novel, namely it being of little critical potential, morally shallow, avoiding a horrible reality and the accusation of sentimentality and over-simplification (cf. M 2/ll. 2/3, 5, 14, 16). But in King's case the negative aspects prevail in his overall evaluation. *(824 words)*

3. *First of all, you will have to explain the meaning of the given quote in your own words. Using examples from your course work, you are then required to comment on this statement by referring to the novel* To Kill a Mockingbird *and other issues, such as the influence of the British right-wing political party Ukip. You should finish with a convincing conclusion.*
   Possible aspects to comment on could be:
   - ***Explanation of quote:***
     - *It is nearly impossible to eradicate prejudices from the minds of uneducated people.*
   - ***Aspects from* To Kill a Mockingbird*:***
     - *Prejudice against black people in Maycomb still not overcome in the end*
     - *Tom Robinson is falsely convicted despite Atticus' meticulous counsel*
     - *Scout had prejudices: only changed because of her father's exemplary role*
     - *Children lived in a world of legends and prejudice until Atticus taught them empathy*
   - ***Rise of xenophobic prejudices in the UK:***
     - *More racist incidents since Brexit referendum (2016)*
     - *Rightwing party Ukip benefitted from voters' ignorance and prejudices*
     - *People from underprivileged and less educated backgrounds can be more easily influenced by populist propaganda*
     - *At schools: children should be educated as early as possible on prejudices and democracy*

The quotation at hand points at the fact that uneducated people are hardly able to get over prejudices as they are not open-minded enough to take in and value the disparity of a society. Their closed-mindedness is compared to a stony ground, and prejudices grow on this ground like weeds, rendering them hard to remove. Education can loosen the heart's "soil" in order to make people more aware of their surroundings and create empathy and awareness; secondly, it "fertilises" this soil, the inner beliefs of a person, by teaching and learning about reasons and consequences of issues that trouble people. If education is not grounded or does not work effectively, the convictions of people, the "soil", remain impenetrable to reason.
In Maycomb, the setting of *To Kill a Mockingbird*, prejudices play a major role, especially within the white uneducated community, and they are primarily directed against the black population. The Jim Crow laws, which legalised racial discrimination in the American society, seem unsurmountable. Even a lawyer's reasoning in front of a jury does not have any effects and thus Scout's father Atticus Finch, the legal counsel of Tom Robinson, cannot convince the court of his client's innocence, a young black man wrongly accused of rape. Even Scout, the novel's child-narrator, is prejudiced as, at the beginning of the story, she refers to Tom Robinson as being "just a Negro". Her

attitudes only change through the example of her father, who lives his positive outlook and anti-racist convictions, strongly marked by tolerance, empathy, politeness and respect, in front of his children.
Like many other community members, Scout's brother Jem and Dill, the siblings' summer neighbour and friend, initially live in a world of prejudice and legends. To them, the Radley house is a dangerous abode of spirits, scary and fascinating at the same time, and it takes Atticus to teach them the principle to first put oneself into people's positions before judging them and emancipate themselves from the belief in ghosts persistent in Maycomb. This change of perception manifests itself in the children's changing attitude towards Boo Radley, an intelligent boy emotionally damaged by his father. Boo dominates their imagination, because he never leaves his house and to them appears like a ghost. But more and more frequently he hides presents for the children in a secret place and later in the novel even saves their lives. His character demonstrates how having prejudices against someone can be very wrong and unjust, and how only getting to know someone will really reveal their true colours.
When it comes to the impact of prejudice and hostility, the situation in Great Britain after the Brexit referendum is a case in point. After the 2016 decision to leave the European Union, the number of racist attacks has risen sharply in the UK, especially against Muslims and people from Eastern Europe. Before the referendum, Ukip, a racist, right-wing political party founded more than 25 years ago as a hard Eurosceptic movement, took advantage of the lack of knowledge, if not ignorance, of a greater part of the population, and the prejudices connected with that. In particular, older and less well-educated people with low qualifications are prone to the influences of racial prejudices and xenophobia, just like the weeds which grow firmly amongst stones, as implied in the quotation. Therefore, many schools are nowadays already trying to sensitise children in early education programmes to prejudices and to foster democratic competencies.
The political activists on the far-right, like the British Ukip, exploit ignorance and prejudices, mainly found with the older, working-class white Britons (their voting base), who are often less educated and thus more prone to falling victim to populist political propaganda. The recent events related to Brexit demonstrate the disaster that is created by false expectations, lack of knowledge and using foreigners as scapegoats for problems unrelated to them. Only by living tolerance, empathy and respect, as shown by Atticus Finch in Harper Lee's novel, will there be a chance to overcome prejudices and hatred. These poisonous weeds cannot flourish in educated contexts where people are able to put themselves in somebody else's position and learn, like the siblings and their friend, more about the real reasons for people's problems and their plights.

(706 words)

Prüfungsteil 2 (Schreiben) – Vorschlag B 2: *The Asian-American Dream*

Teaching modules referred to:
The assignment relates to the teaching module Living in the American society *(Q 1.2), with the topic* migration and the American Dream *and the focus on* Asian Immigrants. *The cross-curricular reference is established by the thematic domain* Ethnic diversity *(Q 2.2), especially considering the topic* Great Britain as a multicultural society.

1. *You are required to describe the life of the narrator's father and his experiences in the USA after the Second World War. Before writing, collect the main information from the excerpt of this short story and keep in mind that these are only reconstructed events from the narrator's point of view.*
   In your outline you should use your own words and keep to the story's sequence of events as closely as possible. In your introduction you are asked to mention, in an umbrella sentence, the author, text genre (source), the year of publication and the topic involved. Don't exceed a word limit of one third of the original text.
   You should mention:
   - *The father's positive recollection of his time in the camp and at university*
   - *His (possible) experiences of discrimination by fellow students and in the media*
   - *His determination to fully adapt to American culture*
   - *His conversion to the Christian faith and social rise*

   In the excerpt from the short story "Fictive Fragments of a Father and Son" by David Mura, published in 1993, the narrator traces (possible) experiences of his father in the USA during and after the Second World War. Like other Americans of Japanese origin, his father was interned in a camp. Apparently, he did not find much hardship there and the only difference lay in the choice of his afternoon activities, which were even better in camp. After his release from the camp in the last year of the war, he attended a university in Michigan, living with a professor and his family.
   The son assumes that his father experienced further and indirect discrimination from his fellow students and, in particular, in the depiction of Japanese in the media, where they were compared to pests, ridiculed or simply shown as ugly. During the American celebrations of their victory over Japan, his father is reminded of one of his camp teacher's encouragement to be even more American than the real Americans when he will be free again after the war and adopts this as his personal mantra. As a college student two years on, he visits a Protestant church with the professor and his family and is initially insecure how to behave and move in a strange unknown culture. But, in the narrator's imagination, the church conveys to his father a feeling of belonging and he later converts to Christianity. Finally, he manages to move up professionally and becomes vice-president of a company and thus a member of the upper class.

   (260 words)

2. *You are asked to relate what you deduct to be the true integration process of the narrator's father to the struggles that immigrants face today, especially those in the UK. Bearing this in mind, read the text again and highlight the relevant passages or take notes while reading.*
Depending on what you covered in class, you can choose different thematic priorities drawing on literary as well as non-literary sources and materials. Literary examples that could be chosen for comparison are, for example, Zadie Smith's White Teeth, *Monica Ali's* Brick Lane, *or Hanif Kureishi's* The Buddha of Suburbia.
There are two ways of executing this task: You can either follow a line of key aspects and compare both texts directly regarding each aspect. Alternatively, analyse the key points in both texts separately, one after the other, and compare your findings in your conclusion.
You should mention the following struggles:
- *The general discrimination and prejudices that immigrants have to face*
- *Having to somehow belong to two cultures which might be in conflict, and the urge of having to pick sides, a feeling of belonging to neither culture entirely*
- *The question of if and to what degree to adapt to the new culture*

Facing problems of integration is a common experience shared by most immigrants in a new country. The following paragraphs aim to relate the struggles of the narrator's father from David Mura's short story "Fictive Fragments of a Father and Son" to those experienced by immigrants to the UK.
The narrator's father is convinced that his later success and social rise is due to his working hard for it (cf. l. 7). In his memory, he did not recall any discrimination, he even finds positive aspects of his life in the internment camp (cf. ll. 4/5). But the narrator assumes that behind all this there were experiences of a different kind: "There was this story there that hadn't been told" (ll. 10/11). Part of this was the general discrimination against all Japanese in public, visible in newspapers of the time where they were compared to unpleasant creatures with US soldiers destroying them: "slant-eyed rats squirming under a huge boot of a GI" (ll. 19/20). Furthermore, and during the last years of the war, there were probably the sideway glances of his classmates at university and their whispering about him (cf. ll. 21/22).
Other than these outer signs, the father had trouble in compensating his inner strife with his own situation and his uneasiness about the American victory over Japan. His reaction seems to be his initially forced attempt to redesign his identity as a fully-fledged American by repeating his mantra: "I am American" (l. 42). He was keen on adapting himself fully to the American culture and, among other things, to embrace the Protestant religion. He easily gave up Buddhism and converted to Christianity, which gives him a feeling of belonging and not being excluded any longer (cf. ll. 61/62). In this context, the narrator describes his father as "an empty vessel, waiting to be filled" (l. 51), expressing that he was determined to leave his cultural heritage behind and take on board as much of the All-American lifestyle as possible.
In relation to other immigrants to anglophone countries, the situation of the Japanese or their descendants during and after the Second World War was special in the USA.

When America went to war with Japan, they were interned in camps as inimical foreigners and bereft of their freedom of movement. Although the condition of immigrants in the UK today is of a different nature, some of their troubles and strifes can be compared to those of the narrator's father.

Very often they are subject to general discrimination and degradation in public and personally suffer from distrust and lack of respect, which is the presumed incentive for the narrator's father to almost over-assimilate himself to his host culture. They tend to be torn between their own and their host culture, which also raises issues of loyalty. They have to adapt to different circumstances including cultural and religious domains and frequently must abandon the cultural traditions of their forebears. On the other hand, there is the hope of success and a better life which may encourage their integration.

All of these elements can be seen in related literary examples from the UK.

Zadie Smith's novel *White Teeth* for example is about the instances of a cultural clash. The Bengali Muslim Samad Iqbal struggles to fit into British society and is troubled by the challenges of a multicultural society. Samad works as a waiter in a West End curry house but has developed a somewhat downtrodden attitude towards life. Similar to the Japanese father in the excerpt, he clearly feels the discrepancies between his home culture and his host culture to which he strives to belong. Instead of choosing to assimilate almost completely to his host culture like the Japanese father does, Samad chooses a different path, trying to balance both his Muslim heritage and his everyday life in Britain. Part of Samad's troubles is his difficulty to maintain his devotion to Islam in an English lifestyle and he is tormented by cultural conflicts. He tries to preserve his traditional beliefs by providing for his twin boys to grow up under the teachings of Islam, being ultimately disappointed by both of them as one turns his back on religion to become a scientist and the other one joins a fanatic Islamist organisation. Religion plays a fundamental role in both stories and seems to be a key factor for integration. While the Japanese father finds his sense of belonging to the American society in his conversion to the Christian faith, having not been particularly religious himself prior to this step, it is the deep roots of his Muslim heritage that conflict Samad to the point where he can feel neither fully at home in British culture nor fully bound by traditional beliefs.

This all shows how diverse immigrants' experiences can be despite commonly shared troubles and how difficult but successful in some cases their attempts are to either integrate into or assimilate to a new culture. The underlying tensions, however, prove to be similar for all immigrant situations, i. e. the question of belonging and loyalty, being divided between tradition and integration, the experience of being treated as an outsider by the host nation, or even experiences with direct forms of racism. The narrator's father believes in his success by adapting to his country of choice, whereas Samad, after having lived in Britain for decades, still struggles to find his new identity – and might never find it. *(908 words)*

3. *As you are required to discuss the given quote, establish first what is meant by it. Then refer to the issues and wishes that immigrants have to deal with when they come to the US: the adaption to different cultural and especially religious circumstances and the wish of belonging.*
Make sure you mention the following points:
   - *Explanation of the quote:*
     The narrator's father tried to free himself from his Japanese heritage, thus becoming an "empty vessel", ready to take in every bit of the American culture.
   - *The different theories of immigration to the US:*
     ***salad bowl theory** (different cultures live side by side in one country) versus **melting pot theory** (different cultures come to the US, leaving behind their heritage culture and adapting to a new common all-American culture)*
   - *How both theories relate to the quote:*
     the salad bowl theory allows migrants to keep their own culture (not empty vessels); the melting pot theory asks them to leave their heritage behind to a degree (almost empty vessels)
   - *Conclusion/ Give your own opinion: Is being an "empty vessel" a necessary condition to accomplish integration in the USA?*

The narrator's perception of his father as "an empty vessel, waiting to be filled" (l. 51) points at the problems of integration into a host society where immigrants are confronted with a number of expectations from their new community. They are supposed to adapt themselves to different and mostly unknown cultural and especially religious traditions and, at the same time, develop a strong wish of belonging. In order to perfectly assimilate to the host culture, being an "empty vessel", i.e. adopting the new culture without maintaining principles of one's home culture, seems paramount. But is it really a necessary condition when it comes to integration in the US?
First of all, in reality immigrants are subject to their own beliefs and customs of their countries of origin. In other words they are by no means empty vessels, only waiting to be filled. In the given short story, the narrator's father is able to develop his own American identity only by constituting himself as an empty vessel, which is fuelled by his intricate overwhelming desire to become a "real" American. To internalise these attitudes and values, these need to be lived on a daily basis. This does not necessarily mean to abandon or even lose one's own language and traditions. In the case of the father, this can only happen because he is not a convinced Buddhist and thus ready to embrace the Christian religion.
To be able to judge whether this behaviour is necessary to successfully integrate in the American society, two concepts of American society need to be further explored: the melting pot theory and the salad bowl theory. Distancing yourself from your own culture, religion and language seems to be a condition of successful integration if you follow the ideas of the melting pot, where the traditional cultural upbringing is sacrificed in favour of new orientations. This concept thus creates a so-called American mixture, also expressed in the motto *e pluribus unum*, represented on the Great American Seal. The salad bowl theory, on the other hand, describes the concept that a co-existence of different groups and ethnicities and the foundation of a pluralistic society

is feasible. Both concepts have their pros and cons and need to be considered in some detail.
The American motto *e pluribus unum* seems to indicate that ethnic variety might stand in the way of national unity, and thus expresses the theory of the melting pot. It describes the idea that immigrants have to give up their culture of origin in order to become American, therefore it is expected of them to act as "empty vessels", so they can fully immerse themselves in a merged all-American culture. Since the 1960s, when immigration to the US became more and more diverse, however, it became clear that not all immigrants were ready to leave their traditional customs and beliefs behind, which becomes visible, for example, in the development of China Towns, Little Italies or a Latin subculture in certain parts of the US.
Today, many people support the competing concept of a salad bowl, where cultural diversity is regarded as a positive value and immigrants are encouraged to maintain their traditions and their native language. This model of racial and ethnic integration, rather than assimilation, aims at people living together peacefully and being in harmony like the lettuce, tomatoes and carrots in a salad. It acknowledges the fact that immigrants can never be "empty vessels". Even if they are prepared to fully immerse themselves in their host culture, they will always keep some of their traditions, language, culture and ways of thinking – but can nevertheless be considered part of the overall society.
However, in recent years, events such as September 11 have shown that the US with its cultural diversity is also prone to suffer the downsides of not having one prevalent national identity as mistrust and fear among the different groups are instilled. In the aftermath of the attack, especially the Muslim community, which seemed to be well-integrated in the US, suffered from generalisations and suspicions growing in a free country which was worrying about its security. Therefore, it is paramount that immigrants to the US do not interpret the salad bowl concept in a way that allows them to not become part of the American society. An overarching cultural orientation is key for this concept to work.
In conclusion, the issue of being an "empty vessel" as a condition for integration can easily be misunderstood. What is required for a successful adaptation to one's new community depends on both a welcoming and accepting host society and a proactive role of immigrants, and whether they regard their new country as a melting pot or a salad bowl. The latter concept seems to be much more expedient, especially when you remember the lines on the Statue of Liberty "give me your tired, your poor…". This does not sound like a demand to forget about your own country and succumb to a melting pot but rather an unconditional promise for all those who seek freedom – and this freedom would include the chance to preserve one's own history and identity, in other words the perspective and opportunities created by the image of a salad bowl. This does not require immigrants to be "empty vessels" but neither should they be vessels that are "full to the brim" without the willingness to take in the American way of life. *(900 words)*

Abiturprüfung 2020 Englisch (Hessen)
Grundkurs

Prüfungsteil 1 (Sprachmittlung) – Vorschlag A: *Robotization*

Material: Daniel Eckert: Diese Jobs sind besonders von Robotern bedroht (2018)

Seit Alexa, Siri und andere digitale Assistenten Deutschlands Wohn- und Schlafzimmer erobern, schwant vielen, welche enormen Fortschritte die künstliche Intelligenz (KI) macht. Doch die computergesteuerten Helferlein mit der mehr oder weniger sonoren Stimme sind nur die eine Seite der KI, die wir als Verbraucher in unserem Privatleben zu nutzen wissen. Auch im Arbeitsleben schreitet die Technik schnell voran: Computer übernehmen mit wachsendem Tempo menschliche Aufgaben.

Arbeitnehmer tun sehr gut daran, sich darauf einzustellen, dass Kollege Computer ihnen im Job bald ebenso sehr zur Seite stehen wird wie zu Hause. Wobei „zur Seite stehen“ durchaus auch Konkurrenz bedeuten kann.

Das Institut für Arbeitsmarkt- und Berufsforschung (IAB), das der Bundesagentur für Arbeit angegliedert ist, hat sich in einer aktuellen Studie der Frage angenommen, wie sehr menschliche Arbeit durch Maschinenintelligenz ersetzbar (substituierbar) ist. Die Forscher vermeiden jeden Alarmismus, wovon schon der zurückhaltende Titel der Studie „Substituierbarkeitspotenziale von Berufen“ Zeugnis ablegt, und doch lassen sie keinen Zweifel daran, dass große und rasante Veränderungen im Berufsalltag auf die Arbeitnehmer in Deutschland zukommen.

„Seit unserer letzten Studie im Jahr 2013 sind viele neue Technologien marktreif geworden“, erklärt Britta Matthes, Arbeitsmarktforscherin am IAB. Für die Forscherin ist es ein Gebot der Stunde, jetzt neu zu beurteilen, in welchem Maß Jobs durch Computer oder computergesteuerte Maschinen ersetzt werden können.

Die Antwort: schon jetzt in überraschend hohem Maße und mit klar steigender Tendenz. „Der Anteil der sozialversicherungspflichtig Beschäftigten, die in einem Beruf mit hohem Substituierbarkeitspotenzial arbeiten, ist von 15 Prozent im Jahr 2013 auf 25 Prozent im Jahr 2016 gestiegen“, heißt es in der Untersuchung, die Matthes zusammen mit ihrer Kollegin Katharina Dengler verfasst hat.

In einem Viertel aller Jobs könnte Kollege Computer also bald das Kommando führen und den Takt angeben. Damit sind theoretisch mehr als acht Millionen Menschen in Deutschland direkt betroffen. […] Am stärksten hat die Ersetzbarkeit in den Helferberufen zugenommen, am wenigsten in den Expertenberufen, zum Beispiel von naturwissenschaftlich-technischen Spezialisten und Entwicklern. Die Qualifikation und Spezialisierung eines Arbeitnehmers spielt also eine große Rolle. „Helferberufe, für die typischerweise keine Berufsausbildung benötigt wird, weisen mit 58 Prozent das höchste Substituierbarkeitspotenzial auf“, heißt es in der Studie. Bei Berufen, für die ein vierjähriges Hochschulstudium erforderlich ist, liegt das Substituierbarkeitspotenzial dagegen nur bei einem Viertel (24 Prozent).

Dengler und Matthes betonen zugleich, dass nicht nur Tätigkeiten wegfallen, sondern auch neue entstehen. Einen groß angelegten Beschäftigungsabbau in Folge der Digitalisierung sehen sie in Deutschland nicht.

Zugleich wird es in den Berufen massive Umbrüche geben, die Gewinner und Verlierer kennen. „Entscheidend wird es sein, die Ausbildungen so zu gestalten, dass alle Auszubildenden mit den neuesten technologischen Innovationen in ihrem Beruf vertraut gemacht werden", sagt Matthes. Dazu müssten die Möglichkeiten zur Weiterbildung, Höherqualifizierung und Umschulung ausgebaut werden.

Aus- und Weiterbildung sollten darüber hinaus nicht nur auf digitale Inhalte, sondern auch auf den Erwerb sozialer und fachübergreifender Kompetenzen gerichtet sein. Mit der Digitalisierung verändere sich die Art und Weise, wie gearbeitet wird. So gewinne die Arbeit in virtuellen Teams an Bedeutung, KI wird zum Teil des Teams.

Daniel Eckert: Diese Jobs sind besonders von Robotern bedroht, *in: Die Welt, 16. 02. 2018, URL: https://www.welt.de/wirtschaft/article173642209/Jobverlust-Diese-Jobs-werden-als-erstes-durch-Roboter-ersetzt.html (abgerufen am 27. 11. 2018).*

Aufgabe

Your English class is taking part in an international project on jobs in the digital age. You have found Daniel Eckert's article and want to share the content with your international partners.

Write them an email, outlining the information about changes in the world of work in Germany. (Material) (100 BE)

Prüfungsteil 2 (Schreiben) – Vorschlag B 1: *All men are created equal*

Wählen Sie Vorschlag B 1 oder B 2 zur Bearbeitung aus.

Material: Erskine Caldwell: Saturday Afternoon (excerpt from the short story, 1931)

Tom was snoozing away when Jim ran in the back door and grabbed him by the shoulders. A big handful of flies had gone to sleep on Tom's mouth. Jim shooed them off.

"Hey, Tom, Tom!" Jim shouted breathlessly. "Wake up, Tom! Wake up quick!"

[…] "What the hell!" he [Tom] sputtered, looking up and seeing Jim standing there beside him. "What you want?"

"Come on, Tom! Git[1] your gun! We're going after a nigger down the creek a ways[2]."

"God Almighty, Jim!" Tom shouted, now fully awake. He clutched Jim's arm and begged: "You going to git a nigger, sure enough?"

"You're damn right, Tom. You know that gingerbread[3] nigger that used to work on the railroad a long time back? Him's the nigger we're going to git. And we're going to git him good and proper, the yellow-face coon[4]. He said something to Fred Jackson's oldest gal[5] down the road yonder[6] about an hour ago. Fred told us all about it over at the barbershop. Come on, Tom. We got to hurry. I expect we'll jerk him up[7] pretty soon now."

[…] Tom climbed into an automobile with some other men. Jim jumped on the running board[8] of another car just as it was leaving. There were thirty or forty cars headed for the creek bottom already and more getting ready to start.

They had a place already picked out at the creek. There was a clearing in the woods by the road and there was just enough room to do the job like it should be done. Plenty of dry brushwood nearby and a good-sized sweet-gum tree[9] in the middle of the clearing. The automobiles stopped and the men jumped out in a hurry. Some others had gone for Will Maxie. Will was the gingerbread Negro. They would probably find him at home laying his cotton by[10]. Will could grow good cotton. He cut out all the grass first, and then he banked his rows with earth. Everybody else laid his cotton by without going to the trouble of taking out the grass. But Will was a pretty smart Negro. And he could raise a lot of corn too, to the acre. He always cut out the grass before he laid his corn by. But nobody liked Will. He made too much money by taking out the grass before laying by his cotton and corn. He made more money than Tom and Jim made in the butcher shop selling people meat.

[…] Will Maxie was coming up the big road in a hurry. A couple of dozen men were behind him poking him with sticks. Will was getting old. He had a wife and three grown daughters, all married and settled. Will was a pretty good Negro too, minding his own business, stepping out of the road when he met a white man, and otherwise behaving himself. But nobody liked Will. He made too much money by taking the grass out of his cotton before it was laid by.

Will came running up the road and the men steered him into the clearing. It was all fixed. There was a big pile of brushwood and a trace chain[11] for his neck and one for his feet. That would hold him. There were two or three cans of gasoline, too.

[At the lynching, a local boy is selling cooled Coca-Cola from a bathtub.]

Will Maxie did not drink Coca-Cola. Will never spent his money on anything like that. That was what was wrong with him. He was too damn good for a Negro. He did not drink corn whisky, nor make it; he did not carry a knife, nor a razor; he bared his head when he met a white man, and he lived with his own wife. But they had him now! God damn his gingerbread hide[12] to hell! They had him where he could not take any more grass out of his cotton before laying it by. They had him tied to a sweet-gum tree in the clearing at the creek with a trace chain around his neck and another around his knees. Yes, sir, they had Will Maxie now, the yellow-face coon! He would not take any more grass out of his cotton before laying it by! […]

Will Maxie was going up in smoke. When he was just about gone they gave him the lead[13]. Tom stood back and took good aim and fired away at Will with his shotgun as fast as he could breech[14] it and put in a new load. About forty or more of the other men had shotguns too. They filled him so full of lead that his body sagged from his neck where the trace chain held him up. *(776 words)*

Erskine Caldwell: Saturday Afternoon *(1931), in: The Stories of Erskine Caldwell, University of Georgia Press 1996, S. 28–34*

Hinweis: Erskine Caldwell (1903–1987) was an American author. He mainly wrote about the rural American South.

1 git – slang; correct spelling: get
2 a ways – a (long) distance away
3 gingerbread – *der Lebkuchen;* reference to the character's skin color
4 yellow-face coon – reference to the character's skin color; coon: *der Waschbär*
5 gal – girl
6 yonder – over there
7 to jerk somebody up – *here:* to lynch somebody by pulling him up
8 running board – *das Trittbrett*
9 sweet-gum tree – *ein amerikanischer Laubbaum*
10 laying his cotton by – *hier: ein Baumwollfeld bestellen*
11 trace chain – a long strong chain
12 hide – skin, usually in reference to animal skin
13 gave him the lead – shot him (with lead bullets)
14 breech – *hier: Laden einer Waffe mit Hinterlader* (breech-loading gun)

Aufgaben

1. Summarize the text. (Material) (30 BE)

2. Compare the treatment of Will Maxie (Material) with that of Tom Robinson in "To Kill a Mockingbird". (40 BE)

3. Choose **one** of the following tasks: (30 BE)

3.1 Commenting on one of Erskine Caldwell's short stories, the South African artist Peter Clarke said that it "could just as well be a story about South Africans".

Assess to which extent racial segregation in the USA and the apartheid system in South Africa share similarities.

or

3.2 "The Civil Rights Movement did not suddenly make everything all right. You cannot discriminate against a race for centuries and then, even if you suddenly stopped, say that everything is all right now. Effects of that racism are still with us." *(Richard Davis, US journalist, 2016*)*

Write a letter to the editor of the newspaper in which Richard Davis' article was published, commenting on this statement.

* *Richard Davis, https://www.deseret.com/2016/7/13/20591874/richard-davis-the-effects-of-past-racial-discrimination-still-influence-americans-today*

Prüfungsteil 2 (Schreiben) – Vorschlag B 2: *South Africa today*

Material 1: Megan Palin: Shanty town life: 'They will beat their mothers with a brick' (2018)

The caving roof [of the shack] is so low that its residents – a family of four – have to crawl to get in and out. The sun is shining but when it rains, water pours through the gaps and turns the hut into a mud pool. Groups of barefooted children loiter[1] on almost every unsealed, dusty street and corner in the neighbourhood.

"The more children you see on the streets the poorer the area," one local says.

The shack is one of thousands of homes like it in the South African township of Knysna, about 485 kms east of Cape Town, and one of millions nationwide.

Known as 'the Motherland', South Africa is a country where stunning landscapes, pristine[2] coastlines, waterfront mansions, and world class facilities exist alongside ubiquitous[3] slums and severely disadvantaged people. It's the ultimate juxtaposition but it's extreme poverty and unfavourable conditions in which most South Africans live.

Vast shanty towns, which appear from a distance as seas of glistening tin roofs, stretch as far as the eye can see – in the depths of valleys, across open plains, on the fringes of cities and over mountain tops. When one ends, another soon begins. They're riddled with crime[4], violence and drugs but underpinned by the everyday families whose tales of survival, struggle, resilience and hardship exist on a far more overwhelming scale. Few of the township houses are equipped with running water or electricity.

The wait for government housing surpasses a decade in many cases. Access to healthcare and education is limited and employment is almost impossible to come by. They're not the kinds of places that attract visitors.

Local tour guide Ian Pletzer tells news.com.au that "most South Africans and tourists don't come to the townships". "They're scared," he says.

But for the residents who occupy the townships – known locally as "informal settlements" because they're set up on government land – there's little choice but to stay put.

[…] Vandra Simmers, 40, ties up her pitbull dog as we make our way on foot up a steep, grassy hill to her home on top. Vandra, a sweet lady with a gentle nature, lives in the modest house – which boasts one bedroom and a dining area – with her three children.

Money is extremely tight but Vandra is one of the luckier ones in the Knysna township. She inherited her home and has a full-time job importing and exporting African goods – although she is on leave to look after her five-day-old baby, Joylene, when news.com.au visits.

"Life is tough but we're getting there," Vandra says.

"Normally it depends on yourself. For me, I'm a single parent but I have a good job so I can afford to cope with my three children." Vandra tells news.com.au that life in the community is what residents make it but that she holds concerns for her children's futures as the drug "tik" – crystal methamphetamine or ice – sweeps the townships.

"Alcohol and tik is very cheap and everybody can steal a watch or a cell phone and get the drugs," she says.

"Some children come out of schools while their parents are still working and one of them introduces them to tik, it's cheap and they start doing it.["]

"And by the time the parents realise there's a problem and they're starting to steal out of the houses, it's too late.["]

"They are violent. They will beat their mothers with a brick."

She's witnessed young drug users commit serious crimes on many occasions.

"You can't send your children maybe after 7 pm to the shop close by because then they will rob the children and stab them, fighting with them," Vandra says.

"They'll even take your clothing off, everything that is expensive just to see how to get that kind of money." *(653 words)*

Megan Palin: Shanty town life: 'They will beat their mothers with a brick' *18. 04. 2018, URL: https://www.news.com.au/travel/world-travel/africa/shanty-town-life-they-will-beat-their-mothers-with-a-brick/news-story/e3f1d26dadf11daafc93c33629758fe8*

1 loiter – to remain in an area for no obvious reason
2 pristine – not spoiled or polluted
3 ubiquitous – everywhere
4 to be riddled with crime – to have a high crime rate

Material 2:

Come and make memories with us […]. On the face of it, townships seem to be sprawling, chaotic zones, overflowing with South Africa's most disadvantaged citizens. This is true to some extent, but come on our Emzini Township Tour and you will delve deeper and recognise that townships are also places of great strength, courage, song, dance, survival, love and yes, happiness.

(70 words)

Penny Mainwairing, https://www.exploreknysna.com/activity/emzini-tours/

Aufgaben

1. Outline the social realities in South Africa today as presented in the text. (Material 1) (30 BE)

2. Relate the descriptions of the living conditions in the text to suitable parts of *Mother to Mother.* (45 BE)

3. Choose **one** of the following tasks: (25 BE)

3.1 "Our daily deeds as ordinary South Africans must produce an actual South African reality that will reinforce humanity's belief in justice, strengthen its confidence in the nobility of the human soul and sustain all our hopes for a glorious life for all."
Nelson Mandela in his inauguration speech as President, 10 May 1994

You work for a non-profit organisation that offers programmes to develop and empower South African youth. Taking the quote as a starting point, write a speech addressed to young South Africans about what can be done to improve the situation in South Africa.

or

3.2 Emzini Tours offer township tours in Knysna (Material 2), the place described in the article. Taking both the article and the advertisement into account (Material 1 + 2), discuss whether tourists should tour such areas.

Lösungsvorschlag

Prüfungsteil 1 (Sprachmittlung) – Vorschlag A: *Robotization*

Teaching module referred to:
The task refers to the teaching module Modelling the future *(Q 3.2), in particular the aspect* science and technology: […] artificial intelligence.

In order to write an informative email, read the text carefully and highlight the information given on the changes in the world of work in Germany. Address your email for example to a project coordinator, start off with an umbrella sentence about the source and use formal language. Keep in mind that you are supposed to give an outline, so omit examples and statistics.

Dear Project Coordinator,

Our class would like to share what Daniel Eckert wrote about the development of artificial intelligence in Germany. In his article, which was published in *Die Welt* in 2018, Eckert points out that the enormous progress of AI has become visible by the high number of digital assistants in German homes. Yet, the convenience they offer to consumers is only one side of the coin since human beings are increasingly having to compete with computers in the world of work.
German research institutes have been focusing on the question as to which extent humans can be replaced by AI in the working world. Researchers do envisage far-reaching repercussions. In Germany the number of people working in jobs with a high risk of being replaced has risen to 8 million. Highly qualified experts such as university-trained STEM graduates are less likely to be replaced than unqualified workers. Various institutes emphasize that digitalization will not only lead to a loss of jobs but also to the development of new ones. Nevertheless, they stress that there will be winners and losers.
As a result, it will be necessary to provide more opportunities to acquire professional training and further education which will have to cover the latest technological innovations as well as social skills and interdisciplinary competences. This way students and workers will be prepared to work with AI as a member of the team.
We hope that this contribution provides insight into the situation in Germany.

Kind regards,
Laura Bayer *(250 words)*

Prüfungsteil 2 (Schreiben) – Vorschlag B 1: ***All men are created equal***

Teaching module referred to:
The assignment relates to the teaching module The USA – the formation of a nation *(Q 1.1), especially to the topic* landmarks of American history *and the film* To Kill a Mockingbird *based on the novel by Harper Lee. The cross-curricular reference is established by part 1 of the examination (Prüfungsteil 1). Task 3.1 also relates to the module* The English-speaking World *(Q 2.3), especially to the topic* living together *and to the* country of reference South Africa.

1. *The task requires you to sum up the most important developments in the excerpt from the short story "Saturday Afternoon" by Erskine Caldwell.*
   The text was written in the early 1930s and contains the terms "nigger" and "Negro". Both terms are considered as racist today. While "Negro" can sometimes be found in positive contexts (it was for example used by Martin Luther King during the Civil Rights Movement) it is safer not to use either term in your essay. You can talk about "Black people" or "people of colour" instead. If you want to analyse the language used by the White murderers in the text, you can use the term "n-word". By doing so you avoid reproducing the racism which the term implies.
   Start off with an umbrella sentence, use your own words and keep in mind that your summary should not exceed one third of the original length.
   You should mention the following aspects:
   - *The news that the Black farmer Will Maxie is going to be lynched is spreading from door to door.*
   - *He has supposedly said something inappropriate to a White girl.*
   - *The White men are very excited and split up into two groups.*
   - *Some of them drive to a clearing in the woods where there is enough firewood and a tree.*
   - *Others pick on the elderly Will Maxie, poking him with sticks.*
   - *The farmer seems to be a very decent man who has a family, does not drink or waste money and has always respected White people.*
   - *The White men hate him because he is very successful in growing cotton and corn and makes more money than most of them.*
   - *At the clearing a large group of White men hang Will Maxie from a tree, set him on fire and ultimately shoot him.*
   - *Somebody sells coke at the scene of the murder.*

   The given text, an excerpt from Erskine Caldwell's short story "Saturday Afternoon" written in 1931, deals with the lynching of a Black farmer in the deep South during the segregation era.
   The reader gets to know that the rumour that Will Maxie spoke indecently to a White girl is being spread from door to door. With tensions running high the White men in town are excited and eager to organize a lynching party very quickly and efficiently. About thirty or forty cars head towards a clearing in the woods where there is enough

firewood and a suitable big tree. At the same time others set out to get hold of Will Maxie.

They hate their victim because he is intelligent and hard-working. They also envy him because he earns a lot of money by weeding his corn and cotton fields before the harvest. Will Maxie is also detested because he neither drinks nor wastes money like the others in town. Although the elderly married father of three daughters has always kept to himself and respected White people, several dozens of White men force him to run up the road towards the clearing. In the meantime, the stage is set for the lynching. Somebody sells coke, others have brought chains and gasoline.

The men tie Will Maxie to the tree, chain him by the hands and neck before they set the tree on fire. Finally, about forty White men shoot him dead before he burns to death. *(246 words)*

2. *In order to compare how both victims are treated you should determine the similarities and differences and list them on a separate piece of paper.*

Similarities:

- *Both literary figures are Black outcasts in a White supremacist environment.*
- *Both are confronted with racist stereotyping although they are hard-working people who comply with segregation laws.*
- *Both fall victim to racism in the Deep South.*

Differences:

- *Will Maxie is envied because of his material success and because he does not fit in. He is "too good" for a Black man.*
- *Maxie is lynched on the spot after rumours are spread in town that he spoke to a White girl indecently.*
- *Tom Robinson is wrongly accused of raping and beating up Mayella Ewell.*
- *Although he has an excellent lawyer who manages to prove that he is innocent, Robinson is found guilty because of his skin colour. He is shot to death by armed guards after trying to escape.*

Both Will Maxie and Tom Robinson are Black outcasts in a White supremacist environment during the era of segregation. In addition, both men are confronted with racial stereotyping especially concerning their interaction with White women and both have to face lynch mobs. Finally, both fall victim to the racial injustice in the rural Deep South of the 1930s. Yet, the circumstances under which this happens are somewhat different.

Will Maxie, a married elderly father of three, is an outcast in the town where he lives. The White townspeople envy him because of the money he makes through honest and hard work. Furthermore, he does not fit in the mainstream culture since he does not share the common habits of wasting time and money, drinking, bootlegging or womanizing. Although he and his family have kept to themselves and have shown respect to White people, Will Maxie is hated. Rumours based on the stereotyping of the Black male molesting a White girl cause a commotion in town. As a result he is brutally

murdered by a spontaneous lynch mob which just seems to have been waiting for the opportunity to get rid of him.
Quite similar to Will Maxie, Tom Robinson is presented as an honest and hard-working man. He attends church and comes from a clean-living family. The 25-year-old father of three children has a crippled left hand due to an accident that he had as a child. Nevertheless he regularly helps out and does chores for others without demanding payment. He feels particular empathy for Mayella Ewell, the eldest daughter of the poorest White family in Maycomb, because she has to care for so many younger siblings after her mother dies. Mayella also suffers from abuse by her father who is an alcoholic. As helpful as he always is, Tom Robinson assists her one day when she asks him to chop a wardrobe for firewood. He is so shocked and taken by surprise when she grabs his knees and attempts to kiss him that he runs away as fast as he can.
Mayella's father who has witnessed the scene beats her up causing injuries to her head and face. He also calls his daughter "a whore".
A short time later Tom Robinson is accused of raping and injuring the girl since that is what Black men are stereotypically blamed for. Unlike Will Maxie, Tom Robinson is sent to jail to await his trial. He is lucky to have a defense attorney, Atticus Finch, who firmly believes in racial equality while most of the people in Maycomb do not. Finch helps Robinson when a lynch mob make an attempt on the Black culprit's life while he is in his prison cell. In court Tom Robinson is confronted with a tense atmosphere but one that brings to mind a festival. The fact that people bring their children, their meals and their cokes to witness the sensation closely resembles the gathering of the lynching party in "Saturday Afternoon".
Neither victim has a real chance to survive as both men are doomed from the start because of their skin colour. While Will Maxie is perceived as the "n-word" who does not belong there because he is too good, Tom Robinson has to face an all-White court that views him as a wicked "Black beast" that raped and beat a White woman. In court he is addressed as a "Black buck" and is forced to apologize when he contradicts the prosecutor. Although Finch actually proves that he is innocent – only a left-hander could have caused Mayella's injuries – Robinson is found guilty because he made the mistake of testifying that he had felt sorry for the White girl. Because he is Black and she is White, this is considered as "uppity" on his part. In the end Tom Robinson makes a run for a fence under the surveillance of armed guards and is shot to death. Will Maxie is shot by about forty White men after being chained and tied to a tree that was set on fire. *(672 words)*

3.1 *In order to assess the extent of segregation in the USA and South African apartheid you actually have to compare the systems. Before writing it is helpful to list the similarities and differences on a separate sheet of paper. Start off with an introduction containing the purpose of apartheid and segregation.*

Similarities:

- *Both the USA and South Africa devised hundreds of laws to exclude people of colour from playing an important role or gaining power in the country.*
- *The decisive criterion was the colour of a person's skin.*

- *Both systems aimed at separating White people from people of colour to keep the latter in subjection.*
- *Apartheid and the so-called Jim Crow Laws strongly resembled each other, especially when it came to intermarriage or joint public facilities.*
- *In both countries people of colour were confronted with arbitrary violence.*

Differences:
- *In the USA a majority of roughly 80 % White people suppressed a minority of African Americans between 1865 until the Civil Rights Movement in the 1960s.*
- *US Segregation was mainly based on informal laws that varied from state to state, especially in the former slave states in the South. The official maxim was "separate, but equal".*
- *In South Africa a minority of about 12 % White people suppressed a majority of people of colour.*
- *Apartheid was a national policy in South Africa that was set up after the Second World War. It was an element of the constitution that aimed at subduing different ethnic groups including "Native", "Coloured" as well as "Indian or Asian" communities. The policy was "separate and unequal".*

The following example elaborates on various aspects (relationships between White people and people of colour, schools, infrastructure, legal repression) that you could refer to in your solution. You do not have to mention all of these aspects and your solution in the Abitur *will probably be much shorter.*

When assessing to which extent Black and White citizens were segregated in the USA and in South Africa the greatest similarities obviously can be found between the Jim Crow era and the time of apartheid in South Africa.
In both countries hundreds of laws were passed to ensure the supremacy of White people and to subdue the rest of the population. In the time after the Civil War in the USA Jim Crow laws were set up as informal laws that varied from state to state especially in the former slave states in the South. These state laws actually violated the federal principle "separate, but equal" that applied to the Black minority since they provided the framework for discrimination and unequal treatment along the lines of skin colour. Apartheid, however, was established as a national policy of racism and segregation after World War II and it was an element of the South African constitution designed to preserve the power and the privileges of the White minority. Apartheid differentiated between different ethnic groups. The Population Registration Act (1950) classified all South African citizens either as "White", "Coloured", "Native" or "Indian and Asian". The decisive criterion was the colour of a person's skin and the principle that was applied was actually "separate and unequal".
Despite these differences both Jim Crow America and apartheid South Africa aimed at the open discrimination against large parts of its population and the exclusion of people of colour from the happenings of the country. Both systems were based on racial segregation and on the creation of first and second class citizens. That is why both Jim Crow Laws and apartheid explicitly focused on laws that forbade sexual relationships and marriages between White people and people of colour. In both countries White men who had a relationship with a woman of colour were usually acquitted for the offense.

Furthermore, laws were passed to ensure the segregation of all public facilities. Jim Crow Laws and apartheid erected strict racial barriers e. g. in schools, public transport, restaurants or even hospitals and cemeteries.
In the United States, schools in all-Black districts were usually poorly equipped and the standards were lower than in all-White schools. Yet, officially segregated schools followed the principle of "separate, but equal". In South Africa the Bantu Education Act of 1953 explicitly aimed at limiting the education of native children with the help of a restricted curriculum. Black children were not supposed to rise above the ranks of the working class. Schools for these children were usually dilapidated buildings without teaching materials or school books. Their teachers often had no more than elementary school education. The funding and the student-teacher ratio were a lot better in schools for white children.
When comparing the extent of segregation in living quarters for Black and White people in both countries it becomes obvious that apartheid was more systematic and far-reaching. The Group Areas Act of 1950 enabled the government to mark off specific areas for residence and trade to each "race" nationwide. While most of the fertile land was allocated to White farmers, Black people were relocated to the so-called homelands in order to remove them from urban areas. People had no prospects in these remote and neglected homelands without infrastructure. The workers that were needed in the cities were forced to live in townships and they had to carry pass books with them that contained information such as details on their employment permits and racial classification. In the United States geographical mobility was not officially restricted. As a consequence many Black people moved to the north during the Great Migration to take up jobs in the newly established industries. Yet, they were not welcome outside of the ghettos in which many of them got caught up in a vicious circle of poverty, unemployment and crime. After the abolishment of slavery many Black people stayed in the south and continued to be subdued by former slave owners or local chapters of the Ku Klux Klan. Prior to the Civil Rights Movement White supremacists suppressed Black voters who officially had the right to vote. Special literacy tests were invented to keep the Black voters away. In South Africa Black people were generally deprived of South African citizenship and of the right to vote.
In both the USA and South Africa Black people faced arbitrary violence. In the Solid South thousands of Black men were lynched until the 1940s and justice turned a blind eye to this brutality. In South Africa it was the security police that applied torture which often resulted in death. Many Black people feared the nightly pass raids that entailed maltreatment or banning if you did not carry the required documents. Every police officer was allowed to detain people without a warrant on the grounds of suspicion for several months during which the suspect did not have access to a lawyer.
All in all, the methods that were employed to institutionalize racism and segregation closely resemble each other. The depth and the intensity do vary and a Black man accused of raping a White woman would probably not have had access to a White lawyer in South Africa. In the end, one has to admit that both systems of racial segregation have led to serious harm done to the victims. This harm has yet to be overcome. That is why Peter Clarke may be right when he claims that Erskine Caldwell's short story might as well be about South Africa. *(911 words)*

3.2 *Start off by addressing your comment to an editor and by paraphrasing the given quotation in your own words. Using your background knowledge, you should comment on what was achieved by the Civil Rights Movement and on the problems that remain to be solved. Your comment should conclude with a personal statement on whether or not you agree with the quotation.*
You could refer to the following aspects:
- *Politics: Civil Rights Act, Voting Rights Act (1964 and 1965)*
- *Education: higher school attendance among Black pupils than in the past and more Black university graduates vs. poorly equipped schools in districts with large numbers of Black students*
- *Culture and media: many successful Black superstars*
- *Economy: unemployment higher among Black population; income lower on average*
- *Health: lack of health care and lower life-expectancy among Black population*
- *Legal system: higher incarceration rates among Black population, more severe sentences; police violence*

Dear Sir/Madam,

I would like to comment on the article by Richard Davis, published in 2016. Richard Davis claims that the effects of racism on American society can still be felt because the Civil Rights Movement did not manage to right all of the wrongs that were caused during centuries of discrimination.
At first sight this position seems somewhat pessimistic since the Civil Rights Act of 1964 officially put an end to discrimination by declaring it illegal and by providing the basis for affirmative action. The Voting Rights Act of 1965 opened the political system to African Americans by abolishing the measures designed to curtail their voting rights. Since then there has been significant progress concerning turnout, growing numbers of African-American state governors or members of the Supreme Court. Another field in which communities of colour have been catching up is education. Regular school attendance of White children and people of colour is practically equal today and the number of African-American university graduates has increased substantially. Furthermore, African Americans have become successful in sports and entertainment. Some of them have become superstars and millionaires like Denzel Washington, Halle Berry, Beyoncé and Jay Z and Michael Jordan.
Yet, the achievements of the happy few are only one side of the coin. African Americans are still more likely to attend schools in economically weak ethnic neighbourhoods. Since American schools are funded by local taxes these schools are often poorly equipped and the drop-out rates are higher than in schools in affluent White neighbourhoods. The proportion of African Americans without health insurance is still higher than that of White people – despite ObamaCare. That is why Black children are more likely to suffer from illnesses such as diabetes. The life expectancy of White children exceeds that of children of colour by six years. The unemployment rate is also a lot higher among African Americans not only because of a lack of qualifications, but also because many employers prefer White candidates. The medium income of Whites is also higher.
Those who suffer the most from socio-economic disparities are those African Americans who still live in inner-city ghettos without prospects and a good education. This

is especially the case with male teenagers and young men who are more likely to end up in a vicious circle of poverty, unemployment and perhaps drugs, crime and gang wars. Although it has been proven that they do not consume or deal with drugs more than White people do, they still run the higher risk of being arrested, found guilty and incarcerated. The number of inmates on death row who are not White amounts to 40 % and raises serious questions concerning equal treatment in law enforcement. Another field in which African Americans are still confronted with racism is police violence. The shooting of the teenager Trayvon Martin in Florida in particular caused an uproar and led to the "Black Lives Matter" movement. Racial profiling is another example of racism since it specifically targets people of colour in poor neighbourhoods found suspect purely on the basis of stereotypical criteria.

To come to a conclusion, I would like to emphasize that I basically agree with Richard Davis. The inner-city African-American population in particular is greatly affected by racial stereotyping which is still prevalent in the United States. Racism has become more complex and diversified and since it goes hand in hand with implicit socio-economic injustice it is sometimes harder to detect. The legacy of Martin Luther King – the overcoming of racial discrimination and the achievement of equal opportunity – remains something that has to be tackled in the future.

Sincerely,
Emma Taylor *(601 words)*

Prüfungsteil 2 (Schreiben) – Vorschlag B 2: *South Africa today*

Teaching modules referred to:
The texts at hand refer to the teaching module The English-speaking world *(Q 2.3), focussing in particular on the* country of reference: South Africa. *It explores its development:* past and present (Apartheid bis heute) *and how people are* living together (z. B. Sozialstruktur der Gesellschaft).

1. ***Step 1**: Read Material 1 carefully and highlight parts of the text that describe "social realities" in South Africa. Think of aspects like access to education, healthcare, employment, housing, drugs and violence, prospects for future generations.*
   ***Step 2**: Start with an introductory sentence that mentions the text type, the title of the article, the author, the source, the year of publication and the topic.*
   ***Step 3**: Give the main features of the social realities in South Africa as presented in the article. An outline does not have to be extremely detailed.*
   You should mention the following aspects:
   - *Housing situation: small huts, usually no running water or electricity*
   - *No healthcare*
   - *Limited access to education*
   - *Unemployment*
   - *Crime: violence, drug abuse (methamphetamine and alcohol)*

The newspaper article "Shanty town life: 'They will beat their mothers with a brick'" by Megan Palin, published online on https://news.com.au in April 2018 depicts the social reality inside the townships in South Africa.
The first aspect that is mentioned is the actual housing situation. There are millions of huts in townships. Extremely poor people live in shacks that are very small and not waterproof and they usually do not have running water or electricity. The families do not have access to healthcare and the children have limited access to education while their parents usually cannot find employment or a place in a government housing programme. Tourists are afraid to visit townships because of the crime rate there. The future of the next generation is at stake as the townships are flooded with cheap alcohol and tik, which is crystal meth. Children are introduced to it, get addicted and then commit serious crimes – even within the family – to get money to buy more drugs.

(165 words)

2. ***Step 1***: *Think of parts in the novel* Mother to Mother, *which describe the living conditions in the township. Think of the actual housing situation but also about social aspects like poverty, employment, education and violence.*
Step 2: *"To relate" means to take an aspect of the text at hand (e. g. "children living in the streets") and establish a meaningful connection to that aspect in the novel* Mother to Mother. *Describe whether the situation is the same as that in the novel or in which way it is different from the novel.*
You could refer to the following aspects:
Similarities:
– *Both the article and the novel describe how far the townships stretch.*
– *In both areas children roam freely and unsupervised by their parents, most of whom have to work to make a living.*
Differences:
– *While Guguletu is a resettlement area with brick houses built by the government in the 1960s, Knysa is an informal settlement on government ground with self-built huts.*
– *In the article the children turn violent because they get addicted to crystal meth. The violence described in the novel is a result of the hatred for the White government and White people in general who had oppressed the Black population for centuries. Combined with the missing prospects, it led to a hunger for blood and sensation in South Africa's youth.*
Conclusion:
– *The article and the novel describe life in the townships in a similar way. While the article is merely a description of the situation, the novel gives further insight into the political situation that has led to these living conditions.*

First of all, I am going to compare the housing situation in the novel with the information in the newspaper article. Then I am going to show that both the novel and the newspaper article make the same point that the given living conditions offer the children no prospects for a better future but lead to crime and addiction. Finally, I am going to show that the novel holds the political past of South Africa and the government responsible for the desperate situation of South Africa's youth.

The first-person narrator of the novel and mother of Mxolisi, Mandisa, compares the township Guguletu to a tin of sardines as well as to a forest of houses. On the one hand it is vast and stretches as far as the eye can see but on the other hand it is full of tiny houses huddled close together with narrow streets. Megan Palin sees the townships as "seas of glistening tin roofs [which] stretch as far as the eye can see" (ll. 12/13) but she also mentions that the "roof is so low that its residents […] have to crawl to get in and out" (ll. 1/2). While the article describes an informal settlement with self-built huts, the novel is set in a resettlement area with brick houses and glass windows that were brand-new, when Mandisa and her family were forced to move there in the 1960s. Still, Megan Palin and the narrator of *Mother to Mother* both emphasise the vastness of the township as a whole and the tiny space available for each family.
Another aspect that is worth mentioning when we talk about the housing situation are the sanitary conditions. Megan Palin as well as the narrator of *Mother to Mother* regard the township as a dirty place where poorly dressed and neglected children run around. Megan Palin mentions that when it rains, "water […] turns the hut into a mud pool" (ll. 2/3). The narrator of *Mother to Mother* also explains that there is no sewerage system in the townships. She recounts that poorly dressed children play in these pools all day long instead of going to school or to a playground. Megan Palin also notices the "groups of barefooted children" (l. 3) who are everywhere.
While the children play in the mud, most parents are at work. Mandisa, the narrator of the novel, is a working mum. She has to leave the house in the morning before the children go to school and she comes back when it is already dark. She works for a White woman six days a week. Because of this, she has no actual control over what the children do during the day. Megan Palin also quotes a mother who says that the "children come out of schools while their parents are still working and one of them introduces them to tik" (ll. 39/40). Mandisa explains this dilemma in the novel: either she works to earn some money for her family but then she cannot take care of the children properly or she does not work and does not have any money to get by. Megan Palin as well as the narrator of the novel feel that the living conditions in the townships that force parents to neglect their children in order to have an income to survive are the reason behind the problems the children have.
In her article Megan Palin points out that the townships do not offer children and young people any prospect for a better future: instead they live on the streets and are in danger of getting addicted to drugs and as a consequence become criminals. While the children in the article become violent as a result of being addicted, the violence in *Mother to Mother* has another root. It derives from a hunger for blood and sensation. The children were fed with hate and anger against their White oppressors from the day they were born. This hate has erased their moral compass and they now turn against anyone who comes in their way – whether it is a White university student or a Black man whom they accuse of allying with the White government.
The author Sindiwe Magona questions the political responsibility for the violence. The hatred against the White oppressors has grown ever since they claimed the land in the 17th century – and the White government still neglects the Black population in the townships. In the first chapter the narrator accuses the government of not doing anything to offer her son a better life before it was too late and he killed a White girl. For

her it is ironic that the government is willing to pay for a waterproof roof for him in prison but did not take any steps to invest any money to improve the living conditions in the township. At the end of the novel she notes with bitter regret that the little children are still in the streets of the township Guguletu all day long and she foresees that the future for them will be as dark as it was for her son. She calls her son's generation a "lost generation" because there have never been any positive prospects for a better life to come.

All in all, we can say that the novel and the article both describe life in the townships in a similar way. But in contrast to the article, which is merely a description of the deprived living conditions, the novel asks that political responsibility be taken for the children living there as the people in the townships have no chance to implement any changes themselves. *(936 words)*

3.1 ***Step 1***: *Think of what can be done to improve the situation of young people in South Africa.*
Step 2: *Structure your speech to open with the given quote, a main part which explains what your non-profit-organisation intends to do and end the speech on a positive note.*
Step 3: *Think of stylistic devices that are characteristic of speeches. Important are for example anaphora, direct address of the audience, rhetorical questions, contrast, metaphors, repetitions, rule of three, personal anecdotes and irony. Try to make use of some of them in your text.*
You could refer to the following aspects:
- *Housing*
- *Education*
- *Employment*
- *Drug and alcohol prevention*

"Our daily deeds as ordinary South Africans must produce an actual South African reality that will reinforce humanity's belief in justice, strengthen its confidence in the nobility of the human soul and sustain all our hopes for a glorious life for all."

Nelson Mandela said this in his inauguration speech as president in 1994 and it is still as true as it was 26 years ago. I am glad to be here today to talk to you, the South African youth, on behalf of the non-profit-organisation that I work for about the current situation here in South Africa and what we can do together to shape a promising future for your generation.

If I were to ask any one of you what, what is destroying the future of your generation, you would all give me the same reply: it's the drugs. We have to get rid of tik, we have to reduce alcohol abuse and we have to stop kids from sniffing glue. Our organisation works with young vulnerable children because they are enticed to take these drugs. They need to know about their dangers. So that's the first thing. We need to get children informed about the dangers and consequences of getting addicted to drugs.

But information is only one part of it. Did the young drug addicts not know about the dangers of drugs? Of course they knew. Everybody knows. They tried drugs anyway.

Why? Everyone knows that too. Because they lived on the street and because life didn't offer them anything else. There was no real alternative path to be chosen.
That's where our organisation comes in again. We provide educational programs that keep kids in schools. The children need to get an education because only an education is a ticket for a better future.
The third column of our organisation's work is healthcare. Almost one third of all school girls in South Africa are HIV-positive. In our organisation we have a lot of nurses, doctors and other health workers who come to the townships to help children, teenagers and especially girls with health issues.
But it doesn't help to just provide access to healthcare institutions for all the young girls that are HIV-positive. We must get to the root of the problem. Everybody knows what this is too. These girls are HIV-positive because elder men infected them with the disease. We have to get our girls out of these abusive situations. We need to provide shelter for women and girls to help them escape from this hell.
Is all of this sufficient? If we fight the drugs, provide better access to education and healthcare, a better housing situation for all the people living in the townships, will South Africa's problems be solved then?
I think we also need a vision, a deeply-rooted belief that South Africa can make it. We need to believe in South Africa's strength and ability to transform. We need to do it again. Remember how South Africa transformed in 1990 from an Apartheid state into a democratic country? We need to make it again. We need to turn hopelessness into prospects for a better future, we need to turn unemployment into innovation and creativity and we need to put the greatest good that South Africa has at use: it's you, you are its youth and its future. *(555 words)*

3.2 ***Step 1***: *In the given task you are asked to "discuss" the topic. This means you need to provide arguments for and against township tours with a conclusion at the end.*
Step 2: *Make notes with arguments for and against it. Think about which arguments you consider more important and profound and make a decision about your conclusion.*
Step 3: *Present your arguments in a logical order.*
You could refer to the following aspects:
Arguments in favour of tourism:
- *If you want to understand South Africa and its problems, you have to see the townships.*
- *You can learn a lot about South African culture there.*

Arguments against tourism:
- *It is dangerous to visit the townships (violence, crime).*
- *Tours designed for tourists do not offer a realistic impression of life in the townships. What they show us instead, is a cliché of what we think life in the townships might look like.*
- *Tourists often do not show the necessary respect for the people (e. g. they take pictures of scenes without asking permission).*

When you travel to South Africa you have to make a decision: do you only travel there because of its beautiful nature and national parks or do you want to get a comprehensive picture of the whole country and its society?
The great majority of people might say that they would love to see the townships but it is just too dangerous to visit them. Most tourists don't go there because they are scared – rightly scared. In her article Megan Palin describes the townships as a place where violence occurs on a daily basis.
If you are more politically aware, you might say: I also need to visit the townships to gain a full understanding of South Africa's society. That sounds noble. The problem is that "Emzini Tours" do not offer a realistic tour which leaves room for varied reactions: that would mean that you could also feel shocked about the living conditions and the housing there, you could feel empathy, you could be disgusted by all the young drug addicts or you could admire people's strength to survive and live under any conditions. The problem with "Emzini Tours" is that they already tell you what you are supposed to feel at the end. You will "recognise that townships are also places of great strength, courage, song, dance, survival, love and yes, happiness" (ll. 6/7).
In my opinion under these circumstances it is impossible to gain a real understanding of the situation there. What a tour like this probably promotes is a cliché that's similar to the noble savage in western movies. That is the general problem with the rich European perspective on culture. If we do not go there because we say these people are violent, poor drug dealers in the townships, we get it wrong. If we look down on them, on Native Americans, on Aboriginal people or other cultures, we are narrow-minded. But if we want to take a more leftist and more politically correct position and if we say, it's all great, their culture is unique and just look at their strength and courage, we look up to them, then we are also getting it wrong but just in a different way. Then we are ignoring the fact that they did not decide to live in the townships and that there is nothing beautiful and enriching about a roof that is not waterproof.
What is the solution for the European tourist then? If we ignore the townships and just visit the national parks, we are blind and ignorant. If we go there on a guided tour to admire their "happiness", we are maybe even more ignorant. In my opinion there is a third path that can be chosen. We can try to open our eyes and really look without any preconceptions. We can read about the situation in the townships and we can get well-informed. Then it is not necessary to actually go there in person as a sensation-seeking tourist, but while we will still visit national parks, we can at the same time watch documentaries and read literature that comes from the townships and in the end, we might actually gain some understanding of life in townships or at least accept that we have a limited understanding, that we are partly blind. *(547 words)*

Abiturprüfung 2020 Englisch (Hessen)
Leistungskurs

Prüfungsteil 1 (Sprachmittlung) – Vorschlag A: *Alternative lifestyles*

Material: Gabriele Riedle: Twin Oaks in den USA. Die älteste Hippiekommune der Welt (2017)

Es ist Sommer im Herzen Virginias, auf dem Gelände einer alten Tabaksfarm und in den dazugehörigen Wäldern der Landkommune Twin Oaks, 100 Meilen südwestlich von Washington D.C. Überall Sonnenflecken im Blätterwerk, Überfluss von Licht und Schatten und in den Lüften der Soundtrack der Vögel. Beim Mittag- und zum Abendessen Kommunarden[1] an Tischen aus grobem, verwittertem Holz unter den Bäumen. Danach Großabwasch im Kollektiv. […]

Tatsächlich gibt es in Amerika nach wie vor Hunderte so genannter Intentional Communities, Gemeinschaften, die mehr sind als bloße Zweckbündnisse zum Wohnen, sondern die eine bestimmte Idee des Zusammenlebens verfolgen. Twin Oaks ist jedoch die älteste, noch existierende Hippiekommune der Vereinigten Staaten. Gegründet wurde sie 1967, im legendären „Summer of Love", als in Amerika plötzlich alles möglich schien. Jetzt feiert Twin Oaks 50-jähriges Jubiläum. Inzwischen leben 91 Erwachsene hier, die Jüngsten Anfang 20, die Ältesten hoch in den 70ern, dazu 15 Kinder. In den acht Gemeinschaftshäusern unter Bäumen hat jeder nur ein winziges Zimmer. Einige Bewohner sind erst seit kurzem hier, andere schon seit 20, 30 und einer sogar seit 49 Jahren. Die Kommunarden leben hauptsächlich von der eigenen Landwirtschaft samt Milchkühen und Hühnern sowie vom Verkauf von Hängematten und Tofu, selbst produziert mit geradezu protestantischer Arbeitsdisziplin in 42 Pflichtstunden pro Woche.

Twin Oaks ist auch die älteste der so genannten egalitären Kommunen, in denen das Einkommen miteinander geteilt wird, und keiner mehr haben soll als der andere. Es gibt auch kein Führungspersonal und keine Hierarchien. Dies ist die radikalste Form des gemeinschaftlichen Lebens. […]

Es findet sich hier in Twin Oaks jetzt ein Querschnitt der amerikanischen Mittelklasse auf engstem Raum. Frauen und Männer, Weiße und Schwarze, Junge und Alte, Wissenschaftler und Schulabbrecherinnen, Buchhalterinnen und Sozialarbeiter, viele hatten gleich mehrere Berufe. Wie aufgeschmissen man als Einzelner sein kann, bei Arbeitslosigkeit, bei Krankheit, im Alter, oder auch nur, wenn man den Kindern eine gute Bildung ermöglichen will!

Utopie, das war früher Verheißung und Zukunft. Inzwischen jedoch scheint oftmals selbst das Mittelklasseleben fast utopisch geworden zu ein. So ist die Kommune für viele nicht zuletzt ein Zufluchtsort, der ihnen Sicherheit bietet, vor dem, was in Amerika unerträglich geworden ist. Oder schlicht vor dem Kapitalismus. Der wird hier in diesem Paralleluniversum im Wald ganz einfach außer Kraft gesetzt.

Wie alle anderen hier hat auch Keenan, 58 Jahre alt, sämtliche Aufstiegschancen in den Wind geschlagen, als er kurz nach seinem Studium der Betriebswirtschaft nach Twin Oaks kam. Statt, wie geplant, Unternehmer zu werden und viel Geld zu verdienen, entschied er sich doch für das ganz andere Leben. Jetzt läuft er meistens mit einem Werkzeug in der Hand über das Gelände, denn er kümmert sich hauptsächlich um alles, was mit dem Bau und der Instandhaltung von Gebäuden zu tun hat.

„Wer nach Twin Oaks kommt, kann niemals reich werden. Das schockiert viele Amerikaner. Reich zu werden ist für die meisten eines der wichtigsten Ziele überhaupt. Selbst sehr arme Menschen glauben, dass sie eines Tages reich werden können. Aber wenn du Mitglied von Twin Oaks wirst, versprechen wir dir, auf gar keinen Fall reich zu werden. Auf der anderen Seite wirst du in Twin Oaks niemals arm sein. Du wirst immer eine Krankenversorgung und eine Arbeit haben. Deine Kinder werden gesund sein und du kannst sie gut erziehen. Twin Oaks wird mit einem Handstreich chronische gesellschaftliche Probleme los. Es gibt hier keine Arbeitslosigkeit, keine Kriminalität, keine Armut. Es gibt keine verwahrlosten oder missbrauchten Kinder. Vielmehr folgen wir dem Gedanken der Gleichheit und dass sich um jeden gekümmert wird.“[2]

Gabriele Riedle: Twin Oaks in den USA. Die älteste Hippiekommune der Welt, *in: Deutschlandfunk Kultur, 29.08.2017, URL: http://deutschlandfunkkultur.de/twin-oaks-in-den-usa-die-aelteste-hippiekommune-der-welt.979.de.print?dram:article_id=394320*

1 *Kommunarden* – members of a commune
2 *Die Aussage ist dem zuvor beschriebenen Bewohner Keenan zuzuordnen*

Aufgabe

You are participating in an internet project on alternative lifestyles with other European students and have found a suitable article.

Write an e-mail to your project coordinator (a teacher) outlining life at Twin Oaks and the philosophy behind the commune. (Material) (100 BE)

Prüfungsteil 2 (Schreiben) – Vorschlag B 1: *Men and women in love*

Wählen Sie Vorschlag B 1 oder B 2 zur Bearbeitung aus.

Material 1: William Shakespeare: A Midsummer Night's Dream (excerpt from the play, 1595/96)

In Act 1 Scene 1, Egeus is filing a complaint to Theseus, the Duke of Athens. Therefore, he presents his daughter, Hermia, and the two men, Lysander and Demetrius, who wish to marry her.

Egeus Full of vexation come I, with complaint
Against my child, my daughter Hermia.
Stand forth[1], Demetrius! – My noble lord,
This man hath my consent to marry her.
Stand forth, Lysander! – And my gracious Duke,
This man hath bewitched the bosom of my child.
Thou, thou, Lysander, thou hast given her rhymes,
And interchanged love-tokens with my child.
Thou hast by moonlight at her window sung
With feigning voice verses of feigning love,
And stolen the impression of her fantasy,
With bracelets of thy hair, rings, gauds, conceits,
Knacks, trifles, nosegays, sweetmeats[2] – messengers
Of strong prevailment[3] in unhardened youth;
With cunning hast thou filched[4] my daughter's heart,
Turned her obedience, which is due to me,
To stubborn harshness. And, my gracious Duke,
Be it so she will not here, before your grace,
Consent to marry with Demetrius,
I beg the ancient privilege of Athens;
As she is mine, I may dispose of her;
Which shall be either to this gentleman
Or to her death, according to our law
Immediately provided in that case.

Theseus What say you, Hermia? Be advised, fair maid.
To you your father should be as a god,
One that composed your beauties; yea, and one
To whom you are but as a form in wax
By him imprinted, and within his power
To leave the figure, or disfigure it.
Demetrius is a worthy gentleman.

Hermia So is Lysander.

Theseus In himself he is;
But in this kind, wanting your father's voice[5],
The other must be held the worthier.

Hermia I would my father looked but with my eyes.

Theseus Rather your eyes must with his judgement look.

Hermia I do entreat your grace to pardon me.
I know not by what power I am made bold,
Nor how it may concern my modesty
In such a presence here to plead my thoughts;
But I beseech your grace that I may know
The worst that may befall me in this case,
If I refuse to wed Demetrius.

Theseus Either to die the death or to abjure
For ever the society of men.
Therefore, fair Hermia, question your desires,
Know of your youth, examine well your blood,
Whether, if you yield not to your father's choice,
You can endure the livery[6] of a nun,
For aye[7] to be in shady cloister mewed[8],
To live a barren sister[9] all your life,
Chanting faint hymns to the cold fruitless moon.
Thrice blessèd they that master so their blood
To undergo such maiden pilgrimage;
But earthlier happy is the rose distilled
Than that which, withering on the virgin thorn,
Grows, lives, and dies in single blessedness[10].

Hermia So will I grow, so live, so die, my lord,
Ere I will yield my virgin patent up
Unto his lordship, whose unwishèd yoke[11]
My soul consents not to give sovereignty.

Theseus Take time to pause, and by the next new moon, […]
Upon that day either prepare to die
For disobedience to your father's will,
Or else to wed Demetrius, as he would,
Or on Diana's altar to protest
For aye austerity and single life[12].

Demetrius Relent, sweet Hermia; and, Lysander, yield
Thy crazèd title to my certain right[13].

Lysander You have her father's love, Demetrius;
Let me have Hermia's – do you marry him.

Egeus Scornful Lysander, true, he hath my love,
And what is mine my love shall render him;
And she is mine, and all my right of her
I do estate unto[14] Demetrius.

Lysander I am, my lord, as well-derived as he,
As well-possessed: my love is more than his,
My fortunes every way as fairly ranked,
If not with vantage[15], as Demetrius';
And, which is more than all these boasts can be,
I am beloved of beauteous Hermia.
Why should not I then prosecute my right?
Demetrius, I'll avouch it to his head,
Made love to Nedar's daughter, Helena,
And won her soul; and she, sweet lady, dotes,
Devoutly dotes, dotes in idolatry,
Upon this spotted and inconstant man.

Theseus I must confess that I have heard so much,
And with Demetrius thought to have spoke thereof;
But, being over-full of self-affairs,
My mind did lose it. […]
For you, fair Hermia, look you arm yourself
To fit your fancies to your father's will;
Or else the law of Athens yields you up
(Which by no means we may extenuate)
To death, or to a vow of single life.

[After discussing the obstacles put in their way, Hermia and Lysander decide to marry secretly nevertheless.] *(720 words)*

William Shakespeare: A Midsummer Night's Dream, *Cambridge 6. Aufl. 1997, S. 5–11*

1 stand forth – step forward
2 With bracelets of thy hair, rings, gauds, conceits, / Knacks, trifles, nosegays, sweetmeats – giving her locks of your hair, rings, toys, trinkets, knickknacks, little presents, flowers, candies
3 prevailment – pressure
4 filched – stolen
5 wanting your father's voice – as your father does not give consent
6 livery – clothes
7 for aye – forever
8 mewed – confined
9 barren sister – nun
10 But earthlier happy is the rose distilled / Than that which, withering on the virgin thorn, / Grows, lives, and dies in single blessedness. – A married woman is happier on earth, she is like a rose which is made into a perfume, while a nun just withers away on the stem.
11 yoke – constraint
12 Or on Diana's altar to protest / For aye austerity and single life – Or to take a vow to spend the rest of your life as a virgin priestess of the moon goddess.
13 yield / Thy crazèd title to my certain right – Stop acting like she is yours as I have every right to her.
14 to estate unto – to give to
15 vantage – advantage

Material 2:

Piktogramm: miceking 123rf.com

(64 words)

Aufgaben

1. Summarize the excerpt from Act 1 Scene 1 of Shakespeare's play. (Material 1) (30 BE)

2. Compare the situation (Material 1) to "Othello". (40 BE)

3. Choose **one** of the following tasks: (30 BE)

3.1 "How Shakespeare's women are perceived depends on contemporary attitudes." *(Jane O'Brien: "Shakespeare's evolving attitudes towards women" in: BBC News, 2015)*

Assess the influence of "contemporary attitudes" on the perception of Desdemona at the beginning and at the end of the play.

or

3.2 Taking the two pictures (Material 2) as a starting point and referring to material dealt with in class, write an article for a lifestyle magazine about love and marriage.

Prüfungsteil 2 (Schreiben) – Vorschlag B 2: *Class system*

Material: David Robson: How important is social class in Britain today? (2016)

Like it or loathe it, many see the class system as a quintessential element of British life, together with our obsession for tea and cake and talking about the weather.

"Class distinctions do not die; they merely learn new ways of expressing themselves," the British sociologist Richard Hoggart once wrote. "Each decade we shiftily declare we have buried class; each decade the coffin stays empty." A quick perusal of the foreign media would certainly paint a picture of a rigid class system, especially compared to places like the USA where ambition, talent and elbow grease[1] are thought to be the only limits.

But how well does this stereotype really hold up? Is the British class system still as entrenched as it ever was? Or are those old distinctions a thing of the past, best left behind with the corsets and top hats of our period dramas[2]? These questions have been difficult to answer with any certainty, but recent data has offered some surprising insights.

[...] Considering factors like education, salary, professions, and household ownership, the BBC's own Great British Class Survey discovered seven distinct classes in total, with an elite (representing roughly 6 % of the population) residing above a wide spectrum of working and middle classes.

Perhaps a more pertinent question, then, is not whether class distinctions exist, but whether it is possible to move out of one pigeonhole and into another. Just how much does your family's background influence how well you can expect to do in life? The general consensus would seem to be that social mobility has increased with improvements in education and social welfare, but is it really that clear-cut?

One fascinating case study comes from the Up series of documentaries by Michael Apted. Picking 14 children of various backgrounds, who were all aged seven in 1964, the producers filmed them on a trip to London Zoo before following their progress every seven years after.

A few of the children have managed to change their circumstances through hard work and discipline. One boy, Nick, who grew up on a farm, is now a successful physicist living and working in America; another, Lynn, grew up in the less salubrious areas of London's East End, but has forged a successful career as a university librarian. In general, however, the series has lacked any truly astonishing rags-to-riches tales. As the New Yorker[3] concluded in its review of the latest edition, 56 Up[4]: "The British class system has its protections at every level, but also – at least to American eyes – a built-in inertia. None of Apted's subjects have become alcoholic or drug-addicted, but the predictability of most of the individual fates – working-class kids rising slightly, rich kids staying rich – makes one impatient."

According to a 2010 report by the Organisation for Economic Cooperation and Development, Britain is indeed among the worst countries for certain measures of social mobility, with the parents' wealth strongly influencing the child's prospects of higher education and a good salary.

Even so, there had been a steady average rise in the population after World War Two, with each child expecting to be slightly better off than their parents. Unfortunately, the relative proportions of people moving up or down a class now seems to be reversing. "More men and women are experiencing downward mobility and fewer of them experience upward mobility than before," says Erzsebet Bukodi at the University of Oxford, who calls it "the dark side of the Golden Age of Mobility" – with more people at the top, more have the potential to fall.

The trouble is, the fabric of our society has so many strands, it can be difficult to disentangle all the potential factors that could influence your status. One potential issue is that most previous studies have only examined two generations – parents and children – whereas your class may depend on many more branches of the family tree. Tak Wing Chan at University College London, for instance, has found that a child is two-and-a-half times as likely to have a professional or managerial job, if their grandparents were of a higher class. It could be that the grandparents pay for education, help with child care, or offer a network of contacts that could boost their grandchild's work opportunities.

With these more distant ties, social class may be even less elastic than we thought – even if one generation pulls away, the next may be tugged backwards thanks to the broader connections of their family at large. "If you want to predict someone's outcome, you don't just look at their parents – but also their uncles and aunts, their grandparents and great-grandparents," says Gregory Clark at the University of California, Davis. "They are all predictive."

[…] In fact, he found long-term social mobility to be very slow indeed, calculating that it takes around 10 generations for someone at the highest or lowest levels of society to reach the middle classes. That's about the same rate of change you might expect from purely biological features, such as height. Most surprisingly of all, that rate of social mobility remained remarkably stable – even after the monumental changes of the Industrial Revolution and the introduction of universal education. *(858 words)*

David Robson: How important is social class in Britain today?, *07. 04. 2016, https://www.bbc.com/future/article/20160406-how-much-does-social-class-matter-in-britain-today*

1 elbow grease – figure of speech to show that hard work is needed
2 period drama – The term refers to a work set in the past, usually used in the context of film and television.
3 The New Yorker – an American magazine
4 56 Up – edition of the Up Series

Aufgaben

1. Outline Robson's findings on social class in Britain today. (Material) (30 BE)

2. Examine the intention of the text and the means the author uses to present the situation of social class in contemporary Britain. (Material) (40 BE)

3. Choose **one** of the following tasks: (30 BE)

3.1 "A quick perusal of the foreign media would certainly paint a picture of a rigid class system, especially compared to places like the USA where ambition, talent and elbow grease are thought to be the only limits." (Material)

Write a letter to the editor in which you comment on the quotation, also referring to the situation of Asian Americans.

or

3.2 According to the Centre for Social Investigation at Nuffield College, ethnic minorities are more likely to live in poverty and more likely to experience unemployment than white Britons.

Assess this statement, referring to the text and to material dealt with in class.

Lösungsvorschlag

Prüfungsteil 1 (Sprachmittlung) – Vorschlag A: *Alternative lifestyles*

Teaching modules referred to:
The task refers to the thematic focus Manifestations of individualism *(Q 1.3), in particular to the key term* concepts of life (Leben in der Stadt und auf dem Land, Ausstieg aus der Gesellschaft).

When writing to your project coordinator, you need to consider the conventions of a formal email, beginning with a suitable salutation and a complimentary close. Refer to the project and the article at hand as well as to the purpose of your mail.
Since you are dealing with a language mediation the formal aspects of this genre have to be observed: a reference to the addressee, the situation and the choice of a suitable linguistic register (cf. "Hinweise zur Lösung von Aufgabenstellungen – 1 Sprachmittlungsaufgabe"*). By using shortening strategies and omitting unnecessary details and examples, you can summarize the text.*
Your text should contain the following information:
- ***Character of the commune:***
  - *Oldest hippy settlement in the backwoods of Virginia*
  - *About 100 people from different walks of life, age and professional background*
- ***Regulations:***
  - *Sustainability, no hierarchies, equality, shared property*
  - *Communal activities, personal security, good education for the children, escape from capitalism*

Dear project leader,

As a participant of our internet project on alternative lifestyles I write to you today because I found a very commendable article about the oldest hippy commune in the United States. The article is about Twin Oaks and as it describes the character of this commune, its people and their rules, I reckon the American perspective might give our European project some background about the history and origins of so-called intentional communities. There are still hundreds of these communes in the States, but this community in the backwoods of Virginia was already founded in 1967, the legendary summer of love and it has about 100 members from all walks of life, of different ages and professional training. Some members have just moved in recently, while others have been living there for decades. People live in tiny rooms in a community house, have shared meals at lunch and dinner, have to work 42 hours every week and are either craftsmen, farm workers or they manufacture products. They are committed to sustainability, equality and dislike hierarchies with the result that everyone earns the same and no-one will get rich. But as an escape from capitalism they enjoy personal security, health insurance and are able to provide a good education for their children. I hope this information is useful.

Best wishes,
Inez *(222 words)*

Prüfungsteil 2 (Schreiben) – Vorschlag B 1: *Men and women in love*

Teaching modules referred to:
The assignment relates to the topic Human dilemmas in fiction and real life *(Q 3.1), especially to the reading of Shakespeare's play* Othello. *It also refers to the topic* Gender issues *(Q 3.3), in particular to the key concept* culture and gender – now and then. *The cross-curricular reference is established by part one of the examination* (Prüfungsteil 1).

1. *Your summary should be introduced by an umbrella sentence stating author, title, genre (source), year of publication and content – in this case of the opening of the play. The essence of the scene needs to be outlined in your own words and in a short and succinct way, omitting unnecessary detail and examples, also avoiding close dependence on the text. The general conventions of a summary must be observed: present tense, no direct speech, neither quotations nor comments and adjusting references to location, time and characters. Your version should not exceed one third of the original (about 240 words).*
   Your summary should contain the following main points:
   Egeus' complaints and demands:
   - *Accuses Lysander of having bewitched his daughter*
   - *As a consequence, she would refuse to marry Demetrius*
   - *Egeus insists on his privileges as a father*

   Theseus:
   - *As the Duke of Athens, he reminds Hermia of her filial duties*
   - *Confirms paternal rights in Athens*
   - *Gives Hermia three options: to obey her father, to be sentenced to death or to live as a nun*

   Hermia:
   - *Asks for Theseus' mercy but rejects his suggestion*

   Demetrius:
   - *Insists on Hermia obeying her father*

   Lysander:
   - *Tries to make Egeus change his mind*
   - *Claims that his rival loves another woman*

   The excerpt at hand is from Act 1, Scene 1 of Shakespeare's play *A Midsummer Night's Dream*, first published between 1595 and 1596. It deals with Egeus' attempt to claim his paternal right of enforcing his daughter's marriage with Demetrius in front of the Duke of Athens. Egeus accuses Lysander of having bewitched his daughter who as a result resisted his wish to marry Demetrius. He vehemently claims his right as a father and insists on her obedience, otherwise she would have to die. Theseus reminds Hermia of her duties as a daughter to obey her father and demands that she consider her case from her father's point of view. But Hermia just asks for Theseus' mercy because she is in love with Lysander and does not want to enter into this matrimony. She even points out that Lysander is as worthy a gentleman as Demetrius. Theseus, in his turn, offers her the choice between death and becoming a nun in case she keeps refusing to marry Demetrius. When Hermia continues to reject this suggestion, Theseus offers her respite for a few days to reconsider her attitude. Lysander tries to make Hermia's father change his mind and tells him that Demetrius loves another woman anyway. He also argues, in front of Egeus, that he is just as well off as Demetrius, if not in a more advantageous position. But Theseus emphasizes Egeus' paternal right to decide who his daughter is allowed to marry. *(243 words)*

2. *You have already established some main aspects of the situation in task 1; these have to be further explored with a focus on such examples that lend themselves to a comparison with characters from the play* Othello. *In* Midsummer Night's Dream *these entail: the paternal right to choose his daughter's marriage partner; love itself is not relevant for selecting your partner, instead ancestry, financial situation and future prospects are more important (as shown in ll. 77–80). On the other hand there is the daughter's decision to resist her father. You should also provide evidence from the text by means of quotes.*
Your argumentation would then refer to similarities and differences in the play Othello.
Similarities:
– *Both fathers disagree with their daughters' choice of a marriage partner.*
– *Both appeal to a higher authority.*
– *Both reproach their daughters' partners with having used witchcraft.*
– *Both daughters resist their fathers' wishes in favour of supposedly true love and secretly marry.*
Differences:
– *Egeus visits the Duke on his own accord, Brabantio is incited by other people.*
– *Desdemona and Othello are already married, Egeus still hopes to prevent a marriage.*
– *Egeus is primarily interested in his paternal rights, whereas Brabantio wants to see Othello in prison and his daughter is dead to him.*
– *The Duke of Venice asks Brabantio to accept the marriage (that has already taken place), the Duke of Athens wants Hermia to fulfill her father's wishes.*
– *Brabantio is in a forgiving mood, Egeus seems unpersuadable.*
– *Lysander claims to be as worthy as his rival, Othello is held in high esteem in Venetian society but his skin colour, origin and age get in the way.*

The way Egeus presents himself in the given scene shows that he is not interested in his daughter Hermia's wishes and insists on his rights as a father: "I beg the ancient privilege of Athens; / As she is mine, I may dispose of her" (ll. 20/21). This shows that he simply regards his daughter as his object, overruling any feelings of the lovers, which he dismisses as unimportant or even as a result of witchcraft. In ancient Athens, love does not play any role in selecting your partner, whose choice rather depends on ancestry, financial status and future prospects. This principle is also referred to by Lysander when he uses it to support his case: "I am, my lord, as well-derived as he, /As well-possessed: my love is more than his; / My fortunes every way as fairly ranked, /

If not with vantage, as Demetrius'" (ll. 77–80). Hermia strongly resists her father's imposition and insists on having her own way. Instead of giving in to her father's demand to marry Demetrius, she wants to know from the Duke of Athens what the consequences would be for her: "But I beseech your grace that I may know / The worst that may befall me in this case / If I refuse to wed Demetrius" (ll. 42–44). Even threatened with her own death or having to become a nun as a result of disobedience she does not relent and is willing to accept her fate (cf. ll. 59–62).

Similarities between *A Midsummer Night's Dream* and *Othello* begin with the two fathers in the plays, Egeus and Brabantio who both disagree with their daughters' choice of a husband. Egeus complains, in front of the Duke of Athens, about his daughter's refusal to marry the man chosen by him: "Turned her obedience, which is due to me / To stubborn harshness" (ll. 16/17). Desdemona's father Brabantio strikes the same chord when he, in front of the Duke of Venice, deplores the loss of his daughter: "She is abused, stolen from me, and corrupted / By spells and medicines bought of mountebanks" (act 1, scene 3). And just like Hermia's father he appeals to a higher authority to get a ruling to his taste. Also, both fathers reproach their daughters' partners with having manipulated them by means of witchcraft. Egeus: "This man hath bewitched the bosom of my child" (l. 6), Brabantio: "Sans witchcraft could not" (act 1, scene 3). A further parallel can be found in the fact that both daughters defy their fathers' wishes in favour of true love and secretly do marry; Roderigo, Desdemona's unsuccessful suitor, confirms this to her father in their meeting right at the beginning of the play: "Brabantio: Are they married, think you? Roderigo: Truly I think they are" (act 1, scene 1). In Hermia's case this is established by stage directions (cf. ll. 98/99).

A number of distinct differences between the two plays are also obvious. Firstly, Egeus visits the Duke on his own accord and strongly demands an official decision concerning his paternal rights. Brabantio on the other hand, at first seems to be unaware of his daughter's secret marriage but is incited to act by Iago and Roderigo. Another difference is that Egeus still hopes to be able to obstruct his daughter's wedding (cf. ll. 17–19) but, as mentioned above, Brabantio has to realise that his daughter has already married Othello.

This leads to another difference in the plays' constellations. Egeus is primarily interested in enforcing his rights as a father and even willing to accept his daughter's death: "Or to her death, according to our law / Immediately provided in that case" (ll. 23/24). Brabantio, on the other hand, wants to see Othello in prison: "To prison, till fit time / Of law and course of direct session / Call thee to answer" (act 1, scene 2). Apart from the fathers' role there are also differences in the authorities' reactions. The Duke of Venice asks Brabantio to accept his daughter's marriage to Othello: "Good Brabantio, take up this mangled matter at the best" (act 1, scene 3) and rules: "Let me speak like yourself and lay a sentence / Which as a grise or step may help these lovers / Into your favour" (act 1, scene 3). As a consequence, Brabantio shows a forgiving attitude and is willing to pardon Desdemona if she can convince him that she acted on her own free will (cf. act 1, scene 3). With certain reservations he finally accepts Othello as her daughter's husband: "Come hither, Moor: / I here do give thee that with all my heart / Which, but thou hast already, with all my heart / I would keep from thee" (act 1, scene 3). In contrast to him, Egeus is in an unforgiving mood and insists on Hermia's marriage to Demetrius (cf. ll. 73–76). Differences also extend to the situation of the two male lovers; Lysander argues that "my fortunes every way as fairly ranked, / If not with vantage, as Demetrius'" (ll. 79/80). Othello does not have this privilege; although he is well-esteemed in Venetian society, his skin colour, ancestry and age are in his way and speak against him. *(881 words)*

3.1 *As a starting point and based on the given quote, the character of Desdemona in the play* Othello *should be analysed in some detail, especially changes in her personality at the beginning and ending of the play. The way contemporary attitudes towards women influence this perception needs to be considered as well as the relationship between female role expectations of today and those in Shakespeare's time. Before writing you should have a closer look at the play's beginning and ending and collect appropriate quotations to show this development and support your arguments.*
The following aspects could be mentioned:
First impressions of Desdemona:
- *Defined by other characters even before entering the stage*
- *Iago's comparison with animals*
- *Brabantio's belief in her innocence and accusations against Othello*
- *Elizabethan views: the weaker sex, male protection, obedience required*
- *Today's perception: Elizabethan views are unacceptable, Desdemona as a puppet, immature, weak*
- *Othello's image of Desdemona: compatible with modern attitudes*
- *Desdemona's self-image: self-confident, purposeful, calm and restrained, respectful of her father*
- *Seems to know her place in society, but ready to stick to her belief*
- *Outrageous in Elizabethan times but from today's perspective courageous, independent, strong*

The reversal of Desdemona's image:
- *Desdemona turns into a submissive and reticent person when defending her fidelity*
- *Even takes responsibility for her own death*
- *Elizabethan world view: death corrected her attempt to turn gender expectations upside down*
- *Self-determination brought about her downfall*
- *Audience left dissatisfied from a contemporary perspective, Desdemona of act 1 would have been able to defend herself*

Even before Desdemona enters the stage, other characters in the play convey a number of different impressions about her personality. Talking to her father, Iago says of Desdemona: "an old black ram / Is tupping your white ewe" (act 1, scene 1) with the intention to incite Brabantio against Othello. But Brabantio does not believe this as he has a completely different image of his daughter: "A maiden never bold; / Of spirit so still and quiet that her motion / Blushed at herself" (act 1, scene 3) and defends her against all accusations: "a maid so tender, fair, and happy, / So opposite to marriage that she shunned / The wealthy curled darlings of our nation" (act 1, scene 2). He cannot imagine that she got married without his consent. This is why he calls Othello a thief who bewitched and stole his daughter from him and he considers this connection as unnatural. Brabantio's attitude is in accordance with Elizabethan views regarding women as the weaker sex in need of male support, who have to obey their fathers or other male family members and then marry the man selected by their father and who is befitting to their rank. From a modern perspective this is a gender perception that women cannot identify with in Western culture. In this context, Desdemona appears like a puppet, immature and weak.

Othello, on the other hand, conveys an impression of Desdemona which is compatible with our modern views. It is that of a woman with a thirst for knowledge and a passionate personality, who devoured his words: "with a greedy ear / Devour up my discourse" (act 1, scene 3) and who at the end of his tale confessed her love to him: "if I had a friend that loved her, / I should but teach him how to tell my story, / And that would woo her" (act 1, scene 3).

When Desdemona appears she expresses her wishes and emotions, her love of Othello and her intention to follow him to Cyprus, in a self-confident manner, without allowing any doubts to get in the way. But she remains calm and restraint even when her father threatens to disown her, showing respect and deference towards him: "My noble father, I do perceive here a divided duty: / To you I am bound for life and education, / My life and education both learn me / How to respect you. You are the lord of my duty" (act 1, scene 3). As a daughter she knows her place in society and yet is ready to carry her point. What will seem outrageous from an Elizabethan viewpoint is perceived today as courageous, independent and strong.

At the end of the play Desdemona's image is reversed. As bold and self-confident as she appeared in defending her love to Othello in front of her father she now turns into a submissive and reticent person when she has to answer for her alleged infidelity to Othello. Finally, she even takes full responsibility for the murder Othello committed when Emilia asks: "O, who hath done this deed?" she answers: "Nobody; I myself, farewell: / Commend me to my kind lord, O, farewell!" (act 5, scene 2). In the Elizabethan world view Desdemona's death corrected her attempts to turn traditional gender expectations upside down. Her self-determination seems to have brought about her downfall. From a contemporary viewpoint the audience is certainly left dissatisfied because a Desdemona of act 1 would have been able to defend her life as a self-confident and strong person rather than merely staving off her death with small gestures.

(603 words)

3.2 *The task requires writing an article for a lifestyle magazine on the topic of love and marriage, starting with the two given pictures. You should also refer to materials dealt with in class. You need to consider typical elements of such an article like a catchy headline, a motivating introduction and a formal language style.*
Possible aspects of your article could be:
Referring to the pictures:
– *Both photos stand for stereotypes of love and marriage*

- *T-shirt with 'game over' shows a fettered bridegroom*
- *Wedding magazine depicts a happy bride with perfect dresses for every season and the slogan "make your day magical"*
- *Wedding as the highlight of a woman's life*
- *Magic and romantic day often connected with high cost*
- *To many men less important, stag night starting the end of freedom*

Materials dealt with in class you could refer to:

- *Comparing attitudes towards love and marriage in Shakespeare's plays and his sonnet 116*
- *Arranged marriages in different cultures, women married much younger in former times, wife had to be submissive and obedient*
- *Reference to different attitudes in other cultures*
- *Dynastic marriage: gaining territory, securing privileges*

"Till death do us part?" – the changing faces of matrimony

With a divorce rate of currently 40 to 50 per cent (in the US) and slightly less in Germany (35 per cent in 2018) matrimony has ceased to be a recipe for success. Or is it? Over time customs and traditions may have changed but for many young people a wedding is still one of the most important events in their lives – if they can afford it.
Special magazines are aplenty, showing happy brides with perfect dresses for all seasons, propagating glamour on a budget and romantic beaches for a perfect honeymoon. Tips and tricks comprise ways to set up tables and recipes for menus, exciting veils and accessories and – if not most prominently – how to get the hair you want as a bride. The bridegroom is less of an object for the magic day.
A typical t-shirt designed for the stag night shows his side: with the caption 'game over' it shows a supposedly married couple with the male spouse wearing a human ankle or ball hobble.
Both images of contemporary marriages present certain stereotypes: that of a bride for whom matrimony is the highlight of her life, often being yearned for and prepared for for ages, bound to be unique, magical and the most beautiful day in her life – but frequently connected with high cost. For men, so the cliché goes, this day is of less importance than the preceding stag night marked as the end of freedom once they are getting married.
Things could not have been more different in Shakespeare's time. In the Elizabethan age marriages were rarely a matter of romance or mutual love but, depending on one's position in society, they took place for very different reasons. The bride's father selected the husband for economic, societal or cultural reasons, daughters had to obey and had no say in the choice of their husbands. Also, women often married at a much younger age than today and occasionally much older men, who, on the other hand, had to secure their wives' lifestyle.
There were, however, certain exceptions – as Desdemona's example in the play *Othello* shows. She was able to marry against all odds, without her father's permission and overcame prejudices of her time against skin colour, origin and social customs. The

couple even did stay married “till death do us part”, unfortunately Desdemona’s husband ended her life because he was eaten up by jealousy and pushed into the murder by his malicious “friend” Iago.
Particularly in the higher echelons of society, namely the aristocracy, marriage also served a practical purpose, often to round up a territory or securing a clan’s hereditary sequence. But Shakespeare also dealt with love and marriage on a much lighter note. His sonnets mostly conveyed a message that went against the culture of his time.
His sonnet 116 in particular shows an attitude towards love and marriage quite adverse to the Elizabethan world view. Here love is an unchanging ideal, in Shakespeare’s metaphors and words it “looks on tempests and is never shaken, not time’s fool” and “bears it out even to the edge of doom”, in other words “till death do us part”. This most quoted of his sonnets even goes one step further by referring to a “marriage of true minds” and love as a guiding star to lost ships.
However romantic or (again) modern these notions may sound, it took years for things to change, especially the role of women and their freedom of choice. In Europe in the 1960s, for example, married women were only allowed to work if their husbands gave their consent, they did not have their own bank account and were often financially dependent on their spouses. And even in the 21st century there are still cultures which subdue women, forbid divorces and perpetuate female dependency, the sharia and arranged marriages being a case in point.
So, however romantic or self-determined marriages would appear at least in Western cultures, the situation of women has taken a long time to generate independence and freedom and maybe this ideal marriage is in danger of being curbed again nowadays by the peer pressure of costly celebrations and pessimistic prospects as documented in the current divorce rates. Perhaps a little less glamour would put young people on a better footing as far as love and marriage are concerned. *(729 words)*

Prüfungsteil 2 (Schreiben) – Vorschlag B 2: *Class system*

Teaching modules referred to:
The assignment relates to the teaching module Great Britain – past and present: the character of a nation *(Q 2.1), especially the topic* Great Britain – tradition and change *(Q 2.1). A further reference is established by the teaching module* Manifestation of individualism *(Q 1.3), and in particular to the keyword the* American Dream as a manifestation of individualism, *and the module* Living in the American society *(Q 1.2), with a focus on the topic* the American way of life. *The cross-curricular reference is also established by part one of the examination* (Prüfungsteil 1).

1. *The task "outline" requires you to give the main features of the text without commenting on them and in a shortened version. You need to avoid direct quotations, close textual references and omit unnecessary details and examples. Use your own words and, in an umbrella sentence, mention the author, the title, the source, the date of publication and the topic.*
   Points you might consider are the following:
   - *Class system as a constituent element of British society*
   - *Only low social mobility*
   - *Education and professional success of children largely depend on their parents' wealth.*
   - *Grandparents' social status influences grandchildren's prospects.*
   - *Social rise or decline into the middle class takes generations.*

   The article "How important is social class in Britain today?" by David Robson, published at the BBC Website on April 7, 2016, describes what the class system in Great Britain of today looks like and how fast or slow social mobility occurs. The author refers to a BBC survey describing seven classes in total with a small elite and a high proportion of middle and working classes. The results of another study in which the lives of 14 Britons had been followed over several years showed that among the tested persons there were only few examples of social rise and that the class system as a whole was rather rigid. Nowadays, in many cases the likelihood of social rise would be lower than that of decline. Another report indicated that in terms of social mobility Great Britain was in a rather bad position and that the degree of education and the professional income of children were related to their parents' wealth. According to another study, the class affiliation of grandparents was important for the professional success of their grandchildren as well, since they supported their offspring with money for education or with child care. As a result, the impact of origin on social class is more complex than expected and differs from generation to generation. In order to predict one person's performance in economic and social terms the whole family background would have to be taken into account. Social mobility in Britain is very slow and it takes around ten generations to move from both the highest or lowest class to the middle class. *(264 words)*

2. *You are asked to analyse the author's intention in a first step. Rereading the article about social class in Britain, you had best gather relevant statements first and show his argumentation in a coherent way, backing your own text with appropriate quotations.*
These aspects will be relevant:
- *The author intends to give a broad survey of research about the present situation of the class system in Britain.*
- *He would like to show how slow and interminable social advancement is in Great Britain.*
- *He confronts optimism about social mobility with reality.*
- *His position is mainly conveyed by the way he presents sources, but he clarifies his regret about the current situation.*

The second assignment requires you to examine the means employed by the author to delineate the situation of the British class system. In this context the following should be considered:
- *Text structure: introduction, rhetorical questions, summarising different sources, studies and statistics*
- *Stylistic means: questioning existing perceptions and assumptions of the British public and the author himself*
- *Choice of words and metaphors: negatively connoted adjectives, death simile, immovability of the class system*
- *Reference to period dramas, indicating an antiquated social system*
- *Quoting sources to increase credibility and objectivity*

In his article, David Robson aims at giving a broad survey of research into the contemporary situation of the class system in Great Britain. He maintains that social advancement is still very difficult and tedious and he counters prevailing optimism about growing social mobility with a glance at reality and by quoting British sociologist Richard Hoggart, "Each decade we shiftily declare we have buried class; each decade the coffin stays empty." (ll. 4/5). In this way he intends to overcome beliefs referring to education and social provision: "The general consensus would seem to be that social mobility has increased with improvements in education and social welfare, but is it really that clear-cut?" (ll. 18–20). The author's opinion is mainly conveyed by the way he presents sources, but still he makes his conviction heard as well, "Unfortunately, the relative proportions of people moving up and down a class now seems to be reversing" (ll. 40/41).

In order to delineate the situation of the British class system and to get his opinion across the author structures his article in a specific way, uses a number of stylistic devices, a certain choice of words and relies on sources and selected information. As far as structuring the text is concerned, already in the introductory paragraph a recurrent hope in Great Britain is indicated, namely that the class system might be overcome, "Like it or loathe it, […] 'Class distinctions do not die'" (ll. 1–3). At the same time the author points out that this hope is in vain and that the class system is still a constituent part of British society. As a bridging passage rhetorical questions are used which serve to introduce the article's topic as to whether the class system is still alive and what the current data look like. These questions are answered in the main part of the text, which summarises different sources, surveys and statistics.

These sources are organized by the author to produce a distinct guiding thread: starting with the actually existing class structure, followed by sources about social mobility the argumentation leads to the manifold factors influencing a person's social status. The final conclusion once more shows that in Great Britain social mobility is slow. Rhetorical questions serve to query the reader's own perception as well as that of the author and the British public respectively. Examples are "is it really that clear cut?" (l. 20), or "Is the British class system still as entrenched as it ever was? Or are those old distinctions a thing of the past best left behind with the corsets and top hats of our period dramas?" (ll. 8–10).

The way words and metaphors are chosen indicate a rigidity of the class system for example by negatively connoted adjectives such as "rigid"(l. 6) or "entrenched" (l. 9). The following quote selected by the author is to show how immovable the class system actually is by using a death metaphor: "each decade the coffin stays empty" (l. 5). A reference to period dramas presenting an antiquated image of British life insinuates how outdated the British social system really is. Even connections to historical events are drawn upon: the rigidness and lack in flexibility of the class system would become obvious as even after historic milestones hardly any social mobility was able to take place. By quoting statistics, research results and selected data the argumentation gains higher credibility and objectivity. In this way, a broadly based picture of the current state of the British class system is generated. *(590 words)*

3.1 *In this task you are expected to compose a letter to the editor taking the given quote as a starting point that, in the USA, not class affiliation but rather ambition, talent and personal initiative are thought to guarantee success. As a comment on this statement your letter would contain a salutatory address, date, conventional greeting, formal language use and linguistic structures.*

Depending on material dealt with in class, the following points might be mentioned:

- *References to the foundations of the American Dream, contradicting a class system and focusing on initiative and willingness of the individual*
- *References to the frontier and connected can-do spirit*
- *References to individual success stories of immigrants and to Asians as model minority*
- *Contradictions to the quote: from the beginning ethnic groups were excluded from the American Dream and equal chances, e. g. Asian workers*
- *References to the US social structure: no aristocracy but a traditional elite, educational opportunities in dependence of income and to the so-called WASPs*

March 19, 2020

Dear Sir/Madam,

I am writing to you today in a response to an article on your BBC website about the British class system. My attention was particularly drawn to David Robson's opinion that in contrast to the situation in Great Britain the USA was a society not based on

class affiliation; on the contrary, ambition, talent and personal initiative were supposed to enable success. Given his detailed data about the outdated British class system and his regret about the lack of social mobility the author's comparison or rather juxtaposition seems to work well at first glance.
After all, as early as in the Declaration of Independence the so-called American Dream saw its foundation in the promise that everyone would be able to enjoy equality and his individual pursuit of happiness. This dream did not only attract millions of immigrants following the Statue of Liberty's announcement: "Give me your tired, your poor, your huddled masses yearning to breathe free". It also fostered, at least some time ago and for a while, American values like the ideals of the self-made man, who can make it from rags-to-riches, and the can-do spirit, which still seems to prevail in the US. Historically all these notions were encapsulated in the frontier spirit of the 19th century and "Manifest Destiny", the American belief that the US were "destined" to expand across the continent.
But at this stage I would also like to draw your attention to the fact that "Manifest Destiny" did not work for everyone in the same and positive way. It was, for instance, used by Democrats and Republicans to justify the war against Mexico, it cost the lives of thousands of Native Americans who were forcefully removed from their traditional hunting grounds to make room for White settlers and it did not stop slavery in the US until after the Civil War – with repercussions not even entirely resolved during the Civil Rights Movement in the 1960s. As mixed as these historical connotations might seem in hindsight – many positive but with a lot of downsides – the same I find true for contemporary US society.
A case in point is the situation of the Asian communities in the States. I have first-hand experience of this from my exchange with my Asian host family in Wisconsin last year. On the one hand, many are able to live their Asian-American Dream by redesigning their Chinese or Japanese identity and embracing the American culture to feel included and enjoy their personal success stories in education or commerce. But it is also true that right after the end of the Obama administration right wing populists and even White supremacists increased in number and influence again and effectively poisoned public opinion against ethnic minorities and unwanted immigrants. My own host family is, from time to time, still subject to some forms of discrimination, admittedly more in a cultural sense when some of their traditional activities are frowned upon.
What makes things more complicated and sometimes worse is the resurging phenomenon of what used to be called WASPs in the last century. Although there is no aristocracy in the US this traditional elite group of White Anglo-Saxon Protestants can still be found in the leadership of political parties, the staff of certain universities and in the American establishment overall. They are typically wealthy and well-connected, and although the term WASPs has a negative connotation their children seem to do better in education and professional careers.
So, despite all the success stories during and after the Civil Rights Movement and affirmative action to increase the number of students from ethnic minorities there are growing parallels to the class-ridden British society and, at least from my point of view, David Robson's opinion can only be supported with some reservation. I hope that in the light of present issues and tribulations, the American Dream will not turn into an

American Nightmare. This would be a betrayal of the ideals of the Founding Fathers and their Declaration of Independence.

Yours faithfully,
Felix Sebastian

(670 words)

3.2 *As you are required to assess a statement about poverty in Great Britain you first need to establish the issues and reasons involved and paraphrase them using your own words. In a second step, you should discuss its implications by referring to materials dealt with in class, either literary texts and/or newspaper articles about Islamophobia or immigrants from Eastern Europe and other discriminated against minorities. Short stories like "Loose Change" can be drawn upon to include experiences of members of ethnic minorities.*
You might want to include the following reasons:
- *Members of ethnic minorities often lack the wealthy background of other classes that would enable them to attend prestigious universities or schools other than through grants.*
- *Immigrant children are not able to profit from professional connections available to members from upper classes.*
- *Ethnic minorities face prejudices limiting careers and promotions.*
- *The difficulties to integrate into British society hamper professional advancement.*
- *Formation of ghettos in English cities create problems for children to learn the language or receive proper education.*

The issues raised in the given statement refer to disadvantages and financial setbacks ethnic minorities experience in Great Britain. The Centre for Social Investigation at Nuffield College found, in their research, that unemployment and a life in poverty are more likely to be found among members of such minorities. This is reflected in a number of sources from both literature and the media which show the experiences of members of ethnic minorities. Many of them are not only much more poorly off than people in mainstream society but are also subject to Islamophobia, prejudices and being discriminated against. Similarly, immigrants from Eastern Europe, members of different cultures and foreigners in Britain generally suffer from hostile public opinion, which also strongly influenced the recent Brexit. Reasons for these negative circumstances are manifold and need to be analysed in some detail.
A case in point is the presentation of the characters in the short story "Loose Change" by Andrea Levy, which describes the encounter of two women in London's National Portrait Gallery. The first-person narrator is the grandchild of post-war Caribbean immigrants and an established citizen of London. She is in need of some small change and approaches Laylor who has just arrived from Uzbekistan together with her brother. The two political refugees are homeless and live rough on the streets of London. Laylor is the only one in the gallery to help the narrator and the two women get into a conversation during which the narrator has half a mind to offer Laylor a place in her pleasant and cultivated London home. She remembers the stories of the negative experiences of her Caribbean grandmother who only survived in Great Britain with the help of a

stranger. But in a twist in the story she abruptly leaves Laylor taken aback by her unkempt appearance and abandons her original plan to offer her shelter. In the story the protagonist cannot resist her prejudice against immigrants from Eastern Europe and homeless people in spite of her family's background which shows some parallels.
Andrea Levy also published an essay with the title "How I learned To Stop Hating My Heritage" in which she gives an account of her experiences of discrimination and racism and how she was able to identify with her ancestry in spite of regular questions like how long she and her family intended to stay in Britain. Often less privileged Britons live in separate areas of the cities. When Levy went to art college it was the first time she got into contact with middle class people. She hid the fact that she lived on a council estate to avoid further discrimination. Levy's own experience shows how prevalent racism and social class discrimination still exists in England even if it comes disguised in seemingly "harmless" questions, so called microaggressions, which people of colour and other minorities have to face every day.
Racist stereotypes and cultural prejudices hold back members of ethnic minorities and lead to unemployment and poverty. Economic factors create unfortunate and even miserable conditions for them. Often they are immigrants or their descendants and do not have enough capital or financial help from their parents or grandparents to afford higher education. If they are not awarded a grant they cannot afford to attend expensive public schools or prestigious universities. Immigrant children cannot profit from professional connections available to better-off or privileged families. Members of ethnic minorities are hampered in their professional careers or not awarded promotions in jobs when they have to face prejudices or are discriminated against.
Finally, documentaries and newspaper reports about the formation of ghettos in Northern English cities like Bradford or Sheffield show that immigrant children are disadvantaged in their peer group because they lack opportunities to learn the English language or because of the poor school education in those areas.
All these examples indicate that despite some progress in terms of successful professional careers or cultural adaptation ethnic minorities still belong to the most disadvantaged members of British society. White Britons are, in most cases, in a much better position in terms of earning money, securing jobs for themselves and receiving a good education, a fact that directly leads to more cases of poverty and unemployment, unproportionally high for members of minority groups. *(708 words)*

Abiturprüfung 2021 Englisch (Hessen)
Grundkurs

Prüfungsteil 1 (Sprachmittlung) – Vorschlag A: *South Africa's struggling economy*

Material: Wolfgang Drechsler: Schwächelnde Wirtschaft am Kap: Merkel besucht das Land der Blackouts (2020)

Kapstadt. Pünktlich um 20 Uhr erlöschen an der Kapstädter Atlantikküste in vielen Restaurants und Wohnhäusern die Lichter. Wo kurz zuvor noch das Leben pulsierte, ist es plötzlich zappenduster. Die Küche im Steakhaus nebenan muss den Betrieb einstellen, weil der Rauchabzug ohne Strom nicht funktioniert und das Notstromaggregat wegen seines Lärms für die umliegenden Wohnungen nicht angeschaltet werden darf. Sechs Tage in Folge passiert dies nun schon. Stromabschaltungen sind in Südafrika zum Alltag geworden. […]

Die Wirtschaft in Afrikas einzigem Industriestaat ist schwer angeschlagen. Und die fortgesetzten Stromabschaltungen könnten den Niedergang beschleunigen. Wieder einmal droht dem Land eine Rezession. Selbst wenn diese noch vermieden werden könnte, ist die Wachstumsrate am Kap mit derzeit kaum 0,5 Prozent für ein Schwellenland extrem niedrig. Weltbank und Internationaler Währungsfonds erwarten für das Gesamtjahr weniger als ein Prozent Wachstum.

Dabei bräuchte das Land zum Abbau seiner Armut und einer Arbeitslosenquote von rund 30 Prozent mindestens das Fünffache. „Südafrika ist in ein tiefes Loch gefallen und wird, um wieder herauszukommen, seine vielen Krisen viel offener als bisher angehen müssen", sagt Ann Bernstein vom Centre for Development and Enterprise in Johannesburg.

Die ständigen Blackouts sind für die Menschen am Kap vor allem deshalb so demoralisierend, weil ein Ende der Engpässe nicht in Sicht ist. Mindestens 18 Monate müsse das Land wegen der nun forcierten Instandhaltungsarbeiten mit noch häufigeren Stromabschaltungen rechnen, sagte gerade erst der zu Jahresbeginn neu ins Amt gekommene Eskom[1]-Chef Andre de Ruyter.

Dies könnte neben vielen Kleinunternehmen vor allem dem Goldbergbau den Todesstoß versetzen. Allein in diesem Sektor sind nach Aussagen der Bergbaukammer mehr als ein Drittel aller Arbeitsplätze gefährdet, wenn der Strom noch öfter ausfalle oder teurer werde. Nicht umsonst stellte Bergbauminister Gwede Mantashe am Montag zur Eröffnung einer Minenkonferenz in Kapstadt überraschend den Aufbau eines alternativen Stromerzeugers in den Raum, allerdings ohne Einzelheiten zu nennen. […]

Die Kanzlerin will in Südafrika und […] in Angola Reformansätze in den Ländern „stützen". Auch will sie die Wirtschaftsbeziehungen mit Südafrika neu ankurbeln, die in den vergangenen Jahren unter einer ausgesprochen wirtschaftsfeindlichen Politik des regierenden Afrikanischen Nationalkongresses (ANC) gelitten haben.

Der darauf folgende Quasi-Investitionsboykott weiter Teile der Geschäftswelt ist auch diplomatischen Kreisen nicht verborgen geblieben.

Die Botschafter fünf westlicher Staaten, darunter Deutschland, hatten vor anderthalb Jahren die Gründe für das trübe Investitionsklima in einem Schreiben an die Regierung aufgelistet: Regulierungswut[2], lange Visaverfahren[3], Sorgen wegen einer neuen Enteignungsklausel[4], aber auch der unzureichende Investitionsschutz. Südafrika hat vor sechs Jahren seine Investitionsschutzabkommen[5] mit vielen westlichen Staaten einseitig aufgekündigt – und diese nie durch gleichwertige Verträge ersetzt.

Statt die Vorschläge der Diplomaten zur Verbesserung des Investitionsklimas ernsthaft zu prüfen, wurden sie von weiten Kreisen im ANC sofort als inakzeptable „Einmischung" abgetan und als ein „Vorwand zur Rekolonisierung des Landes" verworfen. Seitdem verläuft die Initiative im Sand. Rund 600 deutsche Unternehmen sind in Südafrika tätig. Deutschland ist nach China der zweitgrößte Handelspartner des Landes.

Wolfgang Drechsler: Schwächelnde Wirtschaft am Kap: Merkel besucht das Land der Blackouts, in: Handelsblatt, 05. 02. 2020, URL: https://www.handelsblatt.com/suedafrika-schwaechelnde-wirtschaft-am-kap-merkel-besucht-das-land-der-blackouts-/25509854.html?ticket=ST-1945453-UmqN9qYIaj91XYvpgSjv-ap2

1 Eskom – South African electricity company/supplier
2 Regulierungswut – mania for regulations
3 Visaverfahren – visa procedures
4 Enteignungsklausel – expropriation clause
5 Investitionsschutzabkommen – investment protection agreement

Aufgabe

You are a member of a joint South African and German team preparing the visit of German politicians and economists to South Africa.

To inform the South African members in your team about the media coverage in Germany, write an email outlining the information that is given about South Africa's economy in the article. (100 BE)

Prüfungsteil 2 (Schreiben) – Vorschlag B 1: *Being different*

Wählen Sie Vorschlag B 1 oder B 2 zur Bearbeitung aus.

Material: Christina Thompson: On being an outsider (2019)

Before I had any children of my own, I spent a decade and a half living in places where I was an outsider. While I never lost the feeling of estrangement that comes from missing basic cultural cues, for me this was a period of great liberation. I loved the freedom that being a stranger gave me. I loved the fact that people were unable to "place" me and that I was also largely free of preconceptions about them.

This experience was only amplified when I met and married my husband. I had grown up in Boston in a white Anglo-Saxon Protestant family. He was a Maori[1] from New Zealand, and when we married we both became members of communities we knew little about. This, too, had its challenges, but we both experienced it primarily as an opportunity to learn – and be – something new.

When we began having children – three boys in seven years – I was excited by the idea that our kids were going to have a complex identity. It would begin simply with the way they looked. My husband is dark, I am fair, our children are a range of in-between. They all have dark eyes, dark hair, neither curly nor straight, and skin that is light in winter and goes brown quickly in the sun. Ethnically speaking, they are quite difficult to place; over the years they have been mistaken for Latino, Iranian, Turkish, Pakistani, half-Korean, half-Japanese.

I loved the idea that our children were ethnically ambiguous. I saw this as their passport to freedom and viewed our boys as citizens of the world. I wasn't sure how long it would take them to understand it, but I was confident that the rich complexity of their ancestry would become apparent to them in time. It never crossed my mind that it could be anything other than a bonus.

It helped that early in our married life we lived for a time in Honolulu. Hawaii is an unusual place, demographically speaking. The population is European, Japanese, Hawaiian, Filipino – there is no ethnic majority, and nearly a quarter of the people who live there identify as "hapa," meaning that they belong to two or more different groups. Hawaii was a comfortable place for us as a family. Our friends were Indonesian, half-Chinese, Pakeha[2] New Zealander; it seemed as though everyone we knew was either some kind of mixture or came from someplace else.

Our three sons are now grown, and it recently occurred to me to ask about their experience of being hapa. Some of what they told me came as a surprise.

One of my sons described his childhood in terms of being "culturally unmoored[3]." "We were like expats," he said, which, in fact, we were for much of his early life.

But it was a feeling that stuck, even after we moved back to live with my family in Boston. He always felt that we were different from the people around us, an experience he likened to being "not quite a native speaker."

He conceded that being different was in some ways an asset, in that people were interested in him, but also that "it makes the game harder." When you're different, he said, you stand out, regardless of whether you want to or not. “Not everyone is suited to it,” he observed.

This was certainly the case for another of my sons. “From the first day of school,” he told me, “I felt different from my classmates.” He described this as a “slightly bad feeling” and said he’d been bullied, something he’d never told me before. For him, difference was not an advantage, it was a burden, and his looks, which are somewhat exotic, were “a card you could play but don’t really want to.” He, too, acknowledged that this exoticism could be an asset, but it was not one he had ever wanted and the price he’d had to pay for it was steep[4].

My third son had an entirely different take. By the time he was in middle school, he told me, he had recognized that being unusual gave him a social advantage. “I knew it was something that was cool,” he said. He told me that he got a kick out of the fact that people couldn’t pronounce his surname (something that caused his brother endless misery) and observed that the social cred[5] effect had only increased with age.

Despite having grown up in the same family and sharing almost everything in their lives, my sons had very different accounts of what growing up hapa had been like.

(765 words)

Christina Thompson: On being an outsider, 29. 03. 2019, in: The New York Times, 29. 03. 2019, URL: https://www.nytimes. com/2019/03/29/well/family/on-being-an-outsider.html. From The New York Times.

Hinweis: Christina Thompson is an author and editor of *Harvard Review* (literary magazine). She was born in Switzerland and is a dual citizen of the United States and Australia.

1 Maori – indigenous people from New Zealand
2 Pakeha – (in New Zealand) a person who is not of Maori ancestry, especially a white person
3 unmoored – nicht verankert
4 steep – drastic
5 cred – abbreviation of “credibility”

Aufgaben

1. Outline the attitude the author and her boys have towards being ethnically different. (30 BE)

2. Relate the text to other experiences of being different, also including the film version of "To Kill a Mockingbird". (45 BE)

3. Choose **one** of the following tasks: (25 BE)

3.1 "He, too, acknowledged that this exoticism could be an asset, but it was not one he had ever wanted and the price he'd had to pay for it was steep."

Taking the quotation as a starting point, comment on whether exoticism is rather an asset or a price you have to pay.

or

3.2 "If you believe you're a citizen of the world, you're a citizen of nowhere."
Theresa May, former prime minister of the UK, 2016

Taking the situation in the text as a starting point, discuss Theresa May's statement.

Prüfungsteil 2 (Schreiben) – Vorschlag B 2: *Fighting against discrimination*

Material: Martin Luther King, Jr.: Why we can't wait (1964)

The following text is taken from the introduction of a 1964 book by African American civil rights activist Martin Luther King, Jr. It deals with the nonviolent protests of 1963 during the heyday of the Civil Rights Movement.

It is the beginning of the year of our Lord 1963.

I see a young Negro[1] boy. He is sitting on a stoop in front of a vermin-infested apartment house in Harlem. The stench of garbage is in the halls. The drunks, the jobless, the junkies are shadow figures of his everyday world. The boy goes to a school attended mostly by Negro students with a scattering of Puerto Ricans. His father is one of the jobless. His mother is a sleep-in domestic, working for a family on Long Island.

I see a young Negro girl. She is sitting on the stoop of a rickety wooden one-family house in Birmingham[2]. Some visitors would call it a shack. It needs paint badly and the patched-up roof appears in danger of caving in. Half a dozen small children, in various stages of undress, are scampering about the house. The girl is forced to play the role of their mother. She can no longer attend the all-Negro school in her neighborhood [...]. The girl's father is a porter in a downtown department store. He will always be a porter, for there are no promotions for the Negro in this store, where every counter serves him except the one that sells hot dogs and orange juice.

This boy and this girl, separated by stretching miles, are wondering: Why does misery constantly haunt the Negro? In some distant past, had their forebears done some tragic injury to the nation, and was the curse of punishment upon the black race? Had they shirked in their duty as patriots, betrayed their country, denied their national birthright? Had they refused to defend their land against a foreign foe?

Not all of history is recorded in the books supplied to school children in Harlem or Birmingham. Yet this boy and girl know something of the part of history which has been censored by the white writers and purchasers of board-of-education books[3]. [...] The boy's Sunday-school teacher has told him that one of the team who designed the capital of their nation, Washington, D. C., was a Negro, Benjamin Banneker. Once the girl had heard a speaker, invited to her school during Negro History Week. This speaker told how, for two hundred years, without wages, black people, brought to this land in slave ships and in chains, had drained the swamps, built the homes, made cotton king and helped, on whiplashed backs, to lift this nation from colonial obscurity to commanding influence in domestic commerce and world trade.

Wherever there was hard work, dirty work, dangerous work – in the mines, on the docks, in the blistering foundries – Negroes had done more than their share.

The pale history books of Harlem and Birmingham told how the nation had fought a war over slavery. Abraham Lincoln had signed a document that would come to be known as the Emancipation Proclamation[4]. The war had been won but not a just peace. Equality had never arrived. Equality was a hundred years late.

The boy and the girl knew more than history. They knew something about current events. [...] They knew that Negroes living in the capital of their own nation were confined to ghettos and could not always get a job for which they were qualified. They knew that white supremacists[5] had defied the Supreme Court and that southern governors had attempted to interpose themselves between the people and the highest law of the land. They knew that, for years, their own lawyers had won great victories in the courts which were not being translated into reality.

They were seeing on television, hearing from the radio, reading in the newspapers that this was the one-hundredth birthday of their freedom.

But freedom had a dull ring, a mocking emptiness when, in their time – in the short life span of this boy and girl – buses had stopped rolling in Montgomery; sit-inners[6] were jailed and beaten; freedom riders[7] were brutalized and mobbed; dogs' fangs were bared in Birmingham; and in Brooklyn, New York, there were certain kinds of construction jobs for whites only.

It was the summer of 1963. Was emancipation a fact? Was freedom a force?

The boy in Harlem stood up. The girl in Birmingham arose. Separated by stretching miles, both of them squared their shoulders and lifted their eyes toward heaven. Across the miles they joined hands, and took a firm, forward step. It was a step that rocked the richest, most powerful nation to its foundations.

This is the story of that boy and that girl. This is the story of *Why We Can't Wait.*

(763 words)

Martin Luther King, Jr.: Why we can't wait, *New York 1964, pp. ix–xi.*

1 Negro – old-fashioned term for African American, nowadays generally considered politically incorrect
2 Birmingham – *here:* Birmingham, Alabama
3 board-of-education books – books provided by an education authority
4 Emancipation Proclamation – declaration changing the legal status of more than 3.5 million enslaved African Americans from slave to free after 1862
5 white supremacist – a person who believes that the white race is inherently superior to other races and should therefore be in control over others
6 sit-inners – people occupying an area as a form of protest
7 freedom riders – civil rights activists who violated segregation rules of public transport as a form of protest

Aufgaben

1. Outline the information on the life of African Americans in the 1960s as presented in the text. (30 BE)

2. Analyze the structure and language used to convey Martin Luther King's message. (40 BE)

3. Choose **one** of the following tasks: (30 BE)

3.1 "Across the miles they joined hands, and took a firm, forward step. It was a step that rocked the richest, most powerful nation to its foundations."

Assess what situations call for mass protest. Consider both the situation described in the text as well as more recent examples.

or

3.2 For the website of the European Youth Forum, a platform of non-governmental youth organisations, write a blog entry in which you evaluate the effectiveness of ways of fighting different forms of discrimination in western societies.

Lösungsvorschlag

Prüfungsteil 1 (Sprachmittlung) – Vorschlag A: *South Africa's struggling economy*

Keep in mind that your email has to contain an outline of the article at hand. This requires you to omit minor details. Mark the main statements in the article while reading and start off by addressing the members of the team, naming the topic and quoting your source.
Information on the South African economy in the article:
- *Blackouts in South Africa are leading further towards recession.*
- *According to the World Bank and the International Monetary Fund (IMF) the annual growth rate for 2020 was very low at less than one per cent.*
- *The blackouts are expected to continue for at least another 18 months due to the system's overhaul.*
- *This and the rising costs of energy will lead to several small companies going bankrupt and seriously damage the gold mining industry. It is expected that more than a third of all the jobs will be lost.*
- *The German chancellor wants to support reforms in South Africa and Angola and strengthen the economic ties between Germany and South Africa again.*
- *These had suffered under the politics of the leading party ANC in South Africa.*
- *The ambassadors of five western countries had previously described the reasons for the bad investment climate, which included a certain mania for regulations, long visa procedures and expropriation clauses.*
- *Large sections of the ANC rejected the criticism as an inacceptable attempt to get involved and "recolonise" the country.*

Dear members of the team in South Africa,

To prepare for the upcoming visit, I would like to inform you about the German media coverage of the economic situation in South Africa. In an article by Wolfgang Drechsler, which was published in *Handelsblatt* in 2020, the author starts off by describing how the regular daily power cuts are causing business to come to a standstill in Cape Town after 8 pm. The author predicts that these power cuts will contribute to the downfall of the economy and that South Africa will be facing a new recession, as the growth rate is extremely low. To reduce poverty and to curb the unemployment rate of 30 %, the country needs a growth rate that is five times higher.
As power cuts are expected to continue and to increase for at least 18 months due to maintenance and repair work, many small enterprises and the gold mining industry will be at risk. Over a third of the jobs in the mining sector are under threat due to power shortages and rising electricity prices.
The German chancellor is attempting to support reforms and to boost economic relations with South Africa which have deteriorated over the last few years due to the anti-business policy of the ANC. In a letter to the government, the ambassadors of five western countries described overregulation, complicated visa procedures, expropriation clauses and insufficient protection of investments as the reasons for the dismal investment climate.

The ANC's rejection of these suggestions as unacceptable interference and as a pretext for the "recolonisation" of the country caused the initiative to fail. About 600 German companies operate in South Africa and Germany is South Africa's second most important trading partner after China.
I hope this information will contribute to the preparation for the visit!

Many regards,
Silvia *(303 words)*

Prüfungsteil 2 (Schreiben) – Vorschlag B 1: *Being different*

Teaching module referred to:
The assignment relates to the teaching module Human dilemmas in fiction and real life *(Q 3.1), especially to the topic* being different. *The cross-curricular reference is established by the thematic domain* Living in American society *(Q 1.2), particularly the topic* the American way of life *and the film* To Kill a Mockingbird by Harper Lee *(Q 1).*

1. ***How to approach the task:***
   - *Highlight the main attitudes to being ethnically different.*
   - *Omit minor details and concentrate on the main points.*

   The author's attitude:
   - *Feeling of being estranged*
   - *Sense of freedom as people cannot place her*
   - *Marrying someone from a Maori background offered her the opportunity to learn*
   - *Excitement as her children would be "citizens of the world"*

   Sons:
   - *First son: Mixed feelings, felt like an expat and different from the others; although it can be an advantage as people are interested in his background, it can also be harder*
   - *Second son: suffered from being different; was bullied*
   - *Third son: social advantage as it was "cool"*

   In her article "On being an outsider", which appeared in the *New York Times* in 2019, Christina Thompson points out that before she got married she lived in places where she was an outsider. She cherished the fact that she was different, as this gave her a sense of freedom because people could not place her and she was unbiased towards others herself. After she got married to a Maori from New Zealand she and her husband experienced being ethnically different as an opportunity to broaden their horizons and to acquire a more complex identity.
   The whole family, which now includes three sons, differs in the colour of their skin and people have constantly been mistaking their ethnic background. Thompson viewed this ethnic ambiguity as a source of cosmopolitan freedom. When she asked her grown-up sons about how they experienced their uniqueness, she was surprised to find out

that one son felt culturally deracinated. Although this son considered a mixed ethnic background an advantage, it was strenuous for him to stand out. Another son told her that he had actually suffered from being different and that he had been bullied for that reason. His exotic looks might have been an asset, but one that he had not wanted. The third son expressed that he enjoyed social privileges that arose from his being different and that he took pleasure from the fact that people could not pronounce his name. Besides that, he became more authentic the older he got. *(248 words)*

2. *As "being different" is a very common topic in films and literature, there are several stories you can choose from and you have probably come across some of them in class. The following solution uses* Born a Crime *as an example. The task requires you to write about the film version of* To Kill a Mockingbird *in your solution. Below, you can find two further examples you could use ("Saturday Afternoon" by Erskine Caldwell and* White Teeth *by Sadie Smith).*

***Being different in* To Kill a Mockingbird:**

– *For Tom Robinson, being different (Black* and an outsider) has deadly consequences. He is put on trial for a crime he did not commit and is shot when he tries to flee his unjust penalty.*
– *His legal attorney Atticus Finch is also different, as he is more open-minded and liberal than most of society. While some people criticise him, he sets a good example for his children, who will learn that it is right and appropriate to stand out and swim against the tide.*

Being different in* Born a Crime*:

– *Although being different was difficult and sometimes dangerous for Trevor Noah when he was a child, he has learned to use it as an asset in his comedy.*

Being different in "Saturday afternoon":

– *Will Maxie, the Black protagonist in "Saturday Afternoon" stands out from his small town environment because he works hard and prefers to keep to himself.*
– *He is married and the father of several children. Quite different from the rest of the townspeople, who tend to be lazy and drink a lot, Maxie is financially successful due to his hard work. For this reason he is eyed with suspicion and envy.*
– *When a rumour is spread about that he molested a White* girl, the village comes to life very quickly. The people in town set up a lynching mob. Will Maxie is dragged to a nearby wood, where he is brutally murdered by a violent mob.*
– *Being different from the rest leads to Will Maxie's brutal murder. White supremacists hate him not only for the colour of his skin, but for being successful and wealthy. Standing out from the crowd makes him a victim of racism.*

Being different in* White Teeth*:

– *In* White Teeth *by Sadie Smith a boy of Bangladeshi origin in Bradford in England in the 1990s suffers from traumatic experiences because he is different.*
– *His family had hoped for a multiethnic future among mixed ethnic families.*
– *The 15-year-old, Millat, is discriminated against as a "Paki" by a ticket controller because he speaks broken English and wears chunky gold jewelry.*

- *Millat belongs to a gang of youths who consider themselves cultural mongrels and who have acquired a hybrid identity consisting of Raggastani, Indian, Bengali, English and Jamaican elements, which they display aggressively with the help of their outfits.*
- *This multi-layered identity helps them to ward off the prejudice that they are confronted with in everyday life. This also helps them to vent their anger.*
- *In this case the acquisition of a multiracial and multicultural identity does not provide an amplified view of the world, as the boys end up skipping school and burning books with radical Muslims although they do not even know what the books are about.*

Being different can be both a positive and a negative experience. As described in Christina Thompson's article, it can be fun and perceived as "cool", but it can also be dangerous and even life-threatening as many people who are different fall victim to what are known as "hate crimes".

In *To Kill a Mockingbird* the viewer comes across several concepts of being different. Here, in the extremely racist environment of the South, a young African-American, Tom Robinson, is falsely accused of raping a White girl. He stands out not only because of his skin colour and his social status, but also because he is considerate and helpful to everyone. His legal counsel, Atticus Finch, is White and highly respected in Maycomb, where the film is set. However, Finch is mainly different from his social environment because of his liberal mindset and because of the fact that he is a single parent to two children. Finch utterly rejects unfairness and racism. Therefore, he defends Tom Robinson in spite of the fact that he knows that Robinson, who is innocent, will probably be convicted in court. In the end, the all-White jury convicts Robinson despite an overwhelming lack of evidence. Prison guards shoot him when he tries to escape over a fence. For Tom Robinson, being different is not only dangerous, but fatal.

Atticus Finch, his lawyer, is severely criticised for his open-mindedness and modern, liberal views. As a single father his style of parenting is unique since he educates his children to think of both sides of an argument in all situations. Most probably, his children will think for themselves and swim against the tide in the future. Being different has led to a broadening or augmentation of the world view of the protagonist and his children. Nevertheless, they do not have racial barriers to face.

Christina Thompson had hoped her children would also experience being different as something positive. She thought their "complex identity" (l. 12) was a "passport to freedom" (ll. 18/19) and would make their children "citizens of the world" (l. 19). Nevertheless, as a White woman from an Anglo-Saxon Protestant background, she probably underestimated the amount of racism that is still prevalent in American society. Being different was easier for her than for her children, at least for one of her sons, who had mixed feelings about standing out, and certainly for the son who was bullied because of his skin colour.

Only Thompson's third son sees his mixed ethnic background and identity as an asset. There is one outstanding TV personality with a similar attitude who comes to mind here. Trevor Noah was "Born a Crime" to a Black mother and a White German-Swiss father in apartheid South Africa and struggled with his mixed identity for most of his youth. In South Africa he felt like a "horrible bag of weed", as he was addressed as "mixed breed" and "half-caste". Trevor Noah now lives in the United States and has become a popular comedian who regularly emphasises that the concept of race is a social construct. Through his comedy he has turned his background into an asset. In one sketch he describes his desire to be considered "super Black" when he first came to America. He even practises an African-American accent, but when he arrives in the US he is immediately mistaken for a Mexican. Just like Christina Thompson's sons, Noah is "difficult to place" (l. 15). Through his art, Trevor Noah turns his multi-racial background into an asset by using it as an opportunity to speak to everyone, whatever the colour of their skin. *(599 words)*

3.1 ***How to approach the task:***
Take the quotation as a point of departure by paraphrasing it. Note that being different can be an ambivalent experience. Consider material that you have dealt with in class and make notes on arguments for and against. Comment on whether or not you agree with the quotation in your conclusion.
Positive aspects of exoticism:
- *Film stars, models and musicians can profit from an "exotic" look.*
- *People are interested in you and your heritage if you look different.*

Negative aspects of exoticism:
- *Microaggressions and "othering" can make you feel alienated and excluded.*
- *People of colour are more likely to become victims of violence and injustice (or racism in general).*

The quotation reflects the fact that exoticism, or being different, can have two sides. On the one hand, Christina Thompson's son profited from his racial and cultural background, yet he "paid a high price", which probably means that he encountered racism.
Of course, there are famous personalities for whom, it seems, a mixed racial and cultural background turned out to be an asset. Certain Hollywood actors, like Keanu Reeves and Halle Berry, have profited from their exotic looks. Models like Naomi Campbell have also gained worldwide recognition and have capitalised on the fact that they look different. Still, Naomi Campbell is incredibly beautiful and very ambitious and Keanu Reeves and Halle Berry are outstanding performers. The hashtag #OscarsSoWhite has proven that it is still difficult to be successful in Hollywood as a person of colour and that it is more likely for Black artists to succeed in spite of the colour of their skin rather than because of it.
As a member of a community of colour you are more likely to have mixed feelings about being different, as people often let you know that you do not belong.
If you have skin that is dark or not white, there is one question that you will hear repeatedly: "Where are you from?" This can be nice, as some people are genuinely interested in you and want to know more about you, but it can also become very annoying if people insist on hearing an answer that shows your "exotic" origin. They will

not be satisfied, if you tell them that you are from Cleveland or Frankfurt and they will continue to ask: "But where are you really from?" until you reveal a certain heritage that explains your looks. For children who have a certain need to be like others to form their identity, this form of "othering" can be especially annoying – a feeling that Christina Thompson's first two sons experienced a lot.

Of course, these forms of "microaggression" are harmless compared to the racism many people of colour have to endure every day. In the United States – although not only there – you are more likely to be victimised if you are multiracial. When the pictures of George Floyd's death in Minneapolis were broadcast around the world last year, protestors against police violence were fought back with tear gas, pepper spray and clubs. Donald Trump, who was president at that time, even threatened to send in the army to put down the protests.

To conclude, I would say that racism is still very prevalent on both the large and small scale. Success might be able to camouflage it for a while, but the tables can turn very quickly. Whether a person experiences multi-racialism as an asset or not highly depends on how others treat them. I am quite sure that large sections of society do not accept racial difference as an asset, unfortunately, which is why I agree with the quotation. *(490 words)*

3.2 *How to approach the task:*
Refer to the situation in the text at hand and paraphrase the statement by Theresa May. Consider material dealt with in class concerning the concepts of a leading culture and of multiculturalism. Discuss the concepts and take a standpoint.

Arguments that support May's statement:
- *Nationalism*
- *Immigrants should adapt to the culture and give up their own cultural heritage*

Arguments that disagree with May's statement:
- *Nationalism: feelings of cultural and racial superiority; international conflicts*
- *Global problems (e. g. economic injustice, environmental problems, pandemic) require global measures and therefore "global thinking"*
- *Most countries (including GB) have always been a mix of different cultures and therefore the concept of the "citizen of the world" is not something completely new.*

In the text, the author highlights the fact that being an outsider enabled her to develop an unbiased attitude towards different cultures. For Christina Thompson, living in different countries was an enriching experience which enabled her to broaden her outlook on the world and to learn. Additionally, she underlines that she viewed the ethnical ambiguity (cf. l. 15) of her children as a key to becoming citizens of the world.

Completely in contrast to this, Theresa May declares that citizens of the world are citizens of nowhere. Whatever the context was in which she made this statement – most probably the Brexit or refugee crisis – it sounds nationalistic and backward-orientated. May's statement seems to imply the idea that people have to adapt to one dominating mainstream culture and give up their cultural heritage. I consider this position to be dangerous as it promotes unilateral thinking and a certain one-sidedness that

might pave the way for feelings of cultural and perhaps also racial superiority. The idea of a leading culture will not contribute to bridging the intercultural or interracial divide.
We should consider that nationalism is a social construct that developed during the French Revolution and the 19th century. Extreme nationalism turned out to be one of the main roots of many international conflicts and two world wars. May's quote raises the question of why she denies the value of being a citizen of the world. To my mind, being a citizen of the world implies the acceptance of basic universal values such as human rights, peace, tolerance or equality, as we all share one world. The quotation, which reminds me of Donald Trump's "America first" slogan, seems rather outdated, as we all face problems that have to be tackled globally. In the light of serious issues like economic injustice, environmental problems and the current pandemic, a globalised world has to take global measures.
If Theresa May had one English culture in mind when she made her statement, she did not recognise or acknowledge that British culture is a mix and blend of many cultures from all over the world. In his poem "The British", the famous poet of Caribbean descent, Benjamin Zephania, concocts a recipe of different cultures that England is made up of. In this poem, Zephania starts off with the Picts and Scots in the fourth century and continues with the Vikings all the way up to Nigerians, Indians and the Chinese – to name but a few. He comes to the conclusion that all ingredients are equally important and they should all enjoy justice and equality. An unequal spread of justice will harm people and cause pain. This can easily be related to the concept of being a citizen of the world in the way it is described in the text at hand.
Theresa May's position also stands in contrast to what Robin Cook, the former British foreign secretary, declared in his famous Chicken Tikka Massala speech in 2001. In this speech, Cook defined ethnic and cultural diversity as the cornerstones of British culture and he pointed out that British lifestyle and British cultural horizons have been enriched and broadened by multiculturalism and multiethnicity.
To conclude, I firmly believe that the views on culture as an enriching mix of different elements are more likely to promote peaceful relations at the national and international level. Even if this is a work in progress and many obstacles like injustice, racism or educational barriers still have to be overcome, I do not view pluralism as a burden. That is why I completely disagree with Theresa May's nationalistic attitude.

(596 words)

Prüfungsteil 2 (Schreiben) – Vorschlag B 2: *Fighting against discrimination*

Teaching modules referred to:
The text at hand refers to the teaching module The USA – the formation of a nation (Q 1.1) *focusing in particular on the topic* landmarks of American history: Civil Rights Movement.

1. ***Step 1:*** *Read Material 1 carefully and highlight parts of the text that give information on the life of African Americans in the 1960s.*
   Step 2: *Start with an introductory sentence that mentions the text type, the title, the author, the year of publication and the topic.*
   Step 3: *Present the main features of African American life in the 1960s as described by Martin Luther King, Jr. An outline doesn't have to be extremely detailed. Refer to*
   - *the housing situation: poor housing, "ghetto" neighbourhoods with many addicts;*
   - *children and their education: segregated schools, sometimes girls were not able to attend school as they had to take care of younger siblings;*
   - *working life: few jobs, low wages, long working hours, no careers possible;*
   - *success of activism in court versus political realities.*

   The introduction to the book *Why we can't wait* by Martin Luther King, Jr., published in New York in 1964 explains the ways in which Black people in the US were still disadvantaged in the 1960s and why so many protests were organised in the summer of 1963.
   Black people had to live in bad housing conditions and segregated ghettos, where many of them were unemployed and some were even addicted to alcohol or drugs. Black children had to attend segregated schools and were left on their own after school. Black girls often did not even have access to a school education at all because they had to care for younger siblings. Their mothers could not look after them because they worked as female servants who had to sleep at the places where they worked. Additionally, Black workers did not stand a chance of getting a promotion even if they were qualified for it. Some jobs were only available for White people.
   Even though slavery had been abolished one hundred years before, the Supreme Court had made racial segregation illegal and courts ruled in favour of Black activists, some states and politicians refused to follow suit and Black life was still overshadowed by racial discrimination. *(205 words)*

2. ***Step 1:*** *Read the extract from the book by Martin Luther King, Jr. again. Highlight rhetorical devices that you can find in the extract.*
   Look for
   - *anaphors,*
   - *the rule of three/enumerations,*
   - *metaphors and*
   - *rhetorical questions.*

Step 2: *Take a look at the structure of the extract. How does Martin Luther King, Jr. use the "Negro boy" and the "Negro girl" to make his point?*
- *Specific examples provide a frame for the text.*
- *"Negro boy" and "Negro girl" represent all Black people in the US.*

Step 3: *Explain how this structure and the rhetorical devices help Martin Luther King, Jr. to emphasise his message.*
- *Stylistic devices typical of a speech*
- *Purpose of the text is to rouse people to fight discrimination.*

Martin Luther King, Jr. uses the example of the life of a typical "Negro boy" from Brooklyn and a typical "Negro girl" from Birmingham as a frame for his introduction to illustrate the disadvantages that Black people still had to suffer in the 1960s. The cities of Birmingham and New York are not chosen randomly, as mass protests took place in these cities in 1963.
His text almost sounds like a speech. To make it more accessible, he often uses the rule of three by giving three examples. To portray life in the ghettos, for instance, he mentions the "drunks, the jobless, the junkies" (ll. 3/4). He describes the kind of work that Black people always had to do in the past as "hard work, dirty work, dangerous work" (l. 30). To show how omnipresent the anniversary of the Emancipation Proclamation was, he says, they were "seeing [it] on television, hearing [it] from the radio, reading [it] in the newspapers" (l. 43).
Martin Luther King, Jr. also uses another rhetorical device that is typical of speeches, the rhetorical question, several times (ll. 15–19) in his introduction. With these questions, he points out that there was no valid reason for discriminating against Black people. Black people did not deserve that kind of treatment at all because they had contributed a great deal to building that nation. His rhetorical questions are also used to contrast the labour-intensive work they had done with the fact that they are still treated unfairly.
Martin Luther King, Jr. uses anaphoric structures ("They knew" ll. 36, 37, 38 and 41) to emphasise that Black people were well aware of the political developments in these years, where the court ruled in their favour but politicians still refused to accept the court's decisions.
The author also makes his text more vivid with metaphorical expressions. To give two examples: he uses the metaphor of a "pale history book" (l. 32) to allude to the fact that the history books were written by White people, and he says that "freedom had a dull ring" (l. 45), as if freedom were a bell that could be heard.
All in all, Martin Luther King, Jr.'s text is composed like a speech with typical rhetorical devices that are used in speeches (anaphor, rule of three, rhetorical questions, etc.). The introduction does not give an overview of what the book is going to be about; instead it is a call for action. Martin Luther King, Jr. uses the example of the "Negro boy" and "Negro girl" to explain why protests intensified in 1963 and rounds off with the powerful metaphor that they "joined hands and took a firm, forward step" (l. 53). Here, the "Negro boy" and the "Negro girl" symbolise all Black people and those who supported them and protested together in 1963. *(472 words)*

3.1 ***Step 1***: *Remember situations that have led to mass protest in recent years. You might think of aspects like*
– the environment/climate change,
– racism,
– health care.
Step 2*: Structure the examples you have found and explain their nature. Start with the situation given in the text and then refer to other kinds of mass protest in the last couple of years.*
Step 3: *Come to a conclusion as to what the situations that led to mass protest all have in common.*

Whenever people's basic rights are infringed and people sense that politicians are not really tackling the issues at hand, they feel the need to start a mass protest in order to be seen and heard. It makes people feel active and empowered and can sometimes even change the course of history.
In the text, Martin Luther King, Jr. describes the unjust situation which made protest inevitable. Even though slavery had been abolished, Black people had still not received equal rights. Protests had been beaten down violently; Black people still had to endure poverty, bad housing conditions and unequal job opportunities. That is why he called for action and encouraged people to join his protest, which changed history for Black people.
Today, young people often feel that politicians do not really consider their future when they govern the country. They notice that politicians are sometimes more concerned about the present or the next election than about what will be the result of their policies for the next generation in twenty or thirty years. Furthermore, young people under 18 are not allowed to vote to create change. So when the Fridays for Future movement started with Greta Thunberg, many young people felt heard and joined the protest. Environmental issues often lead to mass protest, be it the Fridays for Future movement or the more radical Extinction rebellion. Protestors think that change is urgent and that that is why they need to be seen and heard immediately. Shocking events also often lead many people to rethink the realities and therefore to protest. The nuclear disaster in Fukushima, for example, served as the kind of eye-opener that led many people to join the anti-nuclear movement.
Another reason why people join together to protest is when their basic rights are infringed. The COVID pandemic was a completely new situation for politicians and rash decisions had to be made. Many people could not believe the urgency of the situation because no pandemic had ever occurred in their lifetime. That is why many people did not trust politicians to make the right decisions. Some felt that public life should have been shut down much earlier and some thought no lockdown was necessary at all. Because the situation was generally overwhelming and hard for people to understand, many of them turned to mass protest.
The reunification of Germany is an example that shows that mass protest really can change the course of history. One of the reasons why the wall that separated East and West Germany finally came down was the continued protest that had started with

young people and the Beat movement in the '60s and continued with the peace movement and Monday demonstrations in the '70s and '80s with the slogan "We are the people" or "We are one people". When people realise that they can mobilise the masses, they are often more powerful than political regimes in the end, even though politicians criminalise their protests and meet them with violence.
To sum up, we could say that mass protests are often started because of existing inequalities in a society or dissatisfaction with politics. Sometimes there is an additional outside event that triggers the protest which is covered by the media and is therefore noticed and seen by many people as being relevant. When protests grow, protestors feel more and more powerful and political establishments start to react either by criticising the protests or even beating them down violently or by taking over some of their policies. *(582 words)*

3.2 ***Step 1***: *In this task you are asked to "evaluate the effectiveness of ways of fighting different forms of discrimination in western societies". "Evaluate" means you need to compare ways of fighting discrimination and judge whether you think they are successful or not.*
Before you can do the task, you need to figure out which "forms of discrimination" you want to refer to. You can explain this in the first paragraph.
Step 2: *Then you need to brainstorm to find what ways there are to fight against discrimination.*
Step 3: *Finally, you assess what their advantages or limitations are.*

What is discrimination?
Discrimination means that people are treated differently or excluded because they belong to a certain group.
There is discrimination, for example, because of age – so called ageism – which means that children or old people are denied certain rights just because of their age.
There is also ableism, which means that people consider abled people to be the standard and create a world that suits those that can walk, hear and talk "properly", and so on. If you are in a wheelchair or you are blind or deaf, our world is not constructed in a way that enables you to participate, which means that you are excluded or disabled. Activists say that it is incorrect to think of people as having a certain disability but that "normal" people create a society that is only accessible for abled people and excludes everyone else. The disability is therefore not part of the disabled person but is something that is created by society as a result of not thinking of everybody's needs.
In addition, of course, there is sexism, racism and discrimination against the LGBTIQ+ community. Discrimination occurs when we treat people differently because they do not fit into what we think of as normal in our society.

Our goal
Our goal should be that we create a society in which everyone is able to participate.

How to initiate change

Why anti-discrimination laws are often ineffective

The most obvious way to fight discrimination is to create laws that ban discrimination. This is sometimes difficult, however, because it is hard to prove that you have been discriminated against. When you have a job interview, for example, and you are not the candidate selected, you often do not know why. Is it because you are Black, female and too old for the job or was there just a candidate who was better suited to the job? As there is often no proof that people have been discriminated against, a law banning discrimination is often not very effective.

Furthermore, there are certain group dynamics which obstruct change. If a group has to pick additional group members, there is always a tendency to pick people that are similar. If the group is male, males are most often picked; if it consists of White people only, White people are more likely to be chosen. It is a psychological mechanism that is at work, but most of the time it is impossible to prove that this was the actual reason behind the decision.

Quotas and reverse discrimination

As laws that ban discrimination often do not work effectively, governments sometimes decide to establish quotas regarding employment. However, if you install a quota for race or for gender, for example, other discriminated groups will argue that they are still left out. If there is a quota for gender, should there be one for transgender people as well? It is almost impossible to design a fair system and at the same time allow employers to still choose people that are actually qualified for the advertised position. Critics also argue that quotas lead to reverse discrimination, which means, for example, that male candidates feel disadvantaged if they make up 70 per cent of the applications but the law requires that 50 per cent of the positions have to be staffed with female workers.

Activism – what we need to do

Another way of fighting discrimination is through activism for groups that are disadvantaged. People who are discriminated against in a society often do not have a voice that is heard or the energy to make it heard. In daily life, a single mother with a "disabled" child has to put all her energy into making a living, talking to health insurance companies or doing all the necessary paperwork to get a better wheelchair, for example.

If we want to create an inclusive society, we need to speak up for groups suffering from discrimination and to raise awareness for them. We need to become informed so that we notice discrimination, we need to talk about it and we need to do our best to abolish it. Although it is undeniably true that journalists have an obligation here and it is the job of the politician to play their part, everyone needs to be included in order to initiate change.

All of us need to speak up, protest and act differently to create the caring society we wish for.

(735 words)

* *The words "Black" and "White" are capitalised to signal that they are not natural categories but social ones (for more background information on this topic see, for example https://www.theatlantic.com/ideas/archive/2020/06/time-to-capitalize-blackand-white/613159/).*

Abiturprüfung 2021 Englisch (Hessen)
Leistungskurs

Prüfungsteil 1 (Sprachmittlung) – Vorschlag A: *Artificial intelligence*

Material: Interview: „Die Uhr tickt“ (2019) von Steffan Heuer

brand eins: Herr Socher, Sie arbeiten als Chefwissenschaftler für den Unternehmenssoftware-Anbieter Salesforce im Silicon Valley. Ihr Weg von Leipzig über Saarbrücken[1] nach Kalifornien ist ein Beispiel für die Abwanderung von Talenten. Warum gab es für einen Hoffnungsträger auf dem Gebiet der künstlichen Intelligenz (KI) wie Sie keinen Platz in Deutschland?

Richard Socher: Das liegt an meinen Forschungsinteressen. Ich habe mir die besten Informatik-Studiengänge der Welt angesehen und verglichen, wo die meistzitierten Aufsätze zum Thema Sprachverarbeitung entstanden sind. Leider waren die klügsten Köpfe mit wenigen Ausnahmen in den USA, an den Universitäten Stanford, MIT, Carnegie-Mellon oder Berkeley. Ich wollte meinen Doktortitel dort erwerben, wo sich Neues und Großes tut. Nach dem Studium kontaktierten mich Risikokapitalgeber, die mir für die Vermarktung meiner Arbeit Geld geben wollten. Eine solche Gelegenheit lässt man sich nicht entgehen. [...]

Mit einem Doktortitel von der Universität Stanford in der Tasche – hätten Sie Ihre Firma nicht auch in Europa gründen können?

Leider nicht. Ohne einen Business-Plan hätte mir niemand ein paar Millionen Dollar gegeben, selbst wenn ich an demselben Thema geforscht hätte. Das ist das größte Problem: Doktoranden und Professoren sind in Europa nicht eng genug verbunden mit der Start-up-Szene und Geldgebern.

Kürzlich haben Experten unter Leitung der Universität Stanford zum zweiten Mal den „AI Index Report“ veröffentlicht, eine jährliche Bilanz zum Thema künstliche Intelligenz. Das Fazit: KI-Forschung und ihre Kommerzialisierung nehmen weltweit zu. Ist das ein echter Boom oder nur ein Hype?

Wir machen in der Tat auf breiter Front Fortschritte. Systeme können Beachtliches beim Deep Learning[2] leisten und damit die Handlungen von Software-Agenten[3] steuern. Sogar bei der Verarbeitung von Bildern sind sie in den vergangenen Monaten sehr viel besser geworden. Die KI-Forschung läuft seit mehr als 50 Jahren, aber jetzt haben wir eine Schwelle überschritten, weil es nicht mehr nur spannende, aber eigentlich nutzlose Forschungsprojekte gibt, sondern immer mehr praktische Anwendungen [...].

Ist noch Zeit, um Europa für diesen Wettbewerb fit zu machen?

Die Uhr tickt. Wachstum hängt davon ab, ob ich meine Volkswirtschaft effizienter machen kann. Und künstliche Intelligenz wird der entscheidende Faktor dafür sein. Ihr wirtschaftliches Potenzial ist noch viel größer als das des Internets oder von Smartphones. Die

Fertigung ist traditionell eine von Deutschlands Stärken, doch auch da lässt sich mit KI viel bewerkstelligen. Insofern ist es ermutigend, dass Deutschland, Frankreich und Großbritannien strategische Visionen für künstliche Intelligenz formuliert haben.

Wie kann man verhindern, dass weiterhin kluge Köpfe in die USA auswandern?

Als Professor in Deutschland ist mein Einkommen ziemlich gedeckelt, sodass etwa die Ankündigung, 100 neue Lehrstellen für KI zu schaffen, schnell auf die Realitäten des globalen Talent-Wettbewerbs prallt. Wenn ich eine Koryphäe bin, kann ich in anderen Ländern ein Wahnsinnsgeld verdienen. Das soll nicht heißen, dass ich in Europa oder Deutschland keine gute Forschung betreiben und ein tolles Forschungslabor aufbauen kann, aber wenn ich dieselbe Arbeit woanders verrichten und das Zehn- oder Fünfzigfache verdienen kann, ist das natürlich sehr verlockend.

Wie könnte man Gründer, die auf KI setzen, gezielt fördern?

Man sollte sich einmal die Geschichte des Silicon Valley genauer ansehen. Einiges ist organisch gewachsen, und diesen Erfolg kann man schlecht durch Regulierungen herbeizaubern. Aber man sollte Gründern das Leben leichter machen – angefangen bei den Vorschriften in Sachen Personal. Wenn ich noch in der Phase bin, in der ich mein Geschäftsmodell entwickle und justiere, muss ich in der Lage sein, meine Belegschaft flexibel anzupassen.
Was man auch nicht vergessen sollte, sind die Standortvorteile, die Deutschland in Sachen KI hat. Das Land verfügt über ein sehr gutes Gesundheitswesen. Warum kann man nicht eine landesweite, anonymisierte Datenbank anlegen, in die zum Beispiel alle Gehirn-Computertomografien eingespeist werden. Das wäre ein enorm wertvoller Datensatz, um Systeme für maschinelles Lernen zu trainieren und zu verbessern. Damit wären diese Daten eine Art öffentliches Gut, mit deren Hilfe die Bundesrepublik zu einem Weltmarktführer für Medizin-KI werden könnte, weil sich anhand dieser Datensätze hervorragende Algorithmen entwickeln lassen. Das könnte die Basis für ein ganzes Ökosystem von Start-ups werden.

Steffan Heuer: „Die Uhr tickt", in: brand eins, März 2019, URL: https://www.brandeins.de/magazine/brand-eins-wirtschaftsmagazin/2019/digitalisierung/richard-socher-interview-die-uhr-tickt

1 Leipzig und Saarbrücken – Studienorte Sochers
2 Deep Learning – ein KI-Verfahren, das menschliches Lernen nachahmt und sich dabei an der Funktionsweise des menschlichen Gehirns orientiert
3 Software-Agenten – Computerprogramme, die zu autonomem Handeln fähig sind

Aufgabe

As an intern at the Society for Computer Science you have been asked to contribute a blog entry to the society's website.

Write a blog entry in which you sum up the information on Richard Socher's career and his assessment of Europe's technological competitiveness in the field of artificial intelligence (AI). (Material) (100 BE)

Prüfungsteil 2 (Schreiben) – Vorschlag B 1: *Women's roles*

Material: Katherine Johnson died on February 24th (obituary, 2020)

As she ran her eyes over the flight-test calculation sheets the engineer had given her, Katherine Goble (as she then was) could see there was something wrong with them. The engineer had made an error with a square root. And it was going to be tricky to tell him so. It was her first day on this assignment, when she and another girl had been picked out of the computing pool[1] at the Langley aeronautical laboratory, later part of NASA[2], to help the all-male Flight Research Unit. But there were other, more significant snags than simply being new.

Most obviously, he was a man and she was a woman. In 1953 women did not question men. They stayed in their place, in this case usually the computing pool, tapping away on their Monroe desktop calculators[3] or filling sheets with figures, she as neatly turned out as all the rest. Men were the grand designers, the engineers; the women were "computers in skirts", who were handed a set of equations and exhaustively, diligently checked them. Men were not interested in things as small as that.

And, most difficult of all, she was Coloured, and he was White. The lab might be recruiting Black mathematicians, but the door was not fully open; her pool was called "Coloured Computing" and was segregated. As she sat down with the new team that morning, the men next to her had moved away.

She was not sure why, but the world was like that, and she refused to be bothered by it. Since the café was segregated, she ate at her desk. There was no Coloured restroom, so she used the White one. A few years back, when the bus taking her to her first teaching job in Marion, Virginia, had crossed the state line from West Virginia, all the Blacks had been told to get off and take taxis. She refused until she was asked nicely. But it could be unwise to push a White man too far.

Nonetheless, this engineer's calculation was wrong. If she did not ask the question, an aircraft might not fly, or might fly and crash. So, very carefully, she asked it. Was it possible that he could have made a mistake? He did not admit it but, by turning the colour of a cough drop[4], he ceded the point.

She asked more such questions, and they got her noticed. As the weeks passed, the men "forgot" to return her to the pool. Her incessant "Why?" and "How?" made their work sharper. It also challenged them. Why were their calculations of aerodynamic forces so often out? Because they were maths graduates who had forgotten their geometry, whereas she had not; her high-school brilliance at maths had led to special classes on analytic geometry in which she, at 13, had been the only pupil. Why was she not allowed to get her name on a flight-trajectory report when she had done most of the work, filling her data sheets with figures for days? Because women didn't. That was no answer, so she got her name on the report, the first woman to be so credited. […]

As NASA's focus turned from supersonic flight to flights in space, she was therefore deeply involved, though still behind the scenes. […] She ensured that Alan Shepard's Mercury capsule[5] splashed down where it could be found quickly in 1961, and that John Glenn[6] in 1962 could return safely from his first orbits of the Earth. […]

Later she calculated the timings for the first Moon landing (with the astronauts' return) and worked on the Space Shuttle. She also devised a method by which astronauts, with one star observation checked against a star chart, could tell where they were. But in the galaxy of space-programme heroes, despite her 33 years in the Flight Research Unit, for a long time she featured nowhere.

It did not trouble her. First, she also had other things to do: raise her three daughters, cook, sew their clothes, care for her sick first husband. Second, she knew in her own mind how good she was – as good as anybody. She could hardly be unaware of it, when she had graduated from high school at 14 and college at 18, expert at all the maths anyone knew how to teach her. But she typically credited the help of other people, especially her father, [...] who had sold the farm and moved the family so that she and her siblings could all get a fine schooling and go to college. And last, at NASA, she had not worked alone. She had been one of around a dozen Black women mathematicians who were equally unknown. But when their story emerged in the 21st century, most notably in a book and a film called "Hidden Figures", she had a NASA building named after her, a shower of honorary doctorates and – the greatest thrill – a kiss from Barack Obama as he presented her, at 96, with the Presidential Medal of Freedom.

This attention was all the more surprising because, for her, the work had been its own reward. She just did her job, enjoying every minute. The struggles of being both Black and a woman were shrugged away. Do your best, she always said. Love what you do. Be constantly curious. And learn that it is not dumb to ask a question; it is dumb not to ask it. Not least, because it might lead to the small but significant victory of making a self-proclaimed superior realise he can make a mistake. *(924 words)*

Katherine Johnson died on February 24th, 27. 02. 2020, in: The Economist, URL: https://www.economist.com/obituary/2020/02/27/katherine-johnson-died-on-february-24th

1 pool – *here:* a group of employees
2 NASA – the American governmental agency that plans and carries out the space programme
3 Monroe desktop calculators – Monroe is the name of a company that produces small calculators.
4 cough drop – a candy-like medicine for coughing, usually in a bright red color
5 Alan Shepard's Mercury-capsule – Alan Shepard was the first American astronaut to go into space. After completing his mission, he landed inside a small part of the rocket in the ocean.
6 John Glenn was the first American astronaut to orbit the Earth.

Aufgaben

1. Outline important stages in Katherine Johnson's life. (Material) (30 BE)

2. Compare Katherine Johnson's experiences as a woman (Material) to those of Desdemona and Emilia. (40 BE)

3. Choose **one** of the following tasks: (30 BE)

3.1 Taking the example of Katherine Johnson as a starting point (Material), write an article for a magazine aimed at graduates of an American women's college commenting on the status of women in contemporary American society.

or

3.2 "We needed to be assertive as women in those days – assertive and aggressive – and the degree to which we had to be that way depended on where you were. I had to be." Katherine Johnson, 1980

Katherine Johnson was referring to the struggle to overcome gender discrimination in the 1950s. Referring to material dealt with in class, assess the relevance of the quote today for other groups in the USA and/or the UK who have faced discrimination.

Prüfungsteil 2 (Schreiben) – Vorschlag B 2: *Immigrants*

Material 1: Kushanava Choudhury: The New World (2017)

This is an excerpt from the introductory chapter of The Epic City, *Choudhury's literary portrait of Calcutta, the city of his birth, from where his family moved to the United States of America.*

Of all the people who came to Ellis Island in the first decades of the twentieth century, more than half went back. They never told us that on our seventh-grade class trip.

The American immigrant myth says that migration is a reset button. The New World offers deliverance from the past, liberation from the Old World's limited horizons. The myth states: 'The past is gone. The future awaits. Start over.'

It never really works like that. That was the story no one ever told about America. The past is never left behind. It haunts every world you live in. Sometimes it drags you back.

By the time I visited Ellis Island on that class trip, I had already migrated halfway around the world four times, flipping back and forth between continents like a dual-voltage appliance. My parents were Indian scientists, torn between nation and vocation. Twice they moved to America, twice they moved back. They were unwilling to leave their country and they were unable to stay. When he was around forty, my father quit his cushy job at a government research institute in Calcutta. He wanted one more chance, he said […].

So, when I was almost twelve, my parents and I moved to Highland Park, New Jersey.

Our move carried no Emma Lazarus[1] cadences. We certainly had not arrived tempest-tossed, beating at the golden door. Our coming was equivocal, always tied to return. Living in New Jersey, we hardly saw ourselves as immigrants. My parents expected to go back to India, like many of their Bengali friends, someday, eventually. On Saturday nights, they gathered at each other's homes, ate fourteen-course meals brimming with various types of fish and meat, and derailed each other's sentences in locomotive Bengali, their conversations full of memories of Calcutta. Return, the duty of return and the dream of return, were spoken of endlessly while eating platefuls of goat curry and hilsa fish. Few, of course, actually went back. There were too many good reasons not to. Nationalism and nostalgia did not pay the bills, raise children or advance careers. And yet that dream of a return to the great metropolis cocooned them like a protective blanket from the alien world all around.

As for me – my friends, my neighbourhood, my Calcutta life was gone. In New Jersey, I was in seventh grade in a public school that had almost no Indian students. Cocooning was not an option. I had to fit in fast. I wasn't assimilating as much as passing. So much of what went on inside my head was from another place. I had happy childhood memories of mid-morning cricket matches during summer vacations, of games played in gullies, rooftops, courtyards and streets. When I moved, it was the streets of the city as much as my childhood that I left behind.

We had not had an easy few years in America. The man who had offered the job to my father had made promises he did not keep, and so my father was forced to find other work, work he grew to despise. From time to time, there would be talk of another move, to Georgia, to Colorado, and I would pull down the posters in my room and prepare. We stayed put, the three of us adrift in the treacherous shoals of the lower middle classes, a world of chronic car trouble and clothes from K-Mart[2]. In the fall of my senior year, a piece of good news finally came to our two-bedroom apartment. I had been accepted early to Princeton University[3].

Every immigrant who has lugged worthless foreign degrees through customs knows that where you go to college [...] determines your lot in life. When the acceptance letter from Princeton arrived, my parents acted as if someone had come to our door with balloons and a giant cardboard cheque. It was their happiest day in America. But it wasn't mine.

It is probably universally true that education drives a wedge between us and our hometowns, our families, our earlier selves. But for the immigrant the gap is greater, that divergence in mentality more extreme. My trajectory[4] was taking me farther afield, to Princeton, while a part of me was elsewhere, in another country, in another city. Through all my sojourns I had carried memories on my back like Huien Tsang's[5] chair, until at seventeen, I felt hunched over with nostalgia like a middle-aged man. When the Princeton letter arrived, I had what my friend Ben called a 'premature midlife crisis'.

At night, I couldn't sleep. By day I sleepwalked through classes. Each evening, while my friends assembled at Dunkin' Donuts, complained about how there was nothing to do in our little town and roared together into the night on long aimless drives, while they enjoyed the languor of spring and that sweet American affliction called senioritis[6], I stayed home and stewed. In my mind, I hatched a plan. I would go back.

India lives in its villages, Mahatma Gandhi had said. So, even though I was a city boy who had never spent a night in an Indian village, I wrote letters back home to arrange to teach in a village school. Instead of Princeton, I would take a year off and head to rural Bengal, I told my parents. But in our two-bedroom apartment full of shared immigrant striving, such a detour was out of the question.

Instead I just drove. The black night, the shimmering yellow lines on inviting ribbons of asphalt, the radio jammed loud. Enveloped by night and noise, the mind gave way to a deeper calling. Just drive. It was the mantra of our Jersey youth, an exhortation, a command, an ideology, something hardwired in us as teenage boys. Night after night, I took out my parents' Toyota and just drove, without destination, without purpose, to escape. [...]

After graduating from college, while friends set up their apartments in New York, Boston and Los Angeles, I headed to Calcutta, to join the *Statesman*[7]. *(997 words)*

Choudhury, Kushanava. "The Epic City. The World on the Streets of Calcutta." London: Bloomsbury, 2017, xi –xvi

1 Emma Lazarus – 1849–1887, author of "The New Colossus", a poem engraved on the base of the Statue of Liberty, which ends with the following verses:
Send these, the homeless, tempest-tossed to me: I lift my lamp beside the golden door!

2 K-Mart – inexpensive department store chain in the USA

3 Princeton University – prestigious university in New Jersey, USA

4 trajectory – *here*: career path

5 Huien Tsang – Chinese Buddhist monk and scholar, travelled throughout India in ancient times

6 senioritis – *colloquial*: decreased motivation to study displayed by senior students

7 *The Statesman* – an influential Indian English-language daily newspaper founded in 1875

Material 2:

"THE TROUBLE WITH A MELTING POT IS THAT SOMEBODY ALWAYS GETS BURNED."

Dan Rosandich/cartoonstock

Aufgaben

1. Outline the biographical information given on the author and his parents. (Material 1) (30 BE)

2. Analyze how Choudhury's attitude (Material 1) towards the traditional view of American immigration is conveyed. (30 BE)

3. Choose **one** of the following tasks: (40 BE)

3.1 Assess to what extent the cartoon (Material 2) reflects what Choudhury and his family (Material 1) have experienced in the US.

or

3.2 You are participating in an international school project on identity.

Write an article for the project website in which you discuss the importance of place in shaping one's identity.

Lösungsvorschlag

Prüfungsteil 1 (Sprachmittlung) – Vorschlag A: *Artificial intelligence*

Teaching modules referred to:
The task refers to the thematic focus Modelling the future *(Q 3.2), particularly to the key terms* science and technology *and* artificial intelligence.

You are required to write a blog entry for the website of the Society for Computer Science in which you sum up the information about Richard Socher's career and his assessment of Europe's technological competitiveness in the field of artificial intelligence. Your role is that of an intern working for this society.
You need to consider that a blog entry is characterised by a number of distinctive features: as a ***heading*** *you will need a compelling title to entice your reader to read on. Your* ***introduction*** *should be short, lead directly to the* ***main content****, be well-structured and most of all informative. You should sum up your article with a* ***conclusion*** *that is not repetitive but summarises the main points in a plausible way.*
The formal aspects of a language ***mediation*** *must also be observed: in this case, your text will be posted on a website specialising in computer science that contains relevant information geared to its users. By using your own words and strategies for shortening the text and by omitting unnecessary details and examples, your text should be considerably shorter than the original.*
Your text should contain the following information about Richard Socher's professional life:
- *His academic career at German universities and a PhD at Stanford, chosen for its reputation in computer science*
- *Chief scientist at American technology firm in Silicon Valley*

Assessment of technological competitiveness in Europe:
Negative:
- *Problems for start-ups: conditions for investment, no connections between scientists and investors, strict regulations*
- *Low incomes for scientists, no reason to stay at German universities*

Positive:
- *Common strategic visions for the use of artificial intelligence (AI) in Germany, France and Great Britain*
- *Data from healthcare system could be used to create database to train and improve AI*

Europe's Artificial Intelligence (AI) – a Brain Drain to be Avoided

In an interview published in a German business magazine in March 2019, the chief scientist of a Silicon Valley technology firm talks about his reasons for abandoning his German university career and about the challenges facing European computer start-ups, and warns of a European brain drain in the light of the lack of opportunities and connections between the world of science and the economy.

Richard Socher received his training as a computer scientist at two German universities before he decided to obtain his PhD at Stanford, which is renowned for its high scientific standard. He continued his work at Silicon Valley, because he was contacted by investors offering to finance his particular research interests. In Europe, he would not have been able to find risk venture capitalists to finance his work without a business-plan, which, from his point of view, highlights the missing link between science, investors and start-ups in this part of the world.

According to Socher, the AI potential is even greater than that of the Internet or smartphones and will play a major role in industrial production, which is already a traditional German asset.

However, in order to avoid a further brain drain from Europe, research and working conditions need to be improved so that international competitiveness does not fall short due to the lack of financial incentives. Good research and great laboratories are still possible in Europe or Germany, yet scientists will be very tempted to leave if they can earn ten or fifty times the amount for the same work elsewhere.

The history of Silicon Valley is something to be learned from. Much of it has grown organically and success of this kind cannot be fostered by regulations. Start-ups, however, could be supported more by making their lives easier, starting with lending them more flexibility in hiring staff whilst they are developing and adjusting their business model.

Nonetheless, Socher is hopeful, as Germany, France and Great Britain have developed common strategic visions for their AI systems. Additionally, Germany's advantages as a location should be taken into account: our health system could be used to create a data base of brain scans to train and improve AI systems for machine learning, for example.

As a consequence, these data could thus be transformed into a public good, enabling German medical AI to become a global market leader and hence forming the basis for a complete system of sustainable start-ups.

Posted by: Intern *(415 words)*

Prüfungsteil 2 (Schreiben) – Vorschlag B 1: Women's roles

Teaching modules referred to:
The assignment relates to the teaching module Gender issues *(Q 3.3), especially to the key words* gender and identity and culture and gender – now and then, *and the reading of* William Shakespeare: *Othello (Q 3). The cross-curricular reference is established by the teaching module* The USA – the formation of a nation *(Q 1.1), particularly the key words* recent political and social developments *or the teaching module* Ethnic diversity *(Q 2.2) and the key words* Great Britain as a multicultural society.

1. *In your outline you need to give the main features of the obituary without commenting on them and use your own words to provide a shortened version. Mention the text type, the title, the source, the date of publication and the topic in an umbrella sentence.*
   Important stages in Katherine Johnson's life:
   - *Mathematical very gifted child*
   - *Job at NASA in the 1950s*
   - *Part of a team of African-American women calculating figures*
   - *Raising a family at the same time*
   - *Her bosses became aware of her outstanding capabilities when she discovered mistakes in their calculations*
   - *Made significant contributions to the American space programme*
   - *Was presented the Presidential Medal of Freedom by Obama*

   The obituary entitled "Katherine Johnson died on February 24th", published in *The Economist* on 27/02/2020, portrays Katherine Johnson, a mathematically talented African-American woman who played an important role in the American space programme. Her mathematical genius had been discovered when she was a child and she enjoyed a special science-based education. During her first job as a teacher in Virginia she was racially discriminated against as a Black* woman but did not relent easily. In the 1950s she got a job at NASA as part of a team of African American women calculating figures for male engineers. In addition to that she raised three children and cared for her sick husband.
   Her bosses soon became aware of her outstanding mathematical capabilities. On one occasion, she discovered that an engineer had made a mistake with a square root on one of the flight-test calculation sheets. She did not dare tell him straight away, because he was a White* man and she a Black woman and women did not question males in the 1950s. So, she asked him if it was possible that he had made a mistake. More questions like this got her noticed: she eventually succeeded in gaining credit for her brilliant work and became the first woman to get her name on a respective report. Although still working mostly behind the scenes, she became involved in NASA's supersonic space programme and ensured the safe return of astronauts like Alan Shepard and John Glenn, later even calculating the timings for the first Moon landing and working on the Space Shuttle.

Eventually, in the 21st century her work received due recognition and she had a NASA building named after her. She obtained a number of honorary doctorates and the Presidential Medal of Freedom, which, together with a kiss from President Obama, turned out to be the greatest thrill for her. Her motto of "love what you do" helped her overcome the struggles of being a woman and a Black one at that. *(336 words)*

2. *In the second assignment you are asked to compare Katherine Johnson's experiences as a woman, as delineated in her obituary, to those of two female characters from Shakespeare's play* Othello: *Desdemona and Emilia. The task verb "compare" involves pointing out and analysing similarities and differences between the literary and historical situations pertaining to female roles. Relevant developments in the lives of these three women would be structured in a coherent way first and then presented in your text, backed with appropriate quotations.*
These aspects could be relevant:
Parallels *to Desdemona and Emilia*
– *Adopt female behaviour and accept male superiority on the surface*
– *Criticize and influence their male counterparts when necessary*
Differences
– *While Katherine Johnson has a job, Desdemona and Emilia live at a time where women were limited to childcare and domestic work.*
– *Katherine Johnson is successful in pushing the limits of her female role and her achievements are honoured even if late in life.*
– *Desdemona has to submit to her husband when he threatens to kill her.*
– *Iago kills Emilia for unmasking him.*

The source of Katherine Johnson's self-confidence is two-fold: her outstanding mathematical capabilities secure her a permanent position in the prestigious American space programme and, at the same time, working in a close-knit team she enjoys her work as its own reward (cf. ll. 58/59). From the beginning she is able to prove her professional skills and carefully and respectfully corrects mistakes even when they have been made by (White) men. She is even able to accept working "behind the scenes" (l. 38). In the end, she does not allow her skin colour or her gender to impede her career and her story emerges as an example of Black and female emancipation.
Like her 17th-century literary counterparts, however, the gifted mathematician behaves as a woman was supposed to at that time when she cooks, sews and is responsible for the upbringing of the children (cf. ll. 46/47). Katherine wears feminine clothes being "neatly turned out as" (l. 10) the other "computers in skirts" (ll. 11/12). Beyond that, she even submits to her White male colleagues and their hostile attitudes at first: "she refused to be bothered by it. Since the café was segregated, she ate at her desk" (ll. 18/19). Similarly, Desdemona and Emilia seem to accept their female roles and do what their husbands tell them to: in spite of Emilia's "fancies", Desdemona asserts to Othello "I am obedient" *(Othello, Cambridge School edition 2012:* Act 3, Scene 3) and Emilia blindly supports Iago's malicious plan to rouse Othello's jealousy

by stealing Desdemona's handkerchief: "My wayward husband hath a hundred times, Wooed me to steal it" (Act 3, Scene 3).

However, what all three characters have in common is that while they accept male superiority on the surface, they still question the decisions and actions of the men surrounding them. Katherine corrects the work of her male colleagues, who feel challenged by her because their calculations of aerodynamic forces are so often inaccurate (cf. ll. 30/31), and she is the first woman to have her name put on reports. Desdemona disobeys her father when she marries Othello. She also tries to persuade Othello to reinstate Cassio as a lieutenant (cf. Act 3, Scene 3). Emilia, on the other hand, attacks Othello when she finds out that he has murdered Desdemona: "Thou dost belie her, and thou art a devil" (Act 5, Scene 2), although this puts her in a dangerous situation. Later she refuses to conceal Iago's guilt although he threatens her: "I will speak as liberal as the north" (Act 5, Scene 2).

There are also quite a number of differences between Katherine on the one hand and Desdemona and Emilia on the other. Desdemona and Emilia lived at a time when women were limited to domestic life (cf. Act 2, Scene 1). Katherine Johnson, on the other hand, went to school and university and although her career options seem to be limited at first, she becomes an important part of the American space programme thanks to her genius and self-confidence. She is successful in pushing the limits of her female role and her achievements are honoured while she is still alive. How dangerous it was for women to challenge men in Shakespeare's time becomes obvious in Desdemona's case, when she pleads, "O banish me, my lord, but kill me not" (Act 5, Scene 2), but is still killed by Othello. Similarly, when Emilia disobeys her husband and reveals his part in Desdemona's death he kills her.

While Katherine Johnson's genius work was recognised during her lifetime, Desdemona and Emilia eventually became victims of patriarchal violence. *(603 words)*

3.1 *In this assignment you are required to write an article for a magazine aimed at graduates of an American women's college, using Katherine Johnson's example as a starting point. You need to adhere to the text-specific features of this particular genre, including a heading, an introductory sentence, main part and conclusion, employing formal language and finishing with a convincing comment about the status of women in American society.*

You might mention the following points:

- *Katherine Johnson is still a role model.*
- *She is successful in spite of being a woman and Black*
- *During the 1960s, period of substantial social change, women's movement and feminism*
- *Changing gender roles*
- *Pay gap and glass ceiling still exist*
- *More promotion of women to higher management positions, gender quotas*
- *Still it is harder for women to become successful in the US*
- *Comparison to other successful women*

Gender roles now and then

In the 1950s, Katherine Johnson was able to set an encouraging example for women around the world. Although a member of the Black minority, she was chosen for a job at the American space programme as part of a team of women who calculated figures, and she raised a family at the same time. She proved her genius to her male bosses, questioned some of their flawed calculations, and was an important part of the American space programme. Instead of suffering from the affronts she encountered at her workplace, she disregarded negative aspects, relied on her own capabilities and was deeply involved in working behind the scenes of space events such as the Mercury flights in 1961, the first orbit of the Earth, and the first Moon landing. Thus, she was successful, despite the difficulties she had to face because of her gender and race and even secured late but significant acknowledgement of her successful work by having a NASA building named after her and receiving academic and political appreciation and rewards.

Another late recognition of her professional success occurred with the launch of a book and movie called "Hidden Figures" about a number of Black, female mathematicians. Although American women had won the right to vote back in the 1920s, broader economic and social change had been a longer time coming. It was not until the 1960s that a period of substantial social change began and the awareness of women's issues came to be known as the women's movement, influenced by the success of the Civil Rights Movement in the fight for racial equality. Organizations and lobbying groups urged full equality for women and gradually effected a revision of American values, customs, and institutions. The way women thought about themselves began to change with their growing self-confidence, as is shown by Katherine Johnson in her predominantly White, male working place, who had always believed that her work was its own reward. The results were not welcomed by everyone, however, and led to opposition to what was seen as unrestrained feminism. It is also a fact that many women, though constituting 60 percent of the labour force by the end of the 20th century, still hesitate to demand equal pay, thus perpetuating their inferior social status. There is now some progress in women entering occupations predominantly held by men but the pay gap is still obvious, with men earning consistently more in comparable positions.

However, along with changing gender and academic roles there are also more women being promoted to higher management positions – with one exception: among (Black) minorities, many women in the US still face obstacles in the workplace.

In this context, the career of Oprah Winfrey sounds encouraging. The American TV presenter, well known for empowering people by giving them hope and an example of the rags-to-riches tale of a Black woman, is a survivor of childhood abuse and now one of the richest and most famous women in the world. Oprah became known to a wider audience through her series of "Change your Life" shows and became something of a motivational guru and an embodiment of the American Dream. She moved away from trash TV and focused on more sophisticated features, promoting books and the power of positive thinking.

Katherine Johnson and Oprah Winfrey have both become role models, especially among minorities, for fostering self-confidence and Black empowerment, and for demonstrating that change is possible and equal rights are worth fighting for, even though issues like the pay gap, traditional family routines, and disadvantages in regard to promotion, managerial positions, and social status overall have still not been solved.

(607 words)

3.2 *Katherine Johnson's statement refers to her struggles to overcome gender discrimination in the 1950s. You are requested to assess the current relevance of the quote for groups in the USA and/or the UK which are subject to other forms of discrimination. In the first step, you would need to explain the meaning of her statement in your own words. Draw on material dealt with in class about people who face racism, ableism (discrimination and social prejudice against people with disabilities) or ageism or who are discriminated against because of their gender or sexual orientation. In the second step, you should use selected examples that illuminate today's debate on this issue in one or both countries.*

Possible aspects:

- *People still face discrimination due to their colour of skin, cultural background, gender, sexual orientation, etc.*
- *Negative stereotypes still exist (in the wake of Brexit, under Trump-legislation)*
- *Discrimination affects education, income levels, housing quality, health, employment*
- *Affirmative action to stop vicious circle*
- *Young people question whether certain statues, street names or historical sites should be removed or re-named as they celebrate colonialism or white supremacy*
- *Black Lives Matter*

In the USA of the 1950s, gender discrimination was closely connected to racial prejudice. When Katherine Johnson's outstanding performance was not recognised at that time, it was hard to distinguish whether this was not acknowledged because she was just one of the "computers in skirts" (ll. 11/12) or because she was from "Coloured Computing" (l. 16). From her point of view, the only way to overcome this situation given the circumstances of the time was to employ assertive and aggressive strategies. Although her protest was only moderate, her self-confidence permitted her an assertive stance. However, the issues raised in the statement given have far from disappeared and currently refer to different types of discrimination and groups of people in the USA and the UK.

First of all, the situation of African Americans, Hispanics and Asians in the US comes to mind. After the Civil Rights Movement, adjustments were made to immigration policies and in the wake of 9/11 the status of minority groups changed considerably, some for the better, others for the worse. Sources of ongoing discrimination against minorities differ based on industrial and digital developments, competition for jobs within the labour force which is experienced or imagined, fear of terrorism, anti-Asian sentiment and, quite recently under the former Trump administration, a resurgence of White supremacists and their divisive political influence.

In the UK, the development of a multicultural society has seen considerable progress, moving on from the days of Enoch Powell and his infamous "Rivers of Blood" speech from 1968 to now enabling the successful integration of Commonwealth immigrants from such diverse regions as the Caribbean and Asia. Some British politicians are still fueling anti-immigrant sentiments and xenophobic fears, however. This became particularly evident after the Brexit referendum in 2016. Since the decision to leave the European Union, albeit by a small margin, the number of racist attacks in the UK has risen considerably, especially against Muslims and people from Eastern Europe. Both Eurosceptic politicians and members of the old political elite have taken advantage of the lack of knowledge, if not ignorance, of older, less educated people who blamed the disadvantages and work discrimination they had imagined or experienced on immigrants and European bureaucracy.

As a result, negative stereotypes and, on the right of the political spectrum, open xenophobia still persist in both countries, with the adverse effect of discrimination on employment and career opportunities revealing itself in gender issues and racial prejudice. This situation is exacerbated by a certain lack of social measures and support. Access to and level of education, although improving overall, still vary according to gender and minority status. In turn, income levels are influenced by schooling and professional training. A growing social divide is also visible in the quality of housing and health care. Obama's planned health care legislation suffered a severe setback at the hands of the administration following his presidency and although the National Health Service (NHS) is still in place in Great Britain, the increasing private sector is responsible for the quality of medical support differing depending on the social group. In this context, politicians have to do more to fight poverty and social inequality, which has affected minorities and the growing number of single-parent households (mostly single mothers) worst since the financial crises of the early years of the 21st century.

On a different note, the interpretation of historical monuments has been challenged in both the US and the UK and has initiated new debate about postcolonial developments. The US is particularly affected by this: a decision made by city leaders in Charlottesville to remove the statue of Confederate general Robert E. Lee led to violent conflict between civil rights groups and White supremacists, who wanted to reverse this democratic decision. The clashes ended tragically when a car was rammed into the crowd by a self-professed neo-Nazi, killing one woman and injuring dozens of other people. Incidents like this have featured many times in recent news reports on race relations in the US, including police attacks on unarmed African Americans and racial profiling. After the first Black president left office in 2016, race relations soured considerably under a new administration that relied on right-wing groups, evangelists and White supremacists. Trump's election was openly welcomed by the Ku Klux Klan, and African Americans felt increasingly threatened so that the Black Lives Matter movement, which had already been founded in 2013, became involved in alerting the public to race-related attacks, particularly those aimed at the Black community.

As ethnic minorities still face racism and prejudice, White supremacists are trying to resist social change and the large White majority refuse to fully acknowledge the prevalence of racism in our society, Blacks, Asians and other people of colour in the UK and the US still have to be assertive and aggressive, as Katherine Johnson suggests, to be successful and to claim their rights in today's world. *(815 words)*

Prüfungsteil 2 (Schreiben) – Vorschlag B 2: *Immigrants*

Teaching modules referred to:
The assignment relates to the teaching module Living in American society *(Q 1.2) and especially the key words* migration and the American Dream: with a focus on Asian immigrants. *The cross-curricular reference is established by part one of the examination (Prüfungsteil 1).*

1. *In order to outline the biographical information in the given text you first need to write an umbrella sentence mentioning the author, text type, title, date of publication, and topic. You then outline the main aspects of the biographical information about the author and his parents in your own words without commenting on them.*
   Your outline would contain the following aspects:
   The author's parents:
   - *Indian scientists, moved to the US and back to India several times*
   - *They left Calcutta when his father took a job in New Jersey*
   - *Promises of job disappointed, father forced to take work he despises*
   - *Lower middle-class, plan to move back to India some day*
   - *Many Bengali friends*

   The author:
   - *Happy childhood in India*
   - *Student at state school, almost no other Indian classmates*
   - *Admission to Princeton University*
   - *Parents are against his plans to teach in India*
   - *Returns to Calcutta after graduation, works for a newspaper*

In this excerpt from his novel *The Epic City*, published in 2017, the author Kushanava Choudhury describes scenes from his family's native city of Calcutta, his family's expectations of the US and moving between the two countries.
His parents were Indian scientists who moved to America twice and back to their home country twice. At about 40 years of age, his father gave up a well-paid government job at a research centre in Calcutta to take up a new job in New Jersey. His parents did not feel like immigrants, however, always considering the option of returning to India, especially after it turned out that the promise of work which had been made to his father was not kept and he had to take other work, which he began to despise. Life in the US continued to be financially insecure and his family led a lower middle-class existence, with constant problems with the car and cheap clothes, always ready to move back to their home country. Memories of India were cultivated together with their many Bengali friends and they dreamed of returning.
Choudhury himself remembers happy days as a child in India, and when he moved with his parents to the US it felt like he was leaving his childhood behind as well. He went to a state school in grade seven where there were almost no other Indian students and felt forced to fit in quickly. It came as a pleasant surprise to his family in their restricted circumstances that he was accepted to the prestigious university of Princeton.

While they were very happy about this, he did not share their feelings and secretly nurtured his plan to go back to India. However, his parents would not accept his arrangement to teach at a Bengali village school. He spent some restless years at college, alienated from his friends and driving aimlessly, and instead of living in a big American city after graduation like they did, he went back to Calcutta to work for the traditional English-language daily newspaper, *The Statesman*. *(341 words)*

2. *In your analysis you are required to describe and explain in some detail aspects that show the author's attitude towards the traditional perception of American immigration. You would need to focus on the stylistic and other creative means he employs and identify and give evidence of examples by working closely with the text.*
The following points would be important:
Critical attitude
– *Author does not believe that immigration works like a reset button*
– *Past haunts you*
Evidence
– *Referring to facts (statistics)*
– *Talking about his personal experience*
– *Language: negation, images, negative expressions, repetition*

The author had already visited Ellis Island, the US official port of immigration as a teenager, during a class trip, but he claims that nobody told him that the American myth, believed to function like a "reset button" (l. 3), did not always work. At least in the case of his parents it did not liberate them "from the Old World's limited horizons" (l. 4). They are frequently disappointed. They cling to their Bengali culture and friends and share their desire to eventually move back to India (cf. ll. 21, 24) and thus reverse immigration, although this might not be possible for many of them because "[n]ationalism and nostalgia did not pay the bills, raise children or advance careers" (ll. 23/24). They are torn between the necessity of survival and the duty and dream of return (cf. l. 21), which in many cases, as with his parents, served as a protection from an alien world. Choudhury relies on statistics when he relates that more than half of the immigrants (cf. l. 2) went back to their country of origin and that the promise of the myth that one will forget the past and create a new future is not guaranteed.
He talks about his own family to prove his point. His parents are described as "Indian scientists" (l. 10) and he is apparently not happy with the constant prospect of moving from one place to another and back again: "I had already migrated halfway around the world four times" (ll. 8/9). Drawing on further personal experience – as another stylistic device – he informs his readers that his family did not have "an easy few years in America" (l. 34).
A frequent stylistic device employed in his text is the usage of negative language. His perception of the American myth is dominated by phrases like, "It never really works like that" (l. 6), "the story no one ever told" (l. 6) or " [t]he past is never left behind" (ll. 6/7). His experience of school was that he "wasn't assimilating" (l. 29) and his family did not have an easy time in America (cf. l. 34). Allusion is another stylistic

choice to underline the fact that his family's move to America was not as is suggested in Emma Lazarus's famous poem promising hope for the homeless, which is engraved on the base of the Statue of Liberty right next to Ellis Island. All of these language traits are instrumental in contrasting myth with (Choudhury's) actual experience.
The text also uses imagery. To characterise his parents' financial position, he sees his family "adrift in the treacherous shoals of the lower middle classes" (l. 38). To describe his own psychological state he uses a simile when he finds himself "hunched over with nostalgia like a middle-aged man" (l. 51). Words with negative connotations reinforce and intensify the powerful impact of immigration on his life. For instance, he talks about a past that "haunts every world you live in. Sometimes it drags you back" (l. 7) and, in an antithesis, describes his parents as people "unwilling to leave their country and [...] unable to stay" (ll. 11/12). Several times, he emphasises the wish to go back to India by using repetitions like "dream of return" (l. 21), "dream of a return" (l. 24) and "nostalgia" (ll. 23, 51).
As a result, the author describes his attitude of doubt if not criticism towards American values, promises and the American Dream in general, which he characterises as a myth that is not compatible with his life experiences, and presents himself as torn between two worlds, eventually gravitating to his native country when he is able to fulfil his own dream of returning to Calcutta and working there as a journalist. *(627 words)*

3.1 *You are to assess the extent to which the cartoon reflects Choudhury's and his family's situation as immigrants in the US. To do this you need to write a text that is well structured. You can start with a description and analysis of the cartoon and then compare its message to Choudhury's text. For useful phrases, you can also look at chapter "5.3 Beschreibung eines Cartoons" in this book.*
The following details are important:
Description of the cartoon:
- *Two White men reading a newspaper with the headline, "America: Melting Pot"*
- *One of them says to the other, "The trouble with a melting pot is that somebody always gets burned."*

Message of the cartoon:
- *Melting pot as an assimilation concept is criticized*
- *Individual ethnicities subdued, not recognised*

Choudhury's family:
- *Parents do not assimilate; mainly surround themselves with people from India*
- *Dream of returning*
- *Choudhury's nostalgia, initial adjustment but growing desire to return to India*

How far is their experience reflected in the cartoon:
Arguments that their experience is reflected by the cartoon:
- *Choudhury's family does not assimilate to American culture (not part of the melting pot).*
- *Still, as a result, feeling of not belonging, nostalgia and desire to return*

Arguments that their experience is not really reflected by the cartoon:

- *Although Choudhury does not believe that he managed to fit in, he is very successful (American Dream).*
- *As Choudhury's family does not assimilate to American culture, they do not get hurt. Still, they live peacefully in America.*

The picture in the cartoon shows two middle-aged White men talking about a newspaper headline that says, "America: Melting Pot". The caption of the cartoon carries its message in a nutshell: America being a melting pot – something which is praised globally – comes with a disadvantage, as somebody will always lose what is at stake, whether that is their language, their culture or their identity; in other words, they will suffer badly. This concept seems to give American immigrants only one choice and that is to assimilate.

The cartoon uses plain imagery, showing two men from different sections of American society and high-rise buildings in the background. One of the men is in a baseball cap and casual clothes, and the other is wearing a fancy hat, shirt, tie and trench coat, but they both share the same facial expression of surprise. They seem to be disparaging about the newspaper headline, thus underlining the cartoon's message, which questions how beneficial the concept of a multicultural society really is.

Choudhury's parents, who do not feel rooted either in America or in their home country and always nurture the idea of going back to India at some stage, clearly do not warm to the melting pot concept of assimilation and surround themselves with other Indian immigrants instead. At weekends, they eat their traditional food together at each other's homes, cherish memories of their home country and are pulled by their duty and dream of returning. The author, on the other hand, initially adapts to his new home and school and is even successful in applying to a prestigious American university, but never loses his feelings of nostalgia and develops a strong desire to return as well.

The downside of the "melting pot" might be that this concept does not recognise individuality or culture, and forces people to be part of a process that destroys their traditions and values. This might result in a feeling of not belonging and, as in the case of the Indian family, a strong desire to return to their country of origin. It might also entail a sense of disappointment, as a society where someone from a different culture gets burned is the opposite of a welcome culture where everyone is free to develop their own skills and realise their own desires. Assimilation might be the key to success, but it comes at a cost.

There are, however, experiences that are not reflected in the cartoon. Choudhury's success in obtaining a place at Princeton would seem to embody the achievement of the American Dream, for his parents, at least, who, we are told, "acted as if someone had come to [their] door with balloons and a giant cardboard cheque. It was their happiest day in America" (ll. 44/45). At the same time, however, Choudhury lets us know that it was not his happiest day in that country. Even as a teenager he felt like an outsider at his school, with few classmates from his ethnic group, and although he tried to assimilate, he never really felt at home in his new surroundings and could not forget his old memories of India.

In conclusion, although one of the building blocks of the American Dream seems to be assimilation and the readiness to overcome past experiences and open oneself up to new ideas, that does not always work for everyone, especially for ethnic groups with strong ties to their old traditions like Choudhury's family. The term "melting pot" was coined by the historian James T. Adams in his book "The Epic of America" from 1931 and describes America as a land in which life should be better and richer and fuller for everyone, with opportunity for each according to ability or achievement, notwithstanding their origins, religion or conviction. Later, the idea of the salad bowl was developed, which symbolises the fact that immigrants can integrate into society but keep their own culture. This concept allows immigrants to remain who they are and does not force them to conform to mainstream society. In this way, individual ethnicities should be recognised and not subdued, thus leaving room for the main reason why people immigrate, which is to live in peace and freedom and leave old restrictions and suppression behind – in accordance with the promise expressed in the poem by Emma Lazarus, which is engraved on of the Statue of Liberty: "Send these, the homeless, tempest-tossed to me: I lift my lamp beside the golden door!" *(743 words)*

3.2 *The assignment of writing an article for a project website requires some attention to formal aspects as well as those based on content. Regarding the formal aspect, typical elements of your article should include a catchy* ***headline****, which leads to the ideas you are about to discuss in your* ***introduction****. Discuss your arguments in the* ***body*** *of your* ***article*** *and come to a* ***conclusion*** *at the end of it. Use formal language.*
To make your article more interesting it should follow a logical sequence and contain some of the following elements: research being done on the topic, interesting facts or quotations, counter-arguments and a clear statement of opinion as a conclusion.
Possible aspects of your article could be as follows:
Arguments for importance of place
- *Sometimes integration in a country is difficult for immigrants*
- *Importance of traditions and religion*
- *People's relationship to place can be very emotional*
- *Environment shapes who you are*
- *Differences between rural and urban areas*

Arguments against importance of place
- *In a global world, where much happens online, where you come from is less important*
- *People are more important than places*

Where you live is who you are – or is it?
Although they try hard to integrate, young immigrants in the US often fail to succeed there. They feel rejected and develop a longing for the place they came from. Recent research has shown that the influence of their former environment or place of origin is often more important for shaping their identity than mainstream society.
The importance of place in shaping one's identity has particularly been observed in second- or third-generation immigrants to the UK or the US in that young people often

revert to the traditions of their parents and their religious or cultural heritage. In his autobiography *The Epic City*, for instance, Kushanava Choudhury describes how, as a young immigrant from India, he was willing to live his American Dream and attend a prestigious university in New Jersey, but then decided to leave the US again after graduation to work as a journalist in his native country. His parents, scientists from Calcutta, had originally supported his university career in the US and even hindered him from taking up a teaching job in rural India. However, his happy childhood memories of cricket matches in the summer vacation and of games played outdoors in the city made him feel so nostalgic and detached from his environment that he used to stay at home brooding instead of going out with his friends, so that he eventually went back to Calcutta to work as a journalist.

His case, like many others, shows that people's relationship to place can be very emotional and have a long-term impact on their lives. With young people especially, their environment shapes who they are. The surroundings in which we spend our daily lives feels familiar and gives us a feeling of belonging. Environmental psychology tells us that there is a landscape of memory in the interaction between place and society that works on a practical level as much as on an emotional one.

However, in a global world dominated by the Internet we also have to take arguments into account that speak against the importance of place. Today, people are used to international travel from a young age, participating in school exchanges all over the world and spending gap years abroad after leaving school. People who often move around have a different relation to place. We spend a lot of time on the Internet where we communicate with people from all over the world. There is now even the saying "home is where my friends are", which results in place losing meaning or taking on a new one.

In conclusion, it can be said that place still contributes to shaping identity in certain situations, especially when migration is not voluntary but a result of poverty, suppression or war atrocities. In these cases, there is a strong feeling of loss and loneliness. Overall, however, in a globalised world where large parts of our lives take place online, place is starting to lose its importance. *(523 words)*

* *The words "Black" and "White" are capitalised to signal that they are not natural categories but social ones (for more background information on this topic see, for example https://www.theatlantic.com/ideas/archive/2020/06/time-to-capitalize-blackand-white/613159/).*

Abiturprüfung 2022 Englisch (Hessen)
Grundkurs

Prüfungsteil 1 (Sprachmittlung) – Vorschlag A: *Living in a digital world*

Material: Elke Hartmann-Wolff: Wie das Leben leichter wird (2019)

Wie Smartphone und Internet bewusst und sinnvoll nutzen? Digitaler Minimalismus verschafft uns mehr Zeit und Gelassenheit. Eine Anleitung.

Es sind zwölf Wörter, die sein Leben verändern. Bedächtig tippt Jan Rein sie in seine Tastatur: „Ab sofort bin ich nur noch telefonisch oder per Post zu erreichen.“ Er zögert noch einmal, dann drückt er auf Return und klappt den Laptop zu. Ein ganzes Jahr lang wird der Ernährungswissenschaftler und Buchautor nicht mehr im Internet aktiv sein, nicht mehr bloggen, posten, teilen, twittern und auch keine selbst gefilmten Kochvideos auf seinen YouTube-Kanal hochladen. Ein kalter Entzug beginnt. [...]

In seiner sich selbst auferlegten Abstinenz wähnte sich Rein anfangs allein, wie ein Außenseiter. Er ist es aber nicht. Die Zahl jener, die genug davon haben, im freien Fall durch die unendlichen Weiten des Datenraums zu taumeln, sie wächst. Immer mehr Menschen wollen es nicht mehr länger raffinierten Algorithmen überlassen, was sie vor dem Bildschirm treiben, sondern lieber selbst durch ihr Leben navigieren. Sie sehnen sich nach einer Balance zwischen Echtwelt und Pixelwelt.

Emanzipierte Nutzer des Netzes entwickeln konkrete Methoden, die sich an ihren eigenen Bedürfnissen und Wünschen orientieren. Sie hinterfragen den Wert jeder Aktivität, jeder App und jedes Angebots. Wofür verwende ich meine Zeit und worauf Aufmerksamkeit, wo verschwende ich sie nur? Lediglich jene Bildschirmaktivitäten, die sinnvoll sind und Lebensqualität erhöhen, haben Platz. Alles Übrige kann weg. Take the best, forget the rest.

Mit einem Masterplan kehrt Jan Rein aus seinem einjährigen Screen-Sabbatical zurück. Für YouTube dreht er keine Videos mehr, sondern verlinkt nur noch seinen Blog. E-Mails checkt er nur noch einmal täglich. Maximal eine Stunde verwendet er darauf, auch wenn die Inbox noch nicht geleert ist. Die sozialen Netzwerke nutzt er privat nur noch, um mit seinen Verwandten in Brasilien zu kommunizieren. Ansonsten lanciert er dort am späten Nachmittag eine gute Stunde lang seine Food-Themen.

Seitdem hat Rein genügend Zeit, Sport zu treiben, spazieren zu gehen oder seine Freunde zu treffen. Er wolle, so sagt der Gießener, kein „Internet-Bashing“ betreiben. Die neuen Technologien brächten viele Vorteile, erforderten aber von jedem Einzelnen einen reflektierten Umgang. „Meinen Weg habe ich gefunden, ich bin ausgeglichener und fühle mich frei.“ [...]

Noch sind freilich viele von uns verstrickt in den Fängen des Netzes, verheddert im digitalen Gespinst. Durchschnittlich 196 Minuten täglich klebte jeder Deutsche im Jahr 2018 am Bildschirm seiner digitalen Begleiter – eine Verdreifachung innerhalb der letzten zehn Jahre. Rund 80-mal greifen wir pro Tag zum Smartphone. Einer Studie der Technischen Universität München zufolge haben 85 Prozent der Bundesbürger ihr Smartphone immer griffbereit, 25 Prozent haben es rund um die Uhr bei sich.

Die Studie „Freizeit Monitor 2018“ bestätigt, dass das digitale Leben einen immer größeren Stellenwert einnimmt. Es dominiert die Liste der Aktivitäten, die sich in den letzten fünf Jahren größerer Beliebtheit erfreuen. Ganz oben rangiert als Zeitfresser das Smartphone mit einem Zuwachs von rund 80 Prozent, gefolgt von Internet-Anwendungen und sozialen Netzwerken.

Studien belegen, wir verbringen heute rund ein Drittel weniger Zeit mit Freunden, um gemeinsam einem Hobby nachzugehen, als vor Beginn der Digital-Ära. Auch feiern die Deutschen seltener Feste, selbst mit den Kindern wird weniger gespielt. Dabei schätzen wir uns und unser Zeitbudget selbst häufig völlig falsch ein. Wahrnehmungspsychologen sprechen in einem solchen Fall von einem „blinden Fleck“. […]

Unklar ist, welche Auswirkungen die dramatische Zunahme von Digitalzeit auf unsere Gesundheit hat, ob sie womöglich die Fälle von Depressionen oder Einsamkeit ansteigen lässt.

Elke Hartmann-Wolff: Wie das Leben leichter wird, in: Focus Magazin, 22. 09. 2019, URL: https://www.focus.de/digital/internet/wissen-wie-das-leben-leichter-wird_id_11139724.html (abgerufen am 27. 06. 2021).

Aufgabe

You are taking part in an online workshop with a social studies class at your American partner school. Together you are examining trends in the usage of digital media in different countries.

Write an email to the workshop group, outlining the situation in Germany and individual attempts to reduce digital consumption as described in the article (Material). (100 BE)

Prüfungsteil 2 (Schreiben) – Vorschlag B 1: *Immigrants in Britain*

Wählen Sie Vorschlag B 1 oder B 2 zur Bearbeitung aus.

Material 1: Amanda Craig: Hearts and Minds (excerpt from the novel, 2009)

In the novel – a portrayal of multicultural London and the intertwined lives of recent immigrants – the protagonist Polly Noble, a human rights lawyer and single mother, attends a dinner party organised by Hemani, a first-generation immigrant. She is driven to the party by Job, her regular driver with African roots.

Job laughs. Again, their gazes meet in the mirror. I shouldn't be sitting in the back seat, Polly thinks. Yet if she were to sit in front, she wouldn't feel at ease. She talks to Job more than she does to Bill, or to Theo[1]: an odd thought.

A straggle of small shops along the Caledonian Road selling pet food, mirrors, ironware and food flash past. It's always a bit of a shock, leaving her own quiet street and seeing what lies just a block away; the poverty and squalor, the ugly council buildings and run-down commerce. Polly is just old enough to remember how English shops had once closed for half of Saturday and half of Wednesday as well as all day on Sunday. She can remember her mother coming back triumphant from the corner shop saying, 'Open at eight p.m.! We've just become like New York!'

It is unthinkable now, to live as her parents had done, going to work only from nine till five and enjoying the benefits of newly formed education and health services. What paradise it had seemed! Now, in order to pay their exorbitant mortgages, and ever more exorbitant fuel prices, British adults have to work long hours – the longest, it's said, in Europe. Unless they are very rich, women are expected to work as well as have children; without the little cafés, the cleaners, the au pairs, the builders, and the late-night shops – all dependent on migrant labour – the professional classes could not manage. But we too are being squeezed, Polly thinks. Even to get into a good prep school[2], Robbie[3] had had to compete against the sons of oligarchs[4] and ambassadors, and every year her children have to sit gruelling internal exams in order not to be chucked out[5] to make way for more.

'Job, how did you get to school?' she asks.

'I walked. Over hill, over dale, thorough bush, thorough briar.[6]'

'Was it far?'

'Only five miles.'

'Wasn't it dangerous?'

'Sometimes there were snakes.'

'Oh.' Polly closes her eyes, imagining a small boy in the bush. 'How horrible.'

'There are many snakes in Africa,' says Job, laughing. 'They are less dangerous than men.'

[…]

'Would you go back if you had a different leader?'

'Of course. I love my country, and my people. But until something changes, I have to stay here, praying the police never stop me.'

'If they do, Job, I'll try to help you. You do know that, don't you?'

'Thank you,' he says gravely. 'I hope I will not need it, madam.'

They arrive in Muswell Hill[7], where Hemani and Daniel now live. […]

Ellen and Ivo are there already. Polly is delighted; alongside Daniel and Hemani they are her favourite couple, for Ivo is always entertaining and full of good gossip, as is Ellen.

'How's work?' Ellen asks and Polly sighs.

'Grim. I used to be proud of living in a country which helps refugees,' she says. 'But now people think I'm doing something bad.'

'Does it ever occur to you, honey, that they might have a point?'

'Ellen, you have a foreign nanny, don't you?'

'Sure,' says Ellen oblivious. 'You know, Tamara's first words were in Mandarin?'

[Ellen shows them a picture of her and Ivo's daughter.]

'Beautiful,' Polly says.

'Ah, but you know why that's so,' says Hemani. 'The more you mix up different gene pools, and different nationalities, the more you get children in whom faulty genes are suppressed.' […]

'That's our problem, Polly.' Ivo is on form, she sees. 'We're too English.'

'Ivo, don't be an idiot,' says his wife. […]

'Nobody is English anymore, have you noticed?' Ivo says. 'We're all British.'

'Excuse me', says Daniel. 'Whenever there is a World Cup match you can't move without seeing St George crosses[8] hung from cars and council flats. The problem is that the English have become the underclass, covered with colonial guilt.'

'What, we should be singing the national anthem in front of the Union Jack in schools?'

'At least reimpose[9] proper border controls and ID cards.'

'How can you say that, Hemani?' Polly asks.

'Because, obviously, too many new immigrants makes it bad for those of us who got here first,' says Hemani. 'There's a limit to how much a culture can absorb, and we're long past it.'

'Oh I hate all this us and them!' Polly exclaims passionately. 'When we invaded places like Africa and India, we broke down a door, and now we don't like it that they come here, just as we went there. Well, tough. It's not a question of morality. There is no us and them. There's just people. We're all migrants from somewhere.' *(770 words)*

Amanda Craig: Hearts and Minds, London 2009, S. 196–199.

1 Bill – Polly's lover; Theo – Polly's ex-husband

2 prep school – short for preparatory school: a private school where students are prepared for entry into a higher form of education

3 Robbie – Polly's son
4 oligarch – generally refers to influential and wealthy business people, often from Russia
5 to chuck out – to throw out
6 "Over hill, over dale [valley], thorough bush, thorough briar [thorny plant]." – quote from Shakespeare's *A Midsummer Night's Dream*
7 Muswell Hill – a rather well-to-do North London suburb
8 St George cross – *here:* the English flag (a red cross on a white background)
9 to reimpose – to reestablish, to reinforce

Material 2

© *Monte Wolverton / politicalcartoons.com, 28. 06. 2016.*

Aufgaben

1. Outline life in Britain as presented in the excerpt. (Material 1) (30 BE)
2. Analyse Polly's attitude towards immigrants. (30 BE)
3. Choose one of the following tasks: (40 BE)

3.1 "There is no us and them. There's just people. We're all migrants from somewhere." (Material 1)
Inspired by Polly's statement, write a letter to the author supporting Polly's view with references to material dealt with in class.

or

3.2 Interpret the cartoon. (Material 2)

Prüfungsteil 2 (Schreiben) – Vorschlag B 2: *South Asian immigrants*

Dieser Vorschlag bezieht sich auf Hanif Kureishi: „My Son the Fanatic“.

Material: Amanat Khullar: A mental health crisis brewing among South Asian immigrants in the West needs serious attention (2020)

The article discusses problems of South Asian immigrants who move to western countries such as the UK or the USA.

The stigma around mental health, especially among South Asians, often deters members of the community to seek help. Dil to Dil, a non-profit organisation in the US, aims to address just that. Tahim, a licensed professional counsellor based in Washington, D. C., is a member of the online community working towards deconstructing stigma surrounding mental health illnesses in South Asian communities through open and honest conversations.

"We have someone share their journey and their own mental health story, which allows people to know there are others that may be experiencing the same thing that they are going through," the 31-year-old explained, adding that they are mostly active on Instagram. "It also gives people the opportunity to speak openly in a safe environment."

Brown Girl Therapy, a mental health community for children of immigrants, is another such initiative. Founded by Sahaj Kohli, a second-generation South Asian immigrant and therapist in training in New York City, the online community aims to help immigrants – especially South Asians and women of colour – learn more about therapy and identity exploration.

Such online communities and a rise in conversations on social media around the common mental health struggles of South Asian immigrants have helped take away some of the stigmas around therapy, which Dr Tina Mistry, a Birmingham[1]-based clinical psychologist, said has brought several members of the community to her clinic. […]

For children of immigrants, there is a duality in their hyphenated existence[2]. "We have the freedom to pick and choose from both cultures, identities and communities," Kohli wrote on Twitter. "But with that also comes the isolating reminder that we don't totally belong in either."

This cultural conflict, especially among teenagers and young adults, can often lead to an identity crisis. "You could get to a point where you suddenly realise I haven't got a clue who I am," explained Mistry. "It's not a binary process. It's a very gradual transition that you may face. […] So you get this kind of conflict of sorts, and begin to wonder, 'Who am I supposed to be? What am I supposed to be?'" […]

In her practice, Tahim has encountered a number of cases of depression and anxiety among her South Asian clients, which she believes are often a result of suppressed emotions. To get to the root of the issue, Tahim says she asks her clients: "What did you perceive as love and being cared for when you were growing up?"

Often, the response is linked to academic or professional achievements. "Coming from a South Asian culture, we're told that success only means making a certain amount of money, being in a certain career field or achieving more than a relative's child," said Tahim.

While it's not unusual for accomplishments, identity, and worth to be intertwined, according to Kohli, this can create unique struggles for children of immigrants in the workplace and in their careers.

"Parentification," explained 35-year-old Khaira, can be another common struggle for children of immigrants, "where they act like grown-ups for their parents – helping them negotiate the challenges of life in a new country, especially where there is a language barrier".

A common narrative that plays out among the global South Asian diaspora[3] is of a resilient community that moved away from their native lands with little money in their pockets, often facing racism and violence in their adopted country.

"We've all grown up knowing about this, and sometimes, as children of immigrants, you might feel like your struggles pale in comparison to that of your forefathers and so you shouldn't complain," said Kahira. "This can lead to children of immigrants invalidating their own experiences and telling themselves they have no right to be unhappy because 'at least they have it easier than the generations before them', or worse, having their feelings and experiences be minimised by their families because they themselves had it worse."

This dynamic can often breed shame and guilt, which Mistry classified as "toxic emotions that can immobilize us," and can lead to low mood and depression. Through therapy, Mistry said, she aims to help South Asian immigrants pass down their gifts to the next generation, rather than their burdens.

Being an immigrant also means having to "adapt to live in a white person's world," she said. "We have to assimilate and mould according to the dominant culture because of the fear of racism." *(724 words)*

Amanat Khullar: A mental health crisis brewing among South Asian immigrants in the West needs serious attention, in: Quartz India, 15. 09. 2020, URL: https://qz.com/india/1903589/immigrants-in-uk-us-struggle-with-depression-finding-therapist/ (abgerufen am 05. 04. 2020).

1 Birmingham – city in England
2 hyphenated existence – describes the dual identities of immigrants belonging to two cultures or nationalities, such as Asian-American
3 diaspora – a group of people who settled far away from their ancestors' homeland

Aufgaben

1. Outline the problems and conflicts of South Asian immigrants and the solutions described in the text. (Material) (30 BE)

2. Compare the situation of South Asian immigrants in Western countries as described in the text to Ali's in "My Son the Fanatic". (40 BE)

3. Choose **one** of the following tasks: (30 BE)

3.1 Discuss the role of school and community life to support young immigrants with their identity conflicts.

or

3.2 "[Y]ou don't have to fit into some box … you don't have to fit in *at all*. There is nothing to fit in*to*. We're beyond labels. Bigger than either/or. Us/them. We're *and/and*." *(Tanuja Desai Hidier, Indian-American author, 2020)*

Taking the quote as a starting point and referring to material dealt with in class, write an article for an English newspaper about the benefits of multicultural backgrounds. You can write as a journalist and/or as someone with a multicultural background.

Lösungsvorschlag

Prüfungsteil 1 (Sprachmittlung) – Vorschlag A: *Living in a digital world*

In this task you have to write an email to the members of your workshop group at your American partner school. You should inform them about the situation in Germany. Read the text carefully and underline the information given on the use of digital media and on attempts to reduce the time spent in the virtual world. Address your email to your fellow students. Keep in mind that you are supposed to give an outline of the current situation, so omit minor details. Start off with an introductory sentence containing the topic and the source.

Mention the following points:

- *People in Germany are spending more and more time on the internet.*
- *Excessive use of the mobile phone, surfing the internet and the use of social media are the major time consumers.*
- *This trend has led to a cutback in spare time for social activities and recreation.*
- *It is not known whether digital consumption might impact our mental health e. g. by causing loneliness or depression.*
- *Some people like Jan Rein abstain from the use of the internet for some time to change their habits when they start using it again.*
- *Some users are increasingly questioning the value of their online activities and are developing strategies to achieve a greater balance between real life and virtual reality.*
- *Actions taken by users to achieve more thoughtful use:*
  - *limit the time spent answering emails or researching certain topics*
  - *use social media only for specific purposes*
  - *reduce the number of platforms you regularly use (e. g. YouTube)*
  - *replace online time with real life experiences*

Dear members of the workshop, **greeting**

introduction

I would like to inform you about recent trends in the use of digital media in Germany. In an article published in the magazine *Focus* in 2019 I read that many Germans seem to lose themselves in the online world. The text outlines the negative aspects of an extensive use of digital devices as well as ways to reduce the time spent on the internet.

main part
use of digital media in Germany

On average Germans spend more than three hours a day looking at their digital devices. People spend most of their time looking at their phones to surf the internet and use social media. As a result, individuals have less time to spend on social activities and recreation. At the moment nobody knows what impact this trend might have on our mental health or whether this dramatic increase in digital consumption might cause loneliness or depression.

recent trend of limiting online activities

Some users of digital media who are fed up with navigating the endless spaces of the internet are trying to re-establish a balance between real life and virtual reality. They are increasingly questioning the value of their online activities and are trying to limit the time they spend in front of digital devices in order to replace it with experiences in real life.

The article provides information on author and nutritionist Jan Rein, who even opted to stay offline for one year, which meant that he quit blogging and uploading his videos on cooking. After one year offline he returned with self-imposed restrictions. Rein no longer posts videos on YouTube and checks his e-mails only once a day for a maximum of one hour. He has also strictly limited his use of social media to contacting relatives in Brazil. The time he spends on food-related topics is also limited to one hour every afternoon. Due to these limitations, he now has more quality time to do sports or meet friends, which he thinks has improved his quality of life. Although Rein concedes that digital media has brought about many advantages, he underlines that the use of media must be reflected upon critically. example of Jan Rein

I hope this helped to give you a good idea of recent developments with regard to how people are interacting with social media in Germany and I am looking forward to hearing from you. **conclusion**

Take care, **sign off**
Gloria *(384 words)*

Prüfungsteil 2 (Schreiben) – Vorschlag B 1: *Immigrants in Britain*

Teaching module referred to:
The task refers to the teaching module Great Britain – Past and Present *(Q 2.1), especially to the topics* Social structures, social change (ethnic minorities, multiculturalism) *and* Being British: national identity and national stereotypes *and to the module* Ethnic diversity *(Q 2.2). The cross-curricular reference is established by part one of the examination (Prüfungsteil 1).*

1. ***Step 1***
   Read the extract carefully and highlight all passages that reveal something about how life in Britain is depicted. Make notes about the different aspects of life mentioned in the text.
   Step 2
   Start off with an introductory sentence referring to the author, the title, the type of text as well as the topic and the date of publication.
   Step 3
   Consider that you are requested to outline how life in Britain is presented in the text at hand. Limit yourself to the main features of the text without commenting on them.
   Mention the following points:
   – *UK is a class-ridden and economically fragmented society*

- *poverty is visible on the streets in some quarters of London → people struggle to make a living*
- *people of upper and upper middle class experience increasing pressure too*
- *undocumented immigrants are a vulnerable group*
- *immigrants who worked their way up like to socialise with members of their own class*
- *different concepts about national identity and immigration*
- *double standards → people who rely on cheap migrant labour and/or people with own history of migration want stricter immigration laws*

introduction

The given text, an excerpt from Amanda Craig's novel *Hearts and Minds* published in 2009, deals with life in multicultural Britain. The excerpt provides insight into an economically and socially fragmented class-ridden society. Financially well-off people have different concepts about national identity and double standards when it comes to immigration.

main part
living conditions

There are appalling run-down quarters in London where the poverty is visible on the streets that mainly consist of small shops which are open around the clock and council house buildings. The inhabitants there seem to be struggling to make a living. Yet, the pressure is also high on urban professionals who live in better neighbourhoods. They are no longer able to lead the seemingly easy life of their parents as the costs of living force them to work longer hours, the longest in Europe. Single mothers are particularly affected unless they are rich. In school the children of these professionals are forced to compete with the offspring of the super-rich. On the other hand, some people like the protagonist can afford a driver and private schools for their children.

situation of immigrants

London is also the home of undocumented immigrants who are especially vulnerable since they fear being stopped by the police. Assimilated first generation immigrants who have succeeded in climbing the social ladder on the other hand live in well-off suburbs where they socialize with other members of the upper and upper middle class.

view of upper classes on national identity and immigration

The text shows that these well-off people have different views on national identity and immigration which are often combined with double standards. Some of them want to stop immigration although they rely on cheap migrant labour themselves, like one of the couples in the text that is in favour of stricter immigration laws despite the fact that they hire a Chinese nanny. Even some people with a history of migration want stricter laws and more border control. The host of the party is afraid of negative consequences for migrants who have worked their way up in society should more refugees arrive in the UK. Others express regret that the English have become a sort of underclass as everyone wants to be British.

The protagonist refutes these arguments by referring to British imperialism as one of the main reasons why people arrive in the UK. She is convinced that ethnic and intercultural barriers are irrelevant since everyone migrated from somewhere. *(392 words)*

2. ***Step 1***

Start off with the observations that Polly makes about Job in the very first lines and analyse the dialogue in ll. 21–34.

Consider the following points:

- *relationship between Polly and Job*
- *Polly's seat in the car*
- *her clichés about life in Africa*
- *Job's educated background when quoting Shakespeare*

Step 2

Consider Polly's…

- *way of describing the run-down ethnic quarter in ll. 4–20*
- *final remarks at the end of excerpt*
- *feelings about the run-down quarter*
- *feelings about the situation of White*/upper class professionals*
- *exclamation at the end of the excerpt*

Step 3

Come to a conclusion and proofread your analysis.

introduction

In the excerpt the protagonist Polly Noble, a human rights lawyer and single mother is on her way to the party of her friend who is a first-generation immigrant and lives in a well-to-do London suburb. On her way to the party as well as at the party the reader learns about Polly's attitude towards immigrants.

main part
conversation between Polly and her driver

In her role as a lawyer and employer Polly displays a compassionate attitude towards her driver, Job, who is an undocumented immigrant from Africa. Polly is astonished that she has actually established a close connection to her driver with whom she speaks more than with her lover or her ex-husband. This impression is intensified by the dialogue between Polly and Job in ll. 21–34. Polly is interested in finding out what Job experienced at school in his home country. Interestingly Job answers with a quotation from Shakespeare's *A Midsummer Night's Dream* to illustrate that he had to walk five miles on foot on dangerous paths on which he often encountered dangerous snakes. The fact that he quotes Shakespeare shows he is educated. Polly does not pick up on the reference but shows interest in whether or not Job would return to his home country if the political situation changed for the better. Job fears being stopped by the police. Polly shows empathy and feels for him. That is why she generously promises to support him if he gets in trouble.

Polly's racial bias

Yet, the encounter between Job and Polly also reveals that Polly is caught up in racial bias. During the ride in Job's car she has mixed feelings about sitting in the front seat and prefers the back seat, although she is on friendly and close terms with him. She does not explain why she would not feel at ease sitting in the front next to Job.

compassion for driver's situation on the surface

The dialogue indicates that Polly's compassionate and empathetic attitude towards Job is based on superficial clichés of life in Africa. When Job mentions the dangerous snakes he encountered on his way to school, she pictures him as a small, helpless boy in need of protection and pities him. (cf. l. 27) Upon hearing that Job fears being stopped by the police she offers to try to help him. (cf. l. 33) Polly is obviously not aware of the fact that she is treating him with a slightly condescending sense of superiority. Although she is dependent on his services as a driver, she is unable to meet him at eye level.

compares own inconveniences with sufferings of immigrants

When passing through the dilapidated ethnic neighbourhood, Polly is shocked and upset by the dismal conditions. Nevertheless, she immediately puts the suffering of the poor into perspective and compares it with her own, rather privileged inconveniences. She knows that professionals depend on cheap migrant labour and shops that are open around the clock, but immediately reflects on her own victimization by economic pressure and long working hours. She also views her son as a victim of the competition with super rich offspring of Russian oligarchs at school not recognizing the privilege of being able to afford a private education for him. (cf. ll. 15–20)

reproaches double standards of others, cannot see her own bias

At the dinner party Polly reproaches a couple for applying double standards about immigration. They are hiring a nanny from China while being sceptical about the benefits of immigration. In the end she does voice an explicit opinion against the effects of British imperialism in the past and passionately claims that the British "are all immigrants from somewhere" (ll. 63/64). So one could argue that Polly is not fully aware of the fact that she is excluding questions of equal opportunity and class divisions herself even though she does not openly oppose immigration. That is why her solemn proclamation at the dinner party has a superficial ring to it.

conclusion

To sum up, as an immigrant attorney it is Polly's job to treat immigrants in a just way, but at the same time she supports an exploitive system. All in all, she seems to have an ambivalent attitude towards immigration of which she is unaware. *(663 words)*

3.1 ***How to approach the task:***
Step 1
Keep in mind that you are required to address your letter to Amanda Craig and not to Polly. You are also supposed to refer to material dealt with in class.
Stress the importance of the given quotation as a guiding light for the future. Use the quotation as a starting point and compare its message with what you know about real life conditions of migrants in England, Europe or even the USA. Explain what you know about the situation of migrants in Britain and elsewhere. Consider the following aspects:
Situation of immigrants:
- *immigration status*
- *living conditions and problems*
- *opportunity and access to education*

Attitudes towards immigration:
- *class divisions and social problems*
- *current migration policies*

Work done in class, e. g.:
- *"The British" by Benjamin Zephaniah*
- *"The Embassy of Cambodia" by Zadie Smith*

greeting

Dear Ms Craig,

introduction
reference to the quote

I would like to comment on a quotation from your novel *Hearts and Minds*, in which Polly as a literary figure expresses her disgust at the idea of differentiating between the "British" and the "strangers" from foreign countries. Your protagonist speaks my mind when she emotionally proclaims that "There is no us and them. There's just people. We're all migrants from somewhere." Unfortunately, this is not yet the opinion of the majority of the people in industrialized countries and this utopian vision is very far from reality.

main part
reference to the quote, Polly's view

Nevertheless, I do see Polly's basic message as a guiding light for the future which will hopefully contribute to the establishment of true social and economic equality. Mutual tolerance as well as peaceful relations between ethnic minorities and the mainstream cultures of their host societies are a requirement for that. The notion that there is no "us and them" seems very promising since it implies that we are all people who live in one world, regardless of our origin, skin colour, religion, economic status or cultural heritage. To me this seems to be an ideal vision of a peaceful world without bigotry or prejudice. I was very impressed by the simple, clear and outspoken language Polly uses in her emotional outburst.

reference to work done in class:
poem *The British* by Benjamin Zephaniah

The statement that "We are all immigrants from somewhere" reminds me of Benjamin Zephaniah's poem "The British". In this poem Zephaniah, the son of an immigrant from the West Indies, expresses his view on "them and us" in a poem which is structured like a recipe. In this poem British society is presented as a mix of many different cultures starting with the times of the Picts and the Scots and going on to mention different important stages of history until the present day. Zephaniah considers tolerance and social equality as prerequisites for a harmonious and peaceful society. I share this opinion and favour policies of social and economic inclusion within a multicultural society based on human rights and equality.

short story *The Embassy of Cambodia* by Zadie Smith

In class we read the short story "The Embassy of Cambodia" by Zadie Smith. The protagonist, a young woman from the Ivory Coast called Fatou, is an illegal immigrant who came to London hoping for a better future. Yet what she experiences is unfairness and exploitation. Fatou works as a nanny and a domestic servant in the well-established household of an Asian family where she is trapped in an unfair situation and exposed to racism, humiliation and physical violence. The Derawals retain Fatou's wages in exchange for food and lodging and keep her passport. When they no longer need her services, they fire her suddenly. Upon Fatou's request they shove her passport under the door before she leaves the house, facing an uncertain future.

living conditions and problems of immigrants

Generally, this is a drastic example of exclusion which can contribute to poverty, parallel societies or even to social disruption and violence. Traditionalists arrogantly view the influx of immigrants or migrants as an "invasion" without acknowledging that host societies depend on migrant labour. People like Fatou deserve fair treatment, fair pay and access to education and equal rights.

conclusion

These are the reasons why I appreciate what Polly says in the given quotation. I hope that her humane and simple message will become reality in the near future, although I am sceptical about this.

sign off

Kind regards,
Luise (551 words)

3.2 ***How to approach the task:***

Step 1

Consider the cartoon as a visual text with a message. Pay special attention to the visual elements and the contents of the speech bubbles as well as to the sign on the entrance to the castle. Start off with an introductory sentence which contains the name of the cartoonist, the date of publication and the topic. Give an overview of the structure of your analysis.

Step 2

An interpretation requires you to put the meaning of the cartoon into a wider context. It might be helpful to make a list of what you have read about the British Empire, Brexit and recent debates on immigration policy in Britain.

Step 3
In a final step come to a detailed conclusion concerning the message of the cartoon.
Mention the following points:
- *description: castle is isolated, frayed Union Jack flying on tower, signs with inscriptions, speech bubbles with opposing attitudes towards British Empire, gloomy atmosphere*
- *message/interpretation: warn the public about current nationalist tendencies, clear stand against outcome of Brexit referendum, public divide between conservative, outdated ideas on Britishness and liberal ones, fear of increase in xenophobia in the UK*

introduction

The cartoon by Monte Wolverton was published in June 2016, just a few days after the referendum on Brexit. The cartoonist intends to sensitize the public to potential negative effects of Brexit which he opposes, as he sees the danger of the UK isolating itself from the rest of the world. First, I will analyse the visual elements before determining the message that is conveyed.

main part
description of the castle, the sign, the speech bubbles and the gloomy atmosphere

The main visual element dominating the cartoon is a solid castle on an island in the sea. The castle consists of high brick walls and several watchtowers of different shapes and sizes. In front of the castle there is a wooden landing bridge which ends abruptly above the water and is not connected to the shore. The Union Jack which is flying on one of the towers of the castle and the bold letters "UK" on the entrance make it clear that this castle stands for the United Kingdom which is obviously separated or isolated from the rest of the world. As one can read on the sign or inscription on the locked entrance to the castle the isolationist UK warns all Europeans and all other foreigners to stay off the island. Everything is written in capital letters. Parts of the flag seem to be frayed on the right side and the dark clouds indicate looming stormy weather, which creates a gloomy atmosphere. The speech bubbles which are arranged opposite each other on the left and the right side of the castle contain a dialogue which obviously shows that there is a dispute among the inhabitants of this castle. The speech bubble connected to a more solid tower contains the statement that the speaker sees a chance to restore the British Empire to its former glory. The words printed in large capital letters that are partly in bold print show that loud voices are demanding this. The second speech bubble which is printed in smaller capital letters without bold highlighting is above a more fragile tower of the castle. This implies that critical voices on the greatness of Britain's past are on the retreat or at least in a defensive position.

message of the cartoon: warning about nationalist tendencies

The cartoonist intends to warn the public about current populist demands for British world power and grandeur which are based on a sense of superiority and chauvinism. It is this, the cartoonist is implying, that led to Brexit. During the age of the British Empire, the world's leading colonial power subjected large parts of the world in all continents to a colonial status. Colonials were exposed to economic exploitation and social segregation as well as to racism. Despite these facts there is a large majority of people who do not share this critical perception of the British Empire, and which the author criticises. He sees this as the main reason for the current revival of xenophobic and nationalist tendencies.

With the help of this cartoon Monte Wolverton takes a clear stand against the results of the referendum on Brexit in 2016. The core of the cartoonist's political message is that Brexit, a self-imposed isolation from the rest of the world, will contribute to internal strife among the people living in the UK. While traditionalists and conservatives will resort to outdated principles of Britishness, liberal forces will support the idea of "one world" and freedom of movement. This public divide is most probably a reference to the generational and public controversy on Britain's exit from the European Union. The sign at the entrance to the castle makes it clear that the cartoonist fears an increase in xenophobia that will affect all foreigners including Europeans.

clear stand against outcome of Brexit referendum and outdated ideas of Britishness

To come to a conclusion, the message of the cartoon amounts to a severe warning against outdated nationalist tendencies in post-Brexit Britain, for they might encourage deep-seated xenophobic and even racist attitudes. *(631 words)*

conclusion

Prüfungsteil 2 (Schreiben) – Vorschlag B 2: *South Asian immigrants*

***Teaching modules referred to**:*
The text at hand refers to the teaching module Ethnic diversity (Q 2.2) *focussing in particular on the topic* Great Britain as a multicultural society.

1. ***How to approach the task:***
   ***Step 1**: Read the article carefully and highlight problems and conflicts of South Asian immigrants with one colour and the solutions with a different one.*
   ***Step 2**: Start with an introductory sentence that mentions the text type, the title, the author, the year of publication and the topic.*
   ***Step 3**: Present the problems and conflicts and then the solutions as mentioned in the article. Keep in mind that in an outline you only need to mention the main aspects of the text.*
   You could refer to the following aspects:
   Problems of South Asian immigrants:
   - *bigger stigma when they have mental health problems*
   - *identity crisis when they grow up with two cultures*
   - *depression and anxiety among young people as a result of high parental expectations → love and care sometimes in exchange for academic success only*
   - *the burden of being responsible for their parents if children speak the language better*
   - *invalidated feelings and toxic emotions → current problems seem small compared to those of forefathers of first-generation immigrants*
   - *young immigrants feel the need to adapt to avoid racism*

   Solutions to the problems:
   - *non-profit organisations offer safe space to share experiences about mental health problems and to overcome the stigma*
   - *help people to get therapy*

introduction

The article "A mental health crisis brewing among South Asian immigrants in the West needs serious attention", written by Amanat Khullar and published in *Quartz India* in 2020 discusses various struggles of South Asian immigrants in the UK or USA concerning their mental health and provides some examples of what can be done to overcome these issues.

main part: problems of South Asian immigrants

First of all, having mental health problems is still more stigmatized among South Asians which is why many of them don't seek help even if they find themselves facing a variety of problems. Children often feel isolated because they feel they neither belong to the culture of their parents nor to the society they live in. This identity crisis can lead to depression and anxiety. Many of them also feel pressured by their parents to excel in school or in their career. Often, they think that their parents' love and affection is dependent on how well they do professionally. Others are burdened by the responsibility for their parents as they need to translate for them because they speak the language better than their parents. When the young generation describes these struggles, these are often played down and not listened to because the parents' and grandparents' generation had to endure even more difficult situations when they left their home country. As a result, young people may feel ashamed and depressed. Furthermore, all generations of immigrants feel the need to adapt to Western culture in order to avoid racism.

The article also mentions some solutions to these problems. For example, it points out that there are non-profit organisations that offer safe spaces like online mental health communities where people can speak about their identity problems. These sites also publish the stories of other people who share their experience with mental health problems as opening up like this helps others overcome the stigma. Furthermore, such organisations want to help people to learn more about therapy so that they don't pass on their fears to the next generation. *(331 words)*

solutions to the problems

2. ***How to approach the task:***
Look for aspects that are similar for South Asian immigrants as described in the article and for aspects that are different from the situation in "My Son the Fanatic".
You can think about:
Differences:
– *reasons why younger generation struggles and the consequences these bring with them → in the article young immigrants often develop mental health problems, whereas in the short story Ali turns to religious fanatism*
– *no "parentification" in the short story → unlike the young immigrants in the article, Ali does not have to help his father with translations*
Similarities:
– *parental expectations → in the article and in the short story parents expect their children to be successful*
– *toxic emotions like shame and guilt → article portrays shame of young immigrants of not being able to fulfil parents' expectations, short story shows Parvez's shame about his son's religious extremism*

The article deals with the problems South Asian immigrants have to face in the US and the UK. The short story "My Son the Fanatic" portrays one South Asian family, Parvez from Pakistan and his teenage son. I'm going to explain what both texts have in common and in which ways they differ from one another.

introduction

First of all, according to the article, the relationship between young immigrants and their parents is usually very complicated as these young people grow up in two cultures and don't feel as if they belong to either one of them. This is the reason why these teenagers often develop mental health problems. In the short story the situation is different because the father, Parvez, has been working as a taxi driver in London for twenty years. He has already assimilated and adapted to a lower-class life in Britain and accepts the Western lifestyle. It is never said explicitly in the story that Ali feels torn between two cultures. Instead, Parvez's son had a British girlfriend, was good at school, played the guitar and enjoyed a Western way of life. Then, very abruptly, without any clear reason, he rejects this lifestyle completely, and breaks up with his girlfriend. At the core of the article lies the feeling of being torn between two cultures and the depressions and mental health issues it can cause. Ali on the other hand solves his problems by turning to religious fanatism. Although it is hinted in the story that he feels rejected by British society, his personal struggles and feelings are not mentioned.

main part:
differences: reason why younger generation struggles

Another difference is that in the article the focus is on immigrants who haven't spent such a long time in the country, which is why they need help from their children, for example with translations. Parvez in "My Son the Fanatic" doesn't have language difficulties and he knows the British culture quite well. Thus, unlike the children in the article, Ali never had to "take the role of the parent" in their relationship.

differences: no "parentification" in the short story

In "My Son the Fanatic" as well as in the article, parental expectations play a significant role. The article discusses how parents expect their children to excel academically and in the short story, Parvez also wants his son to study in order to climb the social ladder. In both texts pressure is put on teenagers to be successful because the parents work so hard to make an academic career possible. Furthermore, they see their children's academic achievements as a sign of their own successful integration process. In the article, however, the South Asian immigrants suffer from anxiety and depression as a result, whereas in the short story, Ali clings to tradition and religion.

similarities: parental expectations

In both publications shame is very important but from two different perspectives. In the article children experience shame and guilt because they can't fulfil the above-mentioned parental expectations of success and happiness. The children of South Asian immigrants might not have to experience their parents' hardships but they feel ashamed for still struggling with being successful and happy in a foreign culture. In the short story, it's the father Parvez, who feels ashamed as he thinks that his son's failed integration is

similarities: topic of shame

somehow his fault. Therefore, Parvez doesn't want to talk with his colleagues and friends about Ali. He also feels responsible for his son's development as it reflects how well he did as a father.

conclusion

To sum up we can say that both texts have similarities, but the issues are presented in a different way. Both texts show that immigrants struggle emotionally and often have mental health issues. While the article offers a general analysis of the situation the short story portrays an individual conflict between a father and a son. The article also focuses more on problems that come from intergenerational conflicts and parental expectations, whereas the short story describes a problem that is deeply rooted in Western society, in which people like Parvez still have to drive taxis at night after 20 years and where teenagers like Ali, who must have lived in Britain most of his life, are still seen and labelled as "foreign immigrants".

(688 words)

3.1 ***How to approach the task:***

Here you need to discuss to what extent schools and communities can support young immigrants with their identity conflicts. You can think about the following questions: In what way can school be helpful if you have an identity conflict? Think about aspects like the peer group, the teachers, the social workers at school. What are the limits of school as a supportive environment? How can community life help young immigrants? What can community life offer that school can't in this regard?

Support at school and in the communities and its limits:

- *at school: through peers, teachers or social workers → only possible if problems are known and pupils are willing to talk about issues*
- *through community life: shared activities with others*
- *through immigrants as role models in the communities*

introduction

Every teenager has some issues when they are growing up and becoming adults. Usually their parents, their peer group and their school or work environment eventually help them to get through this difficult transition. Young immigrants often can't solve their identity crisis with the help of their parents because their parents come from one culture while the children grow up bicultural. Therefore, they need support outside of their families too. The question is to what extent school and community services can help these teenagers with their problems.

main part

support for young immigrants at school and its limits

First of all, at school young people are in class and like to hang out with their peers. Whether they are immigrants, have different cultural backgrounds or not, young people tend to face similar issues and can talk to one another and help each other figure these out. Even if this is not the case, and there are only a few young people from a multicultural background, then other institutions at school can provide help. If the teacher notices that a student's behaviour has changed or they seem depressed, they can talk to them. Social workers employed at the school can also talk to young immigrants as they are trained to deal with these issues. Teachers at school can also share literature or articles with their students which tackle how to deal with identity issues. Help can only be provided if the young people reach out to others and are willing to talk about their problems. If, however nobody notices that young immigrants are struggling with their situation and if they don't talk about it, it is very difficult to provide help.

support through community life and its limits

Another place where young immigrants can find support is in their communities. One of the problems of growing up with a bicultural identity is that often you live in one culture but have a different cultural heritage. In order to grow up in a healthy way it is important to give both cultures room. If a teenager with a South Asian background lives in the United States, they might need both the opportunity to be around peers with the same South Asian background and to spend time with a group of young people who mostly grew up in the United States. Sports clubs, theatre groups or any other free time activities with other young people can help teenagers to feel included. Other free time activities with peers with the same ethnic background can help teens to get to know their parents' cultural roots so that they can understand their cultural heritage. All these activities are only possible if the teenagers live in a community where they can access different activities easily. When there are no sport facilities nearby or when teenagers are not interested in sportive activities and do not like being in a group, it will be difficult for them to find support.

support through immigrants as role models in the communities

Thirdly an open society needs to make it possible for young immigrants to identify with their culture and values. It needs representatives, be it the mayor, a fire fighter, a social worker or the teacher, who also have a multicultural background to be role models for young immigrants. These real life positive examples are essential for these teenagers to find their own identity and place in modern society.

conclusion

To sum up, raising awareness about the struggles of young immigrants is one aspect that helps them. They need to be seen and they must feel welcome, both in a multicultural society as well as with their peers. Additionally White* people need to be aware of racist mindsets that they might still have and unlearn them so that young people don't feel rejected. *(604 words)*

3.2 ***Step 1****: Think about the benefits of a multicultural background. Brainstorm ideas first and then make a list with arguments.*

You might think of:

- *awareness of problems with labels and stereotypes → inherent knowledge that every individual is beyond labels*
- *openness for cultural differences and ambiguities, own experiences can lead to more open-mindedness → support of society needed, as it is not an automatic process*
- *language and cultural skills → unique knowledge of two cultures and languages*

Step 2: *Think about texts you have read in class that cover the topic "multiculturalism" and the ways in which they show benefits of a multicultural background. You can use the following strategies:*

- *describe and apply the concepts of "melting pot" and "salad bowl" as taught in class*
- *refer to texts of all genres that you read in class which show positive aspects of multiculturalism, for example the poem "The British" by Benjamin Zephaniah*
- *provide negative examples, like "My Son the Fanatic" or "The Embassy of Cambodia" and contrast them with positive examples of multiculturalism*

Step 3: *Decide whether you want to use the perspective of a journalist or whether you want to write from a multicultural perspective (or both). Writing from the perspective of somebody with a multicultural background allows you to provide examples from your "own" experience but on the other hand – it needs to sound authentic.*

Step 4: *Start with the quote and an introduction. Present your arguments and link them with the material dealt with in class. At the end, sum up your arguments and come to a conclusion. Do not forget a headline, as you are writing an article for a newspaper.*

Multicultural backgrounds – an enrichment for the individual and society

headline

"[Y]ou don't have to fit into some box ... you don't have to fit in *at all*. There is nothing to fit into. We're beyond labels. Bigger than either/or. Us/them. We're *and/and*". With these words, the Indian-American author Tanuja Desai Hidier describes what it means to have a multicultural background in today's society. According to her, having a multicultural background is something positive, as every human being is beyond any label. Growing up, teenagers are likely to think that they have to fit in, especially when they are torn between two cultures. A multicultural background can have benefits for the individual person and for society.

introduction

explanation of the quote

One advantage of being bicultural is the intrinsic knowledge that labels don't fit real people and that applying them to a person can often be painful and exclusive. Beside race there are many other labels people tend to give each other, for example for gender, sexual orientation, social class, health issues, and so on. Having grown up with a multicultural background you are automatically more aware of the danger of labelling and categorizing people into different groups. People are individuals and you should try to get to know them instead of putting them into categories. This mindset

benefits for the individual:

multicultural background helps overcome labels

can help at school, at the workplace or privately. It reminds you to remain open to other people's ideas and thoughts and to be aware of prejudices.

Ideally, a multicultural background can help individuals to remain open-minded, as they have experienced ambiguity throughout their lives. To them it is natural that two opposing views can be valid at the same time. They experience that family life, eating or celebrations differ in each culture, but these differences can coexist, as there is no right or wrong. With a multicultural background you are usually less inclined to judge others. However, this is not always the case. In the short story "My Son the Fanatic" the son Ali grows up with two cultures and rejects the Western way of life completely. In his opinion there is a right and a wrong way in life. To him fundamentalist religious beliefs are the right choice. As we can also find people like him in real life, it is our task as a society to learn to understand why some people with a multicultural background turn to extremism to stop this from happening.

bicultural background enforces open-mindedness

When, however, everyone is accepted the way they are, an open society can really benefit from people with a multicultural background. Very often they can speak two languages fluently and know another culture really well. This unique knowledge is a huge benefit for employers and society as a whole and lets young immigrants stand out from the rest. It is only possible if people are willing to accept that they live in a multicultural society and want to embrace differences. For example, in the USA, the concept of the "salad bowl" is used to describe the mix of cultures, living together. This means that everyone is welcome, no matter what their cultural background is and together they form something new. Society as a whole benefits from different cultures and needs them, in the same way that a salad consists of different ingredients.

benefits for a multicultural society:

bilingual speakers, concept of "salad bowl" in USA

When we consider these aspects, we realize that a multicultural background can generally lead to personal growth. Yet this is not an automatic development. Immigrants need to overcome their struggles and find their place in society and only then can they benefit from their bicultural background. However, if the British (or really any) society remembers that their history has its roots in immigration and celebrates their cultural diversity as Benjamin Zephaniah does in the poem "The British", they empower their immigrants to make the best of their heritage and to find their place in their new home. *(640 word)*

conclusion

reference to Benjamin Zephaniah's "The British"

* *The words "Black" and "White" are capitalised to signal that they are not natural categories but social ones (for more background information on this topic see, for example, https://www.theatlantic.com/ideas/archive/2020/06/ time-to-capitalize-black-and-white/613159/).*

Abiturprüfung 2022 Englisch (Hessen)
Leistungskurs

Prüfungsteil 1 (Sprachmittlung) – Vorschlag A: *Alternative concepts of life*

Material: Jobber auf dem großen Treck (2018) von Heike Buchter

Es sind vielleicht zweihundert Zuhörer, die an diesem Januarmorgen auf Campingstühlen ausharren, in der grellen Sonne der Mojave-Wüste. Die Mehrheit ist schon älter, viele haben Gehstöcke bei sich, einige sogar Rollatoren. Sie sind in diese abgelegene Region des Bundesstaates Arizona gekommen, um einem Mann zuzuhören: Bob Wells.

Mit seinem runden Gesicht und dem langen Bart sieht der 62-Jährige aus wie ein sonnenverbrannter Weihnachtsmann. Er ist der Initiator des „Rubber Tramp Rendezvous", kurz RTR: eines jährlichen Treffens von Menschen, die in mobilen Heimen leben und auf den jeweiligen Stellplätzen arbeiten oder in der Nähe. „Workamping" nennt sich das auch, also halb arbeiten und halb Camping. Wells ist ein Workamper der ersten Stunde. […]

Nach wie vor stellen Senioren den größten Anteil an den Workampern. Bei vielen älteren Amerikanern reicht die Altersvorsorge nicht, rund 19 Prozent der über 65-Jährigen arbeiten zumindest in Teilzeit. So viele waren es zuletzt vor der Einführung der staatlichen Renten und Krankenversicherung in den sechziger Jahren. Doch seit der Finanzkrise 2008, als Millionen ihre Jobs und viele dazu noch ihr Heim verloren, stießen immer mehr Jüngere hinzu. Laut dem Magazin *Workamper News* liegt das Durchschnittsalter der modernen Wanderarbeiter inzwischen bei 53 Jahren. […]

Zehn Tage lang sprechen die RTR-Teilnehmer über Erfahrungen, über Jobs, Campingplätze und Reiserouten. Vieles dreht sich um praktische Belange. Es gibt eine Tauschbörse für Kleidung, Seminare zum Umgang mit Behörden, zum Bau von Solarsystemen, Selbstverteidigungskurse für Frauen. Man redet über Freundschaft und Solidarität – über Armut, Krankheit und Einsamkeit spricht niemand gern. […]

Für viele Workamper in Not ist der RTR-Organisator Bob Wells eine Anlaufstelle geworden. Lange habe er versucht, Hilfesuchenden aus eigenen Mitteln zu helfen, sagt er. Doch der Bedarf übersteige inzwischen seine Möglichkeiten. Jetzt will er mit Spenden seiner Anhänger eine Art Hilfsmission für „Rubber Tramps" gründen. Hilfe von staatlicher Seite erwartet er schon lange nicht mehr. Die gescheiterte Gesundheitsreform[1] sei nur das jüngste Beispiel dafür, dass sich die Politik vom Bürger abwende. […]

Bis zur Krise 2008 gehörte es zum *American dream*, ein eigenes Haus zu besitzen. Die monatliche Kreditrate drückte, aber es war schwer vorstellbar, freiwillig darauf zu verzichten. 2005, auf der Höhe der Immobilienblase, erreichte die Wohnungseigentumsquote in den USA fast 70 Prozent (in Deutschland waren es 52 Prozent). Seitdem ist die Eigentumsquote auf 64 Prozent gesunken, wo sie trotz der wirtschaftlichen Erholung seit Jahren stagniert.

Nach den Gründen für ihren Abschied vom festen Wohnsitz gefragt, rechnen viele Workamper vor, wie viel sie das Wohneigentum gekostet hat. Es ist nicht nur der Kredit.

Um sich ein Eigenheim leisten zu können, ziehen viele in die weitere Umgebung und nehmen lange Fahrten zur Arbeit in Kauf. Durchschnittlich sind amerikanische Pendler heute 30 Minuten lang zwischen Arbeit und Wohnort unterwegs, fast doppelt so lange wie vor 30 Jahren. Außerhalb der Metropolen gibt es so gut wie keinen öffentlichen Nahverkehr, also sind die meisten auf das Auto angewiesen. Das wiederum erhöht die Lebenshaltungskosten.

Am Ende arbeite man nur, um zu wohnen, sagt Justin Burke. Der 32-Jährige will ein solches Dasein vermeiden. Wie sein Vater vor ihm fing er gleich nach der Highschool bei Chrysler an. Zehn Jahre arbeitete er in der Autofabrik. Als zunehmend Jobber angeheuert wurden, die für weniger Lohn arbeiteten, sah Burke keine Zukunft mehr dort. Er kündigte und zog nach Denver, wo er für den Fahrdienst Uber arbeitet.

Er ist zum RTR gekommen, um seine künftige Existenz als Wanderarbeiter vorzubereiten. Burke und die anderen Teilnehmer sind nicht allein mit ihren Zweifeln an den Verheißungen von Besitz und Konsum, nach denen so viele Amerikaner lange strebten. Ihre Antwort – der Verzicht auf einen festen Wohnsitz – ist eine der radikalsten, die es in den USA gibt. „Das hier“, sagt Burke und zeigt auf die Wohnwagen, Busse und Transporter, die zwischen den Saguaro-Kakteen stehen, „das hier ist eine Rebellion.“

Heike Buchter: Jobber auf dem großen Treck, in: Die Zeit, 01. 03. 2018, URL: https://www.zeit.de/2018/10/mobiles-leben-usa-arbeit-auto-rubber-tramp (abgerufen am 27. 03. 2021).

1 Die im Jahr 2010 unter Präsident Obama eingeführte Krankenversicherungspflicht wurde im Rahmen einer Steuerreform im Jahr 2018 von den Konservativen wieder beendet, was für steigende Versicherungsprämien und weniger Krankenversicherte vor allem unter Geringverdienern sorgte.

Aufgabe

You are participating in an internet project on alternative lifestyles with other European students and you have found a suitable article.

Write an e-mail to your project coordinator (a teacher), outlining the purpose of the RTR meetings and the reasons for “workamping”. (Material) (100 BE)

Prüfungsteil 2 (Schreiben) – Vorschlag B 1: *Race, identity and belonging*

Wählen Sie Vorschlag B 1 oder B 2 zur Bearbeitung aus.

Material 1: Afua Hirsch: Brit(ish): On Race, Identity and Belonging (memoir, 2018)

I had left Britain to leave being British. I believed that relocating my future to one or more of Africa's many nations would solve the problems of belonging that had nibbled away at me, a mixed-race girl growing up in Britain, for as long as I could remember. I had not meant to come back, not after two years, not ever, but to settle in West Africa for good, and take up my place in the world as a proud African, in places where I thought I would fit in.

Exactly the opposite had happened. Living in Senegal I had discovered, to my endless confusion, how British I was. Returning to London meant the relief of familiarity, of home, but the painful reminder that home was a place that had surveyed me as alien, questioned me about my background, and expected me to provide explanations. Very little, it seemed, had changed. […]

I had brown skin, an African name, hair that coiled tightly, knotted and frizzed when brushed, and never flopped around my face. I shared this with my sister, characteristics we inherited from our mother, who is black and African – from Ghana – and our father, who is white with a mother from Yorkshire and a father who came to Britain as a Jewish German refugee. […]

[E]veryone around us was white. Our neighbours were white. My school friends were white. The history I learned was about white people, the books I read were about white children; Jack and Jill, Peter and Jane – that was what childhood was meant to look like.

I'm not sure how many of my neighbours in Wimbledon, where I still live, would approve of this description. Most of the well-heeled residents of my home suburb prefer to say they do not see race at all. And because race allegedly did not exist, in this all-white world, the whiteness that made me so self-conscious was regarded as completely normal. It was *I* who was at odds with my environment – I did not conform. But, since there was no such thing as race, there was no space in which it could matter.

But it did matter to me. Even before I had a vocabulary to express it, race began to manifest itself in my life. […]

I learned how common my experiences were. And I learned something else, something that over time has come to crystallise the uniquely British problem we have with race and identity. In Britain, we are taught not to see race. We are told that race does not matter. We have convinced ourselves that if we can contort ourselves into a form of blindness, then issues of identity will quietly disappear. My sister and I were no different. My parents were, laudably, concerned with nurturing us with a happy childhood, full of opportunity. Race, heritage and identity did not rank among their priorities for raising their children.

But like the people in my books, being taught not to see race only heightened my sensitivity to the extent of my difference. I didn't find race, race found me; in the playground or the classroom, on the street, in the shops. I already knew that I looked different – kids work that out for themselves – but that there was something bad about my difference, something inherently undesirable about being black: that, I had to be taught.

The first teachers were my peers at school. From the age of seven to the age of eighteen, I went to the same school, where I was one of a minuscule number of children with brown skin. […]

Even when it's quite clear that people around me are conscious that I'm different, because of how I look, I know exactly how to reassure them. I've been conditioned in the art of English manners, politeness, harmless banter and casual charm my whole life; […] you learn to send the subliminal message: don't worry about the fact that I'm black, I won't make you feel uncomfortable. I may be brown, my hair is a texture you don't understand, I have a name you struggle to pronounce, but it's OK – I am completely non-threatening, I am brown, but safe. […]

[My boyfriend] Sam[1] had what I did not: absolutely zero desire to make himself appealing, non-threatening and safe. Sam and his peers spoke their own language, and had their own value system, their own subculture, their own music, their own aesthetic and fashion ideals. It had nothing to do with the white, middle-class world of Wimbledon and beyond, and it wasn't interested in making itself palatable to that world either. From where I was standing, what Sam had was a coherent, multidimensional identity which was unequivocally his. It was black, and it was proud. I dreamed of this certainty, and I was drawn to it, with a gravitational pull. […]

I am the eternal outsider. In Wimbledon, I am the black girl. The more I asserted my black identity, the more of a threat I became to the prevailing order – that race is something unseen, unspoken of and unacknowledged in polite society. In Tottenham, I am the rich girl, who speaks 'like a white person', and has access to privilege and opportunity most people cannot imagine. For years I internalised this as a status that carried with it multiple rejections, because everywhere I went, I was other. But over time, it began to manifest as an opportunity to observe and question our attitudes towards race and identity, driven by a fascination that perhaps only an outsider can have, and, maybe, the ability to see things that only an outsider can see. *(948 words)*

Afua Hirsch: Brit(ish): On Race, Identity and Belonging, London: Jonathan Cape 2018, S. 3–19.

Hinweis: Afua Hirsch (born 1981): British writer and journalist, daughter of a British father and a Ghanaian mother

1 Sam is black, comes from a Ghanaian family and has grown up in Tottenham, a very multicultural borough of London.

Aufgaben

1. Outline the experiences that shape the author's view of her identity. (Material) (30 BE)

2. Relate the author's struggles with her identity to similar experiences dealt with in class, especially referring to the short story "My Son the Fanatic". (40 BE)

3. Choose **one** of the following tasks: (30 BE)

3.1 "Ideally, we would live in a utopian society where there were rainbows and butterflies and skin color was not a factor in our decision-making, but the unfortunate reality is that it is. Racism has not been eradicated but rather has changed and become more covert and insidious."
(Janice Gassam Asare, author, first-generation Cameroonian-American, 2019)

Assess the statement referring to the development of race relations in the US.

or

3.2 "By the end of my childhood, I'd learned that black people were ugly. It took a few more years to learn that we were criminals too. The younger children thought I was the 'scariest' girl in the school. [...] I looked 'scary', because I am black."
(Afua Hirsch, in: Brit(ish): On Race, Identity and Belonging, 2018)

Your school plans a project to support and celebrate diversity and inclusion. To kick off the project, you are supposed to give a speech to your fellow students and the whole school community. Write this speech, also taking Afua Hirsch's statement into account.

Prüfungsteil 2 (Schreiben) – Vorschlag B 2: *Augmentation*

Material: Ted Chiang: The Truth of Fact, The Truth of Feeling (excerpt from the short story, 2019)

The story is set in the near future.

When my daughter Nicole was an infant, I read an essay suggesting that it might no longer be necessary to teach children how to read or write, because speech recognition and synthesis would soon render those abilities superfluous. My wife and I were horrified by the idea, and we resolved that, no matter how sophisticated technology became, our daughter's skills would always rest on the bedrock of traditional literacy.

It turned out that we and the essayist were both half correct: now that she's an adult, Nicole can read as well as I can. But there is a sense in which she has lost the ability to write. She doesn't dictate her messages and ask a virtual secretary to read back to her what she last said, the way that essayist predicted; Nicole subvocalizes, her retinal projector displays the words in her field of vision, and she makes revisions using a combination of gestures and eye movements. For all practical purposes, she can write. But take away the assistive software and give her nothing but a keyboard like the one I remain faithful to, and she'd have difficulty spelling out many of the words in this very sentence. Under those specific circumstances, English becomes a bit like a second language to her, one that she can speak fluently but can only barely write.

It may sound like I'm disappointed in Nicole's intellectual achievements, but that's absolutely not the case. She's smart and dedicated to her job at an art museum when she could be earning more money elsewhere, and I've always been proud of her accomplishments. But there is still the past me who would have been appalled to see his daughter lose her ability to spell, and I can't deny that I am continuous with him.

It's been more [than] thirty years since I read that essay, and in that period our lives have undergone countless changes that I couldn't have predicted. The most catastrophic one was when Nicole's mother, Angela, declared that she deserved a more interesting life than the one we were giving her and spent the next decade crisscrossing the globe. But the changes leading to Nicole's current form of literacy were more ordinary and gradual: a succession of software gadgets that not only promised but in fact delivered utility and convenience, and I didn't object to any of them at the times of their introduction.

So it hasn't been my habit to engage in doomsaying whenever a new product is announced; I've welcomed new technology as much as anyone. But when Whetstone released its new search tool Remem, it raised concerns for me in a way none of its predecessors did.

Millions of people, some my age but most younger, have been keeping lifelogs for years, wearing personal cams that capture continuous video of their entire lives. People consult their lifelogs for a variety of reasons – everything from reliving favorite moments to tracking down the cause of allergic reactions – but only intermittently; no one wants to spend all their time formulating queries and sifting through the results. Lifelogs are the most complete photo album imaginable, but like most photo albums, they lie dormant except on special occasions. Now Whetstone aims to change all of that; they claim Remem's algorithms can search the haystack by the time you've finished saying "needle."

Remem monitors your conversation for references to past events and then displays video of that event in the lower-left comer of your field of vision. If you say "Remember dancing the conga at that wedding?" Remem will bring up the video. If the person you're talking to says "The last time we were at the beach," Remem will bring up the video. And it's not only for use when speaking with someone else; Remem also monitors your subvocalizations. If you read the words "the first Szechuan restaurant I ate at," your vocal cords will move as if you're reading aloud, and Remem will bring up the relevant video.

There's no denying the usefulness of software that can actually answer the question "Where did I put my keys?" But Whetstone is positioning Remem as more than a handy virtual assistant: they want it to take the place of your natural memory. [...]

How will it change a person's conception of herself when she's only seen her past through the unblinking eye of a video camera? Just as there's a feedback loop in softening harsh memories, there's also one at work in the romanticization of childhood memories, and disrupting that process will have consequences.

The earliest birthday I remember is my fourth; I remember blowing out the candles on my cake, the thrill of tearing the wrapping paper off the presents. There's no video of the event, but there are snapshots in the family album, and they are consistent with what I remember. In fact, I suspect I no longer remember the day itself. It's more likely that I manufactured the memory when I was first shown the snapshots, and over time, I've imbued it with the emotion I imagine I felt that day. Little by little, over repeated instances of recall, I've created a happy memory for myself.

Another of my earliest memories is of playing on the living room rug, pushing toy cars around, while my grandmother worked at her sewing machine; she would occasionally turn and smile warmly at me. There are no photos of that moment, so I know the recollection is mine and mine alone. It is a lovely, idyllic memory. Would I want to be presented with actual footage of that afternoon? No; absolutely not. *(933 words)*

Ted Chiang: The Truth of Fact, The Truth of Feeling, in: Ted Chiang: Exhalation, New York: Alfred A. Knopf 2019, S. 185–187, 206–207.

Aufgaben

1. Outline the information on the technology used in the narrator's world. (Material) (30 BE)

2. Analyze how the narrator's attitude towards technology is conveyed. (30 BE)

3. Choose **one** of the following tasks: (40 BE)

3.1 "Millions of people, some my age but most younger, have been keeping lifelogs for years, wearing personal cams that capture continuous video of their entire lives."

Taking Ted Chiang's vision of the future as a starting point, discuss benefits and risks of recording, storing and sharing one's personal data.

or

3.2 For the European Youth Event on digital media, write a speech in which you assess the potential of using technology in education.

Lösungsvorschlag

Prüfungsteil 1 (Sprachmittlung) – Vorschlag A: *Alternative concepts of life*

Teaching modules referred to:
The task refers to the thematic focus Manifestation of individualism (Q 1.3), *in particular the key term* concepts of life.

The email you are required to write is directed to the coordinator of your internet project about alternative lifestyles (formal language). It needs to be in line with the main features of this form of communication: a ***subject line*** *draws the teacher's attention to the purpose and content of your email, followed by an* ***appropriate greeting*** *and a* ***friendly introductory sentence****. Then you should mention the* ***reference to your project*** *and the* ***main points of the online article****. Make sure you end with a friendly* ***sign-off****.*
As the information about the example from the US is conveyed by way of ***mediation****, you are required to adhere to its formal aspects. You need to mention the source of the article and its author and include the purpose of the workampers' meetings and their agenda. Stick to the main statements and omit unnecessary detail such as examples or side issues so that your text is significantly shorter than the original.*
Your text should contain the following information about the workampers' project:
Purpose of the meetings in Arizona:
- *annual meeting of people living in mobile homes, working in or near campsites*
- *sharing camping experiences and travel routes, swapping clothes*
- *tips for finding jobs and installing solar panels, and self-defence classes for women*
- *addressing bureaucratic issues and preparing for this lifestyle*
- *lifestyle as a form of rebellion against social problems*

Reasons for "workamping":
- *senior citizens without an adequate pension, have to work part-time*
- *younger people joined after suffering from unemployment and homelessness in the wake of the 2008 crisis*
- *lost their faith in traditional American values*
- *can't afford their own houses any more due to increasing loans, costs of commuting and cars*
- *radical protest by abandoning permanent housing*

Re: The alternative lifestyle of American workampers **subject**

Dear Mr Winter, **greeting**

It is a great pleasure to work on our project on alternative lifestyles and thanks again for coordinating it. **introductory sentence**

As we are mainly dealing with developments in a European context, I thought you might be interested in an American perspective as well. I found an article about people in mobile homes working in or near their campsites which will probably be useful. The article was published in the German newspaper *Die Zeit* by Heike Buchter. reference to task and article

The author writes about people calling their particular lifestyle "workamping", i. e. half camping, half working. They meet in the Arizonian desert annually in order to share and discuss their camping experiences and travel routes and to find jobs. Another purpose of what they call the "Rubber Tramp Rendevous" – RTR for short – is to swap clothes, get tips on installing solar panels and participate in self-defence classes for women. They also deal with bureaucratic issues and, in general, assist people with preparing for this lifestyle. Donations for workampers in need are collected by RTR organiser Bob Wells, who sees these meetings as a rebellion against the failure of politicians to address social problems like the loss of jobs and homelessness. **main part** purposes of RTR

According to their magazine "Workamper News", the average age of their members nowadays is 53, and these not only consist of senior citizens without adequate pension schemes who have to work part-time, but also of younger people who lost their jobs and sometimes their homes in the wake of the 2008 financial crisis. They have lost their faith in the traditional American promise of property and consumerism; with the combined expenditure on loans, commuting and cars they can no longer afford their own houses, and abandoning their permanent residence can be seen a radical protest against rising living costs. reasons for workamping

Yours sincerely, **sign-off**

Albert *(307 words)*

Prüfungsteil 2 (Schreiben) – Vorschlag B 1: *Race, identity and belonging*

Teaching modules referred to:
The assignment relates to the thematic focus Ethnic diversity (Q 2.2), *especially to the key phrase* Great Britain as a multicultural society, *and the reading of* Hanif Kureishi: My Son the Fanatic (Q 2). *The cross-curricular reference is established by the teaching module* The USA – the formation of a nation (Q 1.1), *in particular the key phrase* landmarks of American history, *and specifically* Civil Rights Movement, Black Lives Matter *and* recent political and social developments.

1. *The word "outline" in the task requires you to focus on the main aspects of the memoir without comments or quotations from the given excerpt. In order to provide a shortened version, you need to use strategies of abridging the text and to omit unnecessary details. Begin with an umbrella sentence mentioning the author, text source and type, date of publication and topic.*
   Author's experiences growing up as a mixed-race girl:
   - *at odds with a mainly White * environment which pretends not to see race*
   - *leaves Britain for Africa only to discover how British she is*
   - *returns to Britain, looking for home and familiarity*
   - *disappointed that people still see her as alien, ask questions about where she comes from and demand explanations*
   - *parents provide happy childhood, race and heritage not important*
   - *as Black people are perceived as not only different but "bad", she has learned to put people at ease*
   - *drawn to opposite attitude of boyfriend, who is proud of being Black and not trying to fit in*
   - *in Tottenham she is perceived as being different because of her privilege and the fact that she speaks like a White person*
   - *sees otherness as a chance to develop different perspectives on race and identity*

introductory sentence

In her memoir *Brit(ish): On Race, Identity and Belonging* – published in 2018 – Afua Hirsch discusses her diverse experiences that influence her own view of personal identity.

main part

moves to Senegal

does not fit in either

The author, at odds with her mainly White environment, leaves Britain for the West of Africa, only to discover how British she is. Her mixed-race background, with a mother from Ghana and a Yorkshire father with German-Jewish roots, makes her feel alienated in Britain, but in Senegal she does not fit in either.

returns to London

upbringing

suburb: people pretend not to see race

When she returns to London, she still experiences Britain as a place that conveys to her that she is different. People ask questions about her background and expect explanations. Her parents have given her and her sister a happy childhood, full of opportunities. Race, heritage and identity do not seem important and in her suburb people pretend that race is not an issue. As she has had the experience that many British people still feel uncomfortable around Black people, she tries to put everybody at ease by practising the typically English manners of being polite, engaging in superficial conversation and reassuring the people around her that her different skin colour is not a threat.

tries to behave in a "non-threatening" way

At the same time, the author is drawn to the completely different attitude of her boyfriend. He lives in a very multicultural borough of London and does not care about other people's opinion of race or family background. He and his peers are proud of being Black and show no interest in making themselves agreeable to the White, middle-class world dominating the author's suburb.

admires boyfriend for being Black and proud

In Tottenham, Afua Hirsch is also perceived as being different because of her privileged upbringing and the fact that she speaks "like a White person".

stands out in Tottenham because of her own privilege

She has decided to make the best of her situation as she believes that the fact that she does not fit into either society offers her the opportunity to see race and identity from the perspective of an outsider. *(321 words)*

not fitting in as an opportunity

2. *In the second assignment you are asked to compare the author's struggles with her identity to similar experiences you have dealt with in class. First, structure appropriate examples in a coherent way and then present your text in a way that contrasts them, backed up by quotations from or references to the given excerpt where possible.*
   These aspects could be relevant:
   Afua's experiences of otherness and being an outsider:
   – *Feeling of not being able to fit into either culture*
   – *Young people from a mixed-race background share problems of belonging*
   – *Search for identity and parents' role*
   – *Opportunity for outsiders to question attitudes towards race and identity*
   Relevant stories regarding issues of race, heritage and integration can be found in the following works of literature:
   – *"My Son the Fanatic" (short story by Hanif Kureishi): differences and similarities*
     - *both characters (Ali and Afua) try to reconnect with a part of their identity (Afua by moving to West Africa, Ali by turning to Islam)*
     - *Afua learns to accept her Britishness while Ali rejects everything that is connected to Western culture*
   – White Teeth *(novel by Zadie Smith): importance of roots and the past as regards identity*
   – *"A Pair of Jeans" (short story by Qaisra Shahraz): being torn between two cultures*
   – (Un)arranged Marriage *(novel by Bali Rai): rebellion against cultural traditions*

The worst effect of the author's struggle is her feeling of being torn between two different identities without fully belonging to either one or the other. Her initial reaction was to leave Britain and thus

author's struggle with identities

leave being British (cf. l. 1), but this did not resolve her problem. Once in Senegal, which she had thought was a place where she could fit in (cf. ll. 5/6), she found out how British she was (cf. ll. 7/8).

role of parents in search for identity

Afua's problems of belonging are shared by many young people from a mixed-race background, as is shown in literary examples like the novel *(Un)arranged Marriage* by Bali Rai. The overall importance of the role parents play in their children's search for identity should not be underestimated. In Afua's case it did not help that for her parents "[r]ace, heritage and identity did not rank among their priorities" (l. 34) and that in that they went along with the prevailing British attitude, which was "not to see race" and held "that race does not matter" (l. 30). Her experiences in a mainly White community do not convince her that "issues of identity will quietly disappear" (l. 32). She thus has to concede that "I didn't find race, race found me" (l. 36). However, parents' attitudes can also have the opposite effect, as shown in the novel *(Un)arranged Marriage*. Living in Leicester, the teenage boy Manjit is brought up by Pakistani parents who strictly adhere to their traditional values and arrange his marriage to an Indian girl according to their strict customs. He breaks up the wedding party and thus finds his own freedom and identity, but loses his family in the process.

(Un)arranged Marriage by Bali Rai

In the short story "My Son the Fanatic" by Hanif Kureishi, Ali makes a different choice. The story's third-person perspective – unlike Afua's first-person account – does not allow any insight into Ali's personality. His father Parvez has given up his traditional way of life. This leads to Ali's identity crisis and his problems with British values, and to him rejecting his father's complete assimilation. Here, similarities to Afua's story begin. Ali becomes an outsider; he does not have a balanced view of the advantages and disadvantages of his British environment and his search for identity leads him to connect with the culture of his origins. While Afua tries to reconnect to her Black identity by moving to West Africa, Ali tries to find his Pakistani identity by turning to religion. To the despair of his father, who fears losing him, he begins to pray and starts relying on the Koran. Afua realises how British she is when she is in Senegal. Ali, on the other hand, rejects everything that is British about himself. He leaves his English girlfriend and throws out his Western clothes. Ali does not understand why Parvez loves London and Western civilisation and eventually turns to dedicate his life to the jihad, claiming that he will be rewarded in Paradise.

"My Son the Fanatic" by Hanif Kureishi

trying to connect with parent's culture

Afua is attracted by people with proud identities; she admires her boyfriend Sam's "zero desire to make himself appealing, non-threatening and safe" (ll. 50/51) and she dreams of this certainty, "drawn to it, with a gravitational pull" (ll. 56/57). Unlike Ali, however, she

proud identities

does not reject her Britishness. While Manjit flees from his family and the cultural and religious path of life they have chosen for him, Afua's identity crisis is not based on cultural differences. She knows that she cannot escape being alienated because of her skin colour, the texture of her hair and her African name, but in the end she accepts her role as an outsider. To make the best of it, she conceives of this as "an opportunity to observe and question our attitudes towards race and identity [...] to see things that only an outsider can see" (ll. 64–66). *(637 words)*

being an outsider as an opportunity to observe

3.1 *In this assignment you are required to evaluate and comment on the statement of a Cameroonian American about her utopian hopes and pessimistic assessment of race relations in the United States. You should first explain in full what her quote means, analyse the significance of the symbols she uses, like "rainbows and butterflies", and compare her perception with the development of the Civil Rights Movement and the current American situation. You will need to finish with a convincing comment about the status of race relations in American society.*

You might mention the following points:

- *this statement describes a world in which skin colour does not matter as being an unlikely scenario that is far from our actual reality*
- *historical expectations of equality and freedom vs. persisting racism and discrimination*
- *recent American history shows significant changes starting with the Civil Rights Movement in the 1950s:*
  - *successful protests against racial segregation in buses and schools*
  - *leading role of Martin Luther King*
  - *Voting Rights Act passed in 1965*
- *racial divide continues:*
  - *police brutality*
  - *racial profiling*
  - *Black Lives Matter Movement*
  - *unconscious bias*

introduction

reference to quote

In her statement referring to current race relations in the US, Janice Gassam Asare claims that a world where racism has been overcome is a "utopian society" and has nothing to do with the reality in the US.

main part

explanation of quote

As a Cameroonian American, she speaks from her own experiences. In spite of the changes the Civil Rights Movement has brought, racial origin and skin colour still matter and the fight is not over. Racism is simply less overt and therefore even more "insidious". Gassam Asare uses a cartoonish world where there are "rainbows and butterflies" to symbolise how far from reality a

symbolism

world without racism seems today, as the scenario does not seem realistic to her at all.

If we look at the past, race relations have undergone significant changes in recent American history, mainly influenced by the Civil Rights Movement starting in the 1950s. At its very beginnings stands an incident where Rosa Parks refused to give her seat to a White passenger on the bus. She was arrested and sent to jail. In this context, Montgomery's Black leaders organised a protest against racial segregation with Baptist minister Martin Luther King Jr. as their leader. The Montgomery Bus Boycott lasted more than a year and only ended when the US Supreme Court ruled that segregation on buses was unconstitutional.

history of race relations starting with Civil Rights Movement

Montgomery Bus Boycott

The national campaign by African Americans was continued in the 1960s, and the Supreme Court endorsed the ban on segregation in all interstate travel and public schools. Nevertheless, large parts of the population were overtly racist. Black students in a White college were perceived as a threat to the community and none other than Governor George Wallace personally tried to hinder Black students from entering the Alabama University for registration as late as 1963.

segregation in public schools

It was in the same year that King's famous speech "I have a dream" touched people's hearts, not only their minds. He expressed his hope that African Americans would overcome their plight and that their children would not suffer injustice, prejudice or discrimination any longer. One year later, King was awarded the Nobel Peace Prize. The demand for equality remained the leading idea of the Civil Rights Movement.

"I have a dream" speech

In the following year, King fought for the right of Black people to register to vote. He achieved his goal in the end and President Lyndon B. Johnson finally signed the Voting Rights Act in 1965, guaranteeing equal voting rights for all African Americans.

Voting Rights Act

However, the racial divide is still obvious in the US and it shows its face to the most extreme extent in the overt brutality of White police officers against BIPOC. One case in point is racial profiling: police mainly target Black people or people of colour in poor neighbourhoods. As a result, the number of Black men and women in jail is still disproportionately high and in many cases Black people suffer from excessive force being used against them by White police officers. In several cases Black people have been shot to death by police officers for minor offences. As a result the Black Lives Matter movement was formed in 2013. While many of these cases have been brought to court in the meantime, many Black people and people of colour still fear the police in the US – with good reason.

police brutality

racial profiling

Black Lives Matter

Some aspects of racism that people experience today are less overt. Black people suffer from the pay gap more often, they experience disadvantages regarding promotion, and their social status is often lower. In these cases it is often difficult to prove that racism is the cause. Sometimes the people who discriminate them are not even aware that their decisions are based on false presumptions. This phenomenon is called "unconscious bias" and has become an important aspect of research on racism today.

promotion and social status

unconscious bias

While the Civil Rights Movement shows that change is possible and that equal rights are worth fighting for, many issues are yet to be solved. To achieve a truly egalitarian society, it is not enough to overcome injustice in legislation – we have to change people's hearts and minds, too. The first step in this direction is to acknowledge that racism still prevails, as we can only change what we see.

conclusion

(697 words)

3.2 *The preparation for your school project "Celebrating Diversity and Inclusion" after the summer break involves various steps, triggered off by a speech you are asked to deliver in front of your school community. Before writing, consider the specific text format required: greeting your audience and addressing your motivation for the speech, mentioning the main aims and objectives of the project and concluding with an outlook for further activities. You should include rhetorical devices such as informative, appellative and persuasive language and could also refer to the intimidating experience of Afua Hirsch.*

Possible aspects:

- *new school project on diversity and inclusion*
- *speaker of the preparation committee*
- *experiences of "funny" questions about origin and appearance*
- *reference to Afua Hirsch*
- *project at the right time: emigration from Ukraine, welcome courses, inclusion in school community*
- *intercultural learning and new experiences*
- *reasons for emigration*
- *flipped classroom and international week with music and literature*

Students, teachers, parents and alumni,

salutation

Thanks for inviting me to help start off our new school project CDI – **C**elebrating **D**iversity and **I**nclusion –, which will commence after the summer break and hopefully involve as many members of our school community as possible.

introduction

I was called upon as the speaker of the preparation committee for a couple of reasons. For starters, and as you all know, I am a second-generation Turkish immigrant. As such, I have often encountered strange questions, such as where I *really* come from,

main part

personal experience of being different

why I can speak my language so fluently and why I'm wearing a headscarf. Sometimes I have the feeling that my ethnic origins and outer appearance seem threatening to other people and that is why I wholeheartedly embraced the opportunity to become a committee member. I also wrote a review in our school magazine on Afua Hirsch's memoir *On Race, Identity and Belonging,* in which she describes how it felt to be considered the "scariest girl" in her school simply because she was Black. Because she was so young she did not understand the racist stereotypes yet, but she could feel that other children thought she was ugly and that she was treated like a criminal when she grew up. To prevent children from having to go through similar experiences, we have decided to celebrate diversity in this new project!

reference to quote

I would like to present some arguments to underline why this project comes at exactly the right time and is absolutely necessary, especially in the light of the Russian attack on the Ukraine and the ensuing wave of emigrants. We also have a special class in our school to accommodate these boys and girls and need to make sure that they feel completely included in our school community.

immigrants from Ukraine

Let me focus on the obvious: it's not only that our immediate help is necessary in this particular situation, but that diversity in itself is a good thing. It helps foster intercultural learning, enriches our welcoming culture and opens us up to new experiences.

diversity important for intercultural learning

For our project, this means that over the next few weeks team building is required. Our teachers will try to contact experts from different countries to tell us about their cultures and we can all invite members of our wider community who have experience with migration and integration. In teams we will learn more about why people choose to leave their homes and build new lives, about what dangers they encounter on the way and about what we as individuals, but also as a community, as a country and as part of Europe, have to do to protect lives and make integration possible.

working in teams: understanding immigration

In a flipped classroom we will then prepare presentations in and outside school and evaluate our findings in each classroom plenary session. From there we can take further steps, such as asking our maths teachers or statisticians to provide an overview of the proportion of different ethnic origins in our school community at the moment and preparing an international week of diversity with music and literature readings from the different corners of the world that are represented at our school.

presenting results

evaluating diversity at school

celebrating different cultures

Let me close with an outlook that's on a more personal note. We all need to become aware of our own prejudices and stereotypes that hinder genuine inclusion and, more often than not, lead to critical incidents like those I experienced when people laughed at my

start with yourself

headscarf or even called me a terrorist. We all have to learn to appreciate our differences and learn more about what we have in common.

I invite all of you to get involved in our project, and thank you for listening. *(608 words)*

closing remark

Prüfungsteil 2 (Schreiben) – Vorschlag B 2: *Augmentation*

Teaching modules referred to:
The assignment relates to the topic area Modelling the future (Q 3.2), *especially the key words* science and technology, *and in particular* electronic media *and* possibilities and responsibilities. *The cross-curricular reference is established by the first part of the exam (mediation).*

1. *In your outline you need to concentrate on the main aspects of the new futuristic technology described in the text. Avoid quotations and close reference to the excerpt of the short story. Your introductory sentence should mention the author, title of the story, source of publication and the topic concerned. In order to provide a shortened version of the original, you need to omit unnecessary details or examples and use abridgement techniques.*
   The following aspects are important:
   - *new technology: software that creates texts from silently formed words (subvocalisation); words are projected within the eye via a retinal projector*
   - *body-worn cameras have been videotaping people's lives in so-called lifelogs for years*
   - *Remem is a new search engine for lifelogs*
   - *activates photographic memory*
   - *uses speech recognition (subvocalisation) to show events from the past*
   - *available for a number of purposes*
   - *possibly influences people's identity in a negative sense*

introductory sentence

Ted Chiang's story "The Truth of Fact, The Truth of Feeling", published in New York in 2019, presents a futuristic view of a technology which uses software that turns words in a user's mind into written text and brings up videos from people's memories.

main part

The narrator observes how both he and his daughter are affected by new, supposedly innovative technologies. At the core of this is a software which transforms thoughts into speech and writing. Therefore, it is no longer necessary to teach children how to read and write. Assistive software has replaced the need to dictate messages or write them down; instead texts are generated by silently

virtual secretary controlled via subvocalisation of words

formed (subvocalised) words being caught and displayed on a retinal projector. The text can furthermore be edited by gestures and eye movements. As a result, children are barely able to write anymore and have lost their ability to spell. The reliance on digital technology, in the narrator's view, not only means a loss of traditional skills but also makes people dependent on special devices and related software.

Another development is so-called lifelogs, which contain personal records of people's daily lives that can be employed for a number of purposes. The videos are captured by a wearable camera. There is the practical side to this, in that you can find your lost keys, but in these lifelogs you can also recapture favourite experiences like birthday parties or fond memories of childhood or interactions with relatives; even health issues can be addressed. lifelogs and body-worn cameras

The Whetstone company has developed a new search engine enabling and encouraging people to get involved in lifelogs. This is made possible by "Remem" which uses subvocalisation to search for people's memories and suggests videos to replay the memories. However, Remem also replaces people's natural memory, which might lead to ways of remembering that are emotionless. People's identity is influenced to a degree that they might lose romantic and beloved memories altogether. *(320 words)* "Remem" used to search memories

2. *The second assignment requires an analysis that covers the way the author conveys the narrator's attitude towards (futuristic) technology. Focus on the stylistic devices. The results of your analysis need to be structured and presented in a coherent way, backed up by appropriate quotations.*

General attitude towards modern technology:

- *narrator not hostile to modern technology but shocked by some consequences*
- *traditional literacy in danger of being lost (his daughter as an example: limited writing capabilities observed)*
- *ambivalent attitude, difference between past and present*
- *in favour of useful technology*
- *averse to developments gone too far*
- *criticism of the search engine's impact on people's daily lives*

Stylistic devices used to express it:

- *positive and negative connotations*
- *repetition*
- *imagery, metaphors, proverbs and comparison*
- *rhetorical question*

introduction

The narrator tries to create an image of himself which is not consistent with what we learn about him.

main part

skepticism towards new ways of writing

Basically, he emphasises that he is not hostile to modern developments and points out that he has "welcomed new technology as much as anyone" (l. 29). At the same time, however, he admits to being "horrified" (l. 3) by the prospect mentioned in an essay he read when he was younger that children might no longer have to be taught how to read or write and that traditional literacy might be lost (cf. ll. 1–5).

daughter as example

He uses the example of his daughter and her professional development to underline his arguments and to show how this technology actually developed. On the one hand, she is completely capable of fulfilling the requirements of her job at an art museum, and the narrator acknowledges the smart and dedicated way in which she works. On the other hand, however, her capacity for writing texts by herself without using technology seem limited (cf. ll. 7/8).

image

While the narrator claims not to be "disappointed" (l. 16), he creates the image of a "past me who would have been appalled to see his daughter lose her ability to spell" (ll. 19/20) and concedes that he is actually "continuous with him" (l. 20).

ambivalent attitude

His ambivalent attitude towards technical innovations becomes even more obvious when he distinguishes between his past and present views. Initially, he did not object to "software gadgets that not only promised but in fact delivered utility and convenience" (ll. 26/27) and he did not make a habit of "doomsaying" (l. 28).

comparison

He compares the lifelogs made with the help of body-worn cameras to the "most complete photo album imaginable" (l. 37). They are comparable to something that existed before and do not seem frightening to him. However, when Whetstone released a new search tool which enables people to search their personal lifelogs and replay every moment in their lives (cf. ll. 38–46), it raised his concerns like no other (cf. ll. 30/31).

proverb

To describe how fast the software works he refers to the proverbial needle in the haystack (cf. l. 39).

technology has gone too far

He thinks that the development has gone too far as he fears that this technology "will have consequences" (l. 53) for the way we see ourselves, as people would abandon their "natural memory" (l. 49).

words with positive connotations

Our brains have the ability to "soften[] harsh memories" (ll. 51/52). If we stop "the romanticization of childhood memories" (l. 52), we will not be the same anymore. To describe the positive aspects of our brain with regard to our memories he uses further positive phrases like "happy memory" (l. 60) and "lovely, idyllic memory" (l. 64).

repetition

He uses repetition, as in "mine and mine alone" (l. 64), to emphasise what would be lost as a result of the strong impact the "Remem" software has on its users.

rhetorical question

In the end, referring to one of his own childhood memories, he concludes with the rhetorical question "Would I want to be presented with actual footage of that afternoon?" (ll. 64/65) – a question which he immediately answers with the strong negation "No; absolutely not." (l. 65)

conclusion

All in all, you could say that while the narrator likes the idea of being open towards new technology, he actually fears the impact it will have on our lives and identity. *(564 words)*

3.1 *In this task you have to discuss the consequences of recording, storing and sharing personal data. The statement from Ted Chiang's short story about a futuristic society in which people keep track of their lives by using body-worn cameras and lifelogs will be used as a starting point. Therefore, you can begin by explaining the meaning of the technology he describes in the context of the technology we already have and then go through the risks and benefits of digitising your life in general. As a literary reference you might use Dave Eggers' recent dystopian novel* The Every. *You should provide a reasoned conclusion at the end of your answer.*

The following points are worth mentioning:

Advantages:

- *Many applications and gadgets that use and store our personal data are very useful.*
- *Social networks are important for connecting and making communication easier and faster.*

Dangers and downsides:

- *Most platforms and applications are vulnerable to cyber attacks.*
- *We often share sensitive information about ourselves that makes us vulnerable to attack.*
- *Not every piece of information about us is worth collecting or sharing.*

introduction

reference to quote

In his story "The Truth of Fact, The Truth of Feeling", Ted Chiang imagines a future in which people – mostly younger ones – record every aspect of their lives and store the continuous videos in so-called "lifelogs". There is no doubt that the technical requirements for this kind of recording, storing and sharing of one's personal data are already available. However, our experience with managing our data online is already fraught with possible danger – even without our whole lives being recorded.

main part

gadgets and applications that store and collect data can be useful

At first glance, the advantages of a digitised life with Alexa everywhere and robotic household gadgets that collect our data and manage our lives seem to outweigh the possible risks. We use our fitness trackers to live more healthily, our music apps know what music we might like and the cloud offers us seemingly endless data space for our pictures and videos.

positive outcomes of sharing information on social networks

Additionally, every second person in the world uses social media. Thousands of influencers use the channels of social networks, and digital market freelancers create huge incomes for themselves. Social media are not only about commerce and profit, however. Apart from the widespread use of entertainment, they offer possibilities for sharing and supporting noble causes and practices. Interactive technologies enable people to network with others who share similar interests. By reaching larger audiences, governments from direct communication with citizens, which is useful in times of pandemics or other disasters.

There are, however, serious downsides as well. The leading networks like Facebook, Twitter, YouTube, WhatsApp, Instagram and even LinkedIn, to name but a few, have billions of users. Quite a few of them have become aware of the abuse of their data and security issues. Our data is only as secure as the network that stores it.

security issues of platforms used

Sharing personal information on social networks or in other applications may be particularly dangerous if the information we share puts us at risk in some way. One recent example that alarmed feminists around the world is period trackers. In 2022, many states in the US changed their abortion laws – some to the extent that you have to go to jail if you undergo an abortion. In this context, experts began to warn women that they should be careful which period trackers they used, as these apps track sensitive information that should not get into the wrong hands.

sensitive information should not be shared

The dystopian novel *The Every* by Dave Eggers (2021) shows another argument against recording and sharing our everyday lives. Delaney, the main character, has bought and begun to wear a personal camera, but to her surprise the experience has been distinctly "underwhelming". What strikes her most is the growing feeling that her life is generally unremarkable and unwatchable. While remembering and sharing important moments in our lives can make us feel happy and bring us closer together, our everyday lives are maybe just not interesting enough to be worth recording.

not all information is worth collecting or sharing

While many applications that track and store our lives are very useful, pertinent training in digital competence is urgently advisable to enable people to use them within certain limits so that they do not fall victim to fraud or scams on platforms and so that governments, companies and other groups do not become too powerful when it comes to tracking and controlling our lives. *(538 words)*

conclusion

3.2 *In writing your address to the European Youth Event you will have to consider the conventions of speech writing first: greeting and connecting with the audience, talking about your own involvement, explaining your arguments and coming to a conclusion. Appropriate rhetorical devices should be used in your speech and you can draw on classroom experience as well as literary examples. You should evaluate the potential of implementing digital technology in education and differentiate between benefits and limitations.*

Possible aspects are:
- *personal experiences, particularly during COVID-19 pandemic*
- *learning management systems lead to better classroom results and learning success*
- *limiting factors: distraction, blocking face-to-face communication; note-taking and reading literature without digital devices can deepen learning effect*
- *balanced use of technological and traditional tools, digital literacy required*

Fellow students and friends at the European Youth Event 2022, **salutation**

introduction

Thank you for inviting me to this year's conference as your keynote speaker. Our motto, as you know, is "The Progress of Digitisation – Gains and Losses", and I will be addressing this in my speech.

own involvement in topic

Like most of you, I am at a key point in my education at the moment. I have spent the last two years preparing for my final exams at school and, like many of you, had to cope with the changing circumstances involved with studying during a pandemic. Without any preparation, we found the majority of our learning happening online, and suddenly had to rely completely on technology.

main topic of the speech

If you had asked me before, I would have found the idea brilliant. We live in a digitised world and the potential of technology for improving our individual learning processes is huge. However, my experience over the last two years has proven to me that there are limits to that, and that we have to come prepared to unlock the true potential of using technology in education.

digital tools provide better learning results

It is a well-known fact that digital tools provide better results in the classroom and more successful learning outcomes than traditional means of instruction. They enhance student motivation, enable different approaches to some issues and amplify and complement communication and intercultural learning. So that we can communicate in class, track progress and share material, a multitude of different learning management systems have entered the market. That was a necessary process. At the beginning of the pandemic, the different tools that had to be used – many of them outdated – made learning on the same level almost impossible for different students and in different classes. Although some teachers still struggle with the technical details, the learning management system that has been introduced at our school made it much easier for students, teachers and parents to keep track of our learning process.

the possibilities modern learning management systems offer

These learning management systems are increasingly being used in state schools. They offer e-learning tools, calendars and gradebooks as well as plug-ins to allow particular sites to be extended. The advantages of these software formats are their multimodality in integrating different media and being adaptable to students' learning progress. Students' work can be documented and teachers can monitor their students' progress and then decide whether to feed back or feed forward. During the COVID-19 pandemic, video chats were increasingly made available and external offers by Teams, Skype or Zoom could be used. importance of social learning

However, there are some limiting factors. One major problem is the distraction offered by the digital world. Unlimited access to the internet offers unlimited access to activities that are not part of our curriculum. We all know how easy it is to get lost on social networks or to get stuck in online games and how hard it is to focus on the work we have to do, particularly if it's not our favourite field of interest. limiting factors: distraction

Another problem is that digital tools used in education are not a universal remedy for all learning difficulties or the "magic bullet" for students' lack of success. I'd like to give you three examples:

Firstly, for many of us social interaction can be an important part of our learning progress. Digital learning sometimes blocks face-to-face communication.

Secondly, taking notes by hand can improve our learning outcome compared to only collecting information digitally, as the actual process of writing things down helps us store them in our long-term memory. writing down things helps learning process

Thirdly, studies show that reading coherent texts, especially literary ones, on paper offers a deeper understanding of their multiple layers of meaning. reading texts on paper offers deeper understanding

So, that means that apart from a critical analysis and practical experience, there needs to be a balance between hands-on-activities and digital learning opportunities. **conclusion**

Thank you very much for listening. *(628 words)* thank you

* *The words "Black" and "White" are capitalised to signal that they are not natural categories but social ones (for more background information on this topic see, for example https://www.theatlantic.com/ideas/archive/2020/06/time-to-capitalize-blackand-white/613159/).*

Abiturprüfung 2023 Englisch (Hessen)
Grundkurs/Leistungskurs

Um Ihnen die Prüfung 2023 schnellstmöglich zur Verfügung stellen zu können, bringen wir sie in digitaler Form heraus.

Sobald die Original-Prüfungsaufgaben 2023 freigegeben sind, können sie als PDF auf der Plattform **MyStark** heruntergeladen werden. Ihren persönlichen Zugangscode finden Sie auf der Umschlaginnenseite.

Aktuelle Prüfung

www.stark-verlag.de/mystark